長編戦記シミュレーション・ノベル

戦略超空母「信濃」上

米艦隊本土空襲

吉田親司

コスミック文庫

本書は二〇〇五年九月・二〇〇六年二月に実業之日本社より刊行された『日米最終海戦血風録（1）（2）』を再編集し、改訂・改題したものです。

なお本書はフィクションであり、登場する人物、団体等は、現実の個人、団体、国家等とは一切関係のないことをここに明記します。

目　　　　　　次

プロローグ　予期せぬ停戦

1　超重装空母と鬼瓦

飛行甲板は鈍色に輝いていた。

月は水無月。日は一九日。時は現地時間午前七時四五分。

南溟の海原だったが、太陽はなお東の低空にあった。しかもスコールをもたらす分厚い雲に包囲されており、陽光は微々たるものにすぎない。よって艦載機が勢揃いしている洋上の滑走路には、まだ蛍光甲板灯が仄かな光を見せていた。

考えようによっては危険な選択だ。敵の索敵機はまだ姿を現しておらず、空襲を受ける可能性は薄い。そう判断した上での行動なのだが、跳梁著しい敵潜水艦の存在を忘れてはなるまい。隠密裏に無電を打たれ、艦隊の位置が露呈している危険を誰が否定できよう。

しかし、いまは発進しようとする航空隊に対し、わずかでも安堵感を抱かせるのが先決である。機動部隊司令部は敢えてそう判断していた。

訓練不充分の若年パイロットたちに難しい作戦を強（し）いるのだ。こちらとて覚悟を示さねばなるまい。蛍光甲板灯の煌（きら）めきは、貴様たちのことを忘れていないという母艦の自己主張でもあった。

軍艦〈大鳳（たいほう）〉――昭和一四年度海軍軍備拡充計画で生み出された航空母艦だ。日本初の重装甲空母である。世界海軍造船史上でも屈指の優秀艦だ。その性能を知れば、米英をはじめ世界中の海軍が垂涎（すいぜん）の的としたことだろう。

だが、しかし――島型艦橋から眺めたところ、甲板灯の輝きは本当に弱々しげなものに思われてならなかった。

上空から睥睨（へいげい）することを最優先に据えられているため、右舷中央に位置する艦橋からは光輝が薄く見えて当然なのだが、割り切れなさは残る。まさか本艦の命運を暗示しているのでは？

攻撃隊の征途を祝すにあたり一厘（いちりん）でも不吉さは放逐しておきたい。そうした思いに囚（とら）われた男は、艦載機の前途に立ち塞がる不吉な影を追い払うかのように、力の限り帽子を振るのだった。

彼こそが、第一機動艦隊司令長官小澤治三郎中将である。

昭和一九年の帝国海軍において、名声と実績を兼ね備えた闘将の一人だ。なにせ機動部隊の産みの親なのだ。本来ならば開戦当時から空母艦隊を仕切っていて当然の逸材だった。

残念ながら帝国海軍とは旧態依然の慣習に縛られた組織だった。適材適所が実現するまでには、貴重な時間を浪費せねばならなかった。

小澤は昭和一七年一一月一一日の時点で、空母を主軸とする第三艦隊司令長官に抜擢されていたが、時機を失した感は否めない。

彼が開戦当時から航空戦隊の指揮を執っていれば、真珠湾もミッドウェーも別の切り口を見せていたであろう。転進という名の退却を継続し、絶対国防圏マリアナ諸島を巡る戦場に追いつめられることもなかったであろう。

戦況は大日本帝国にとって悪しき方向へと驀進しつつある。誰が知恵を絞ろうと劣勢をはね返すのは至難の業だ。そして勝ち目の薄い戦場へ送り出されるのは若輩パイロットなのだ。彼らを思うと、情の人たる小澤の瞳は曇るのだった。

しかし、である。この状況下にもかかわらず、部下から寄せられる期待は非常に高かった。作戦研究をなによりも好み、参謀の不要な提督とまで評された長官なのだ。いくさは必ず勝つ。搭乗員たちはそう信じて疑わなかった。

小澤にも彼らから寄せられる信頼感は伝わっていた。だからこそ彼は自己を偽り、演技を続けていたのだ。勝利は指呼の間にあるという演技を。

それは劇薬としての効果をもたらした。常日頃から無表情の小澤だったが、第三者の目には腕に覚えがあるかのように映ったらしい。

将の自信は家来の士気に直結する。ちょうど二ヶ月前の四月一五日に将旗を掲げた〈大鳳〉には楽勝ムードに近い雰囲気すら漂っていたのである。

第七戦隊の重巡〈熊野〉を出撃した九五式水上偵察機が前方六〇〇キロの海域にアメリカ空母艦隊を発見したとき、それはピークに達した。空母戦は先手必勝だ。いち早く相手を発見した陣営側が圧倒的優位に立てる。ミッドウェー海戦の惨事を敵に味わわせてやる機会ではないか。

「長官。吉報であります。第三航空戦隊の大林少将より連絡が入りました。前衛部隊は攻撃隊発艦を終えたもようです。総計六七機もの戦爆連合隊が米艦隊へと殺到しつつあります。我々はまさに勝利を摑んでいるのです！」

防空指揮所に響いた声にふり向くや、小澤はそこに参謀長の姿を認めた。

古村啓蔵少将。自らがスカウトした人材である。小澤同様、水雷畑の出自であり、前職は戦艦〈武蔵〉艦長だ。フネを操らせれば相当な手練れだった。小澤が懐刀として起用したのも、その操艦能力を買ってのことだった。

古村は気色ばんだ表情で続けた。

「我ら第一航空戦隊が発進させている攻撃隊と合算すれば、二〇〇機近い数となりましょう。さらに二航戦の〈隼鷹〉〈飛鷹〉〈龍鳳〉からも五〇機が参戦します。これだけの集中打を食らえばアメリカ艦隊とて手酷い打撃を蒙ることは必定。司令長官が提唱された〝アウトレンジ戦法〟は、ここに完成をみたのです。ひとつ盛大に前祝いでもやりましょうか」

不謹慎とも取れる報告だが、その快活な声には皮肉など微塵もなかった。古村は心底信じ切っているのだ。凱歌をあげる瞬間が近づいていることを。

だが、それは希望的観測にすぎない。責任者たる小澤はそう感じていた。

(……アウトレンジか。長い航続距離を生かし、敵艦載機が飛来できぬ間合いから一方的に叩く。うまくいけば大戦果は間違いないが、戦争は相手がいる。俺はそれを忘れていたのではあるまいか？　また搭乗員に負荷を強いることも事実。代替手段がなかったとはいえ、若年兵に無理ばかり求めても望ましき効果など得られない。

精神力のみで状況を打開できる段階は、もう過ぎているのだ……）

そうした本音を押し潰し、小澤は好材料のみを抽出することにした。これも演技の一環である。

「護衛艦隊と制海権を失えばサイパン侵攻軍は日干しになる。それがわからぬほど敵将ニミッツは暗愚ではあるまい。陸軍の第四三師団に海軍陸戦隊は苦戦しているようだが、我々がここで踏ん張ればアメリカ地上軍も勢いを失うだろう。補給なき孤島の軍隊がどうなるかは言うまでもないな」

艦隊総責任者が発した一言に〈大鳳〉防空指揮所は大いに湧いた。

無理もなかった。この海戦に投入された空母は大小合わせて九隻。艦載機は四五〇機を超えるのだ。数だけを見れば真珠湾を討った南雲艦隊を凌駕する兵力である。額面どおりの力を発揮すれば、サイパン防御は完遂できるだろう。

そして中部太平洋方面艦隊司令長官としてサイパン島に居座っている人物こそ、南雲忠一中将その人なのだ。

かつて空母艦隊を率いてハワイ、インド洋、ミッドウェー、ガダルカナルと転戦を続けた提督である。これもなにかの因縁であろうか……。

必勝を確信する部下たちが歓喜するなか、小澤は沈黙したまま飛行甲板に視線を注いだ。そこでは零戦五二型の発進が終わり、艦爆の出撃準備が進んでいる。天山艦攻を柱とする雷撃隊は、まだ格納庫にて待機中だ。

整備員たちの手際は悪くないが、側を走る僚艦〈翔鶴〉〈瑞鶴〉に比較すれば、作業はワンテンポ遅れていた。

それもそのはず。〈大鳳〉には航空機エレベータが二箇所しかないのだ。できれば翔鶴型のように三基は必要なのだが、五センチもの防弾装甲を張った結果、エレベータの重量は一〇〇トンに迫る勢いだった。トップヘビーという災いから逃れるためには、二基で忍ぶのも仕方がない。設計陣はそう判断したわけである。

時間こそ食ったが発進自体は順調だ。〈大鳳〉は二九ノットで風上へと疾走しており、合成風力も充分に形成されていた。

五〇〇キロ爆弾を抱いた液冷式艦上爆撃機〝彗星〟が、次々に艦首のハリケーン・バウを蹴っていく光景は、それが事実であることを証明している。

慣れぬ新型機。練度不充分。長距離爆撃行。

こうしたマイナス要素が連なるなかにおいて、搭乗員たちは最善を尽くしていた。小澤は出撃する彼らに頭を下げるのみであった。自己犠牲精神に満ちあふれた彼らの態度は、きっと後生まで語り継がれることだろう。

然りながら現実は厳しい。覚悟が結果を生み出せるとは限らないのだ。

今回の〝あ号作戦〟は、国運を賭した米艦隊迎撃計画である。一歩間違えれば、文字どおり日本の首が飛ぶ。帝国海軍史上最強の航空艦隊を託された小澤だったが、襲いくる災禍の束を前に、ともすれば押し潰されそうになっていた。

（最新空母に最新鋭機。外見は強靱だが、それを操る兵に不安がないとは言い切れない。俺は彼らに能力以上の結果を求めてはいないだろうか？　機動部隊の外面は頑強だが、内側に病巣(びょうそう)を抱えているように思えてならぬ……）

隠蔽しようとした惑いが顔に出たらしい。それを見切ったのか、古村参謀長が耳元に口を寄せ、小声でこう尋ねてきた。

「長官。やはり御懸念がおありですか？」

無言を貫き、それを肯定した小澤であった。古村は、そんな司令長官へと発言を続けていく。

「なあに。まだまだ逆転は可能ですよ。必敗確実と目されていたドイツ第三帝国でさえ、勢いを盛り返したではありませんか。欧州で第二戦線、つまり〝西部戦線〟を構築しようとした米英の野望は潰えつつあります。その原動力となった大会戦は、戦史においてワーテルローやカンネーの戦いと併記されること確実でありましょう。

アメリカが対独講和を模索しているという噂も、まんざら嘘ではないようです。我らがマリアナで勝利を収めれば、有利な条件で和平の道を探ることも可能かと。ドイツにできたことが日本にできない道理はありますまい」

たしかにそうだった。友邦ドイツは一矢を報いた。

北仏のノルマンディで……。

欧州派遣戦力を磨り潰したルーズベルト大統領が、ヒトラー総統に密使を送ったという未確認情報がソ連経由で流れていた。東條内閣はこれに便乗しようと蠢動(しゅんどう)しているらしい。

実は小澤は、ある密命を受けていたのである。全世界規模での包括的講和が実現する可能性あり。もし攻撃中止命令が下されれば、たとえ飛行隊発艦後であっても必ず戻るようにと。

出かかった小便を止めるような行為であると小澤は反駁(はんばく)したが、予備役にあった米内光政(よないみつまさ)大将の口から依願されたとあっては無視できなかった。小澤は各攻撃隊指揮官に対し、引き上げ命令の無電に留意せよとの指示を、口をすっぱくして告げていたのである。

（矢は弦を離れた。カエサルはルビコン川を渡河してしまった。もはや後にはひけない。このまま横須賀に繋留されている連合艦隊旗艦〈大淀〉からなにも言ってこねばいいのだが。いや……本当に俺はそう考えているのか？　講和という安易な道を望んでいるのではないか？　そうでないと言い切れるのか？）

小澤治三郎は、アメリカ艦隊と雌雄を決する前に、自分の内心に巣くう痛痒感と闘っていた。武と和の間で相剋する心がそれだ。

彼は根っからの軍人であった。多数の人が誤解していることであるが、軍人ほど戦争を忌み嫌う人種もいない。彼らは戦時において、真っ先に死ぬことを義務づけられているのだから。

「長官。過度な悲観は士気にも影響します。もっと希望を持ちましょう。帝国海軍には偉大なる実例があることをお忘れなく」

「日露戦争を決定づけた日本海海戦かね。史書を読めばわかるが、あれは奇蹟でもなんでもない。勝つべくして勝った戦いだ。時代も情勢も変わったよ。昭和の今日、一度の艦隊決戦ですべてに白黒をつけることは不可能だ」

「いえ。自分が喚起したいのは、三六年前の偶発戦闘です。東京湾に〝白色大艦隊〟を封じ込め、合衆国を屈服させた第一次太平洋戦争のことを申しているのです」

小澤中将は目を見開いた。それは陸軍におけるノモンハン事変と同類項の醜聞なのだ。海軍軍人ならば、誰しもが記憶の彼方に封印したい汚点だった。

戦闘は日本側の判定勝ちといった様相だったが、戦後処理をしくじり、苦い結果を残した事件であった。日本政府が交渉下手、外交音痴であることをさらけだした争乱でもあった。

小澤自身はそれに参戦してはいない。彼はその頃、海軍兵学校第三七期生として、江田島で人間完成を目指し、奮闘していたのだから。

「古村参謀。君の言うとおりだ。形はともあれ、我らの先輩は対米戦争に勝利したのだったな。第一次太平洋戦争に……。

そして今度が第二次太平洋戦争か。このいくさが如何なる形で終焉を迎えようと、次の〝第三次太平洋戦争〟は地球最後の戦争となるだろうよ。石原完爾将軍が著作で述べているようにな」

乱読家の小澤らしい発言だった。古村は声の調子を落としてから呟いた。

「帝国に寧日は来ぬのでしょうか。本土に災禍が及ばぬようにと我々は努力を重ねておりますが、それは無駄なあがきなのでしょうか」

「太平洋は広大だが人間の欲もまた広大だ。交通機関の劇的な発達により、距離が国家間の摩擦を減少させる時代は終わった。それが戦争に結びつくのは必然だろう。

実弾が飛び交う戦いになるか、もしくは経済を柱とした目に見えぬ戦争か、それはわからないがね……」

諦観（ていかん）を込めた口調で小澤が話したときだ。〈大鳳〉の対空指揮所に、絶叫めいた報告が鳴り響いたのである。

「彗星一機が反転しましたッ！　海面へ墜落していきますッ！」

反射的に薄雲がかかる左舷上空を見上げるや、見張り員が告げたとおりの光景が展開していた。口を開けた鱶（フカ）を連装させる液冷式艦上爆撃機が、煮える太平洋へと逆落としをかけていく。

小澤は瞬時にして見抜いた。あれは単なる墜落ではない。現実はより悲惨な方向へシフトしつつあるのだ。

あの彗星は自己犠牲の精神を発露しようとしているに違いない。それを裏付ける続報が周囲にこだましたのは、数秒後のことであった。

「雷跡確認、本数二！　本艦へと急速接近中！」

2　零戦パイロットたち

守護すべき艦爆が不意に視野から消えた。味方艦隊直上での出来事である。

これは由々しき事態じゃねえか。護衛戦闘機を操る者としては見過ごすわけにもいくめえ。ただちに詳細を探らにゃな。

後関磐夫(ごせきいわお)一等飛行兵曹は意味不明な急降下に移った彗星を追尾せんと、操縦桿を勢いよく倒した。操る零式艦上戦闘機五二甲型は、手綱を引く主(あるじ)の命令に従った。機は編隊を離れ、緩やかに降下を開始していく。

(よし。カンは鈍っちゃおらん。一年ほど実戦から離れていたが、ワシもまだまだ捨てたモンじゃねえ。この調子でラバウルでの無念を晴らしてみせようぞ!)

不審な行動に邁進する彗星は、すぐ後関の視界内へと舞い戻った。一目で異常事態だとわかる。降下角が深すぎるのだ。急降下というよりは墜落に近い。

どれほど引き起こし能力に優れた急降下爆撃機とはいえ、あんな速度で操縦桿を引けば空中分解は確実だ。あいつは命がけの海水浴でもする気なのか?

後関の想像は不幸にして的中した。彗星はいっこうに機体を持ち上げる素振りを見せなかった。一切の迷いを示さぬまま、そのまま海面へと激突したのだ。

「なんじゃと！」

イメージがぶれることなく現実化してしまったことに場違いにも立腹した後関であった。同時に相手の機体番号を確認すればよかったと大いに後悔した。ナンバーさえわかれば、パイロットの名前は割り出せたろうに。

後の調査でそれは小松咲男飛行兵曹長の機体だったと判明している。もちろん安易に自害したわけではない。小松機は、母艦〈大鳳〉へと詰め寄る脅威を排除するために、己の身を的にしたのだ。

小型機の海面衝突にしては大きすぎる水柱があがったとき、後関はすべてを理解した。アメリカが送り込んできた刺客が、足許にまで忍び寄っていたのだ。

「しまったわい！　アメちゃんの潜水艦じゃ！」

そう叫んだ直後、後関は最悪の光景を目撃した。透明度の高い海面に白い軌跡が確認できたのだ。

彗星が命を張って除去しようとした魚雷だが、相手は複数だった。このままでは自爆した戦友が犬死にになってしまう。

後関は反射的に決意した。彗星の意志を継いでやろうじゃねえかと。

だが、海面へと突っ込む気はない。なにしろカムバックを果たしたばかりの身なのだ。安易に死ぬわけにゃあいかん。魚雷を潰す手段ならあるじゃねえか。

零戦には両翼内部に二〇ミリ機銃が二挺装備されている。単座戦闘機に据えられた火砲としては最大クラスだ。

以前に乗っていた二一型では各五〇発という搭載弾数に不安があり、常に倹約を頭に入れて発射せねばならなかった。しかしこの五二型は違う。ベルト給弾方式を採用した結果、左右合計で二五〇発もの機銃弾を持参しているのだ。

しかも搭載されているのは長銃身の九九式二号機銃である。ただ単に銃身が伸びただけではない。発射薬の増加にともない、薬莢(やっきょう)自体も巨大なものとなった。破壊力も格段にアップしている。これなら魚雷の一本や二本、楽に処分できるはず。後関は速やかに射点へ向かおうとした。

だが、問題があった。魚雷は〈大鳳〉へと一直線に進んでいるが、後関の零戦はそれを追い抜いていたのだ。発見が一歩遅かったわけである。

高度はわずか五〇メートル。左右に旋回しているような余裕もない。薄い雷跡など一回見失えばもうそれっきりだ。〈大鳳〉は取り舵で退避に移りつつあるが、間に合うかは微妙であろう。射軸を確保したまま魚雷を捉える方法はひとつだけだ。

アクロバットだが、やるしかないわい！

後関一飛曹はフットバーを蹴り飛ばし、操縦桿を力任せに引いた。栄三一型発動機が呻りをあげる。

旗艦〈大鳳〉の艦橋が、茶色に塗られたプロペラの下へ消えるや、すぐに天地が入れ替わった。後関機はその場で宙返り（ループ）を敢行したのだ。

方位と角度を維持したまま射撃ポイントを確保するためには、それが唯一の手段であった。推力式単排気管のロケット効果が加味されたため、減速は最低ですんだ。失速の可能性は考えずともよい。

零戦が海を舐めるようなポジションへ復帰するや、標的の雷跡がすぐ確認できた。よっしゃ。これでいける！

後関は見事にワンチャンスをものにした。

発射把柄を押すや、大音量とともに一緒に機銃弾が飛び出した。直径二〇ミリの鏃（やじり）が、小さな飛沫をあげながら海面を幾重にも縫う。射撃を強行できたのは数秒だが、手応えは存分にあった。

撃破の確信を得た彼は、標的直上を飛び越えた。なんらかの爆発反応が発生してしかるべきなのだが、洋上に異常は発生しない。

外したんかいな？　それとも命中はしたけど、効果はなかったんじゃろうか？
やはり体当たりのみが有効な解決策だったんかいのう？

罪悪感に似たなにかに肩を摑まれた時である。眼前になにかが煌めいた。飛行機乗りの本能が全開となり、反射的に機体を傾けた。

間髪を入れず緑色の塊が零戦の腹を潜った。飛行機だ。まさにニアミスである。相手も手練れらしく、空中衝突は直前で回避できた。

正体はすぐに判明した。同型機、つまり零戦五二型だ。相手はプロペラが水面を叩く限界まで高度を下げるや、やはり銃撃を実行したのだった。

そいつが通過した洋上に薄汚れた水柱が屹立（きつりつ）した。目標撃破の証拠であろう。

猛り狂ったかのように護衛駆逐艦が旗艦の側に走り寄ってくる。天敵に詰め寄られては、米潜とて勝手気ままには動けまい。

どうやら〈大鳳〉に押し寄せる災難は消え失せたらしい。彼女は何事もなかったかのように、悠然（ゆうぜん）と水を切り裂いている。

嬉しさと悔しさが混濁した感情を持て余しつつ、後関は叫んだ。

「ええい！　手柄を横取りされちまった！　永須（ながす）の奴め。こんな芸当が可能なのはあいつだけだ！」

母艦を救った零戦は、すぐさま機首を巡らし、後関機と併走する位置を占めた。それを操る搭乗員は、まさに後関が想像するとおりの人物だった。

永須紫朗二等飛行兵曹である。後関が弟分と認めるパイロットだった。

＊

〈よしよし。撃破成功だ。〈大鳳〉はいまだ健在なり。あとは後関の兄ぃが怒ってなきゃいいんだが……〉

永須二飛曹はそんなことを脳裏で考えつつ、兄と慕う人物の側へと愛機を寄せた。空母の側で無理やり宙返りを実施して敵魚雷撃破をもくろんだ後関だが、どんな顔を見せてよいかわからない様子だ。

だが、向かっ腹を立てているような御面相でもない。永須はそれを苦笑であろうと都合良く解釈した。過程はどうあれ、結果はバンザイなのだ。兄ぃの機嫌が悪くなることもあるまい。最悪でも俺が何発かゲンコツを食らえば済む。

鉄拳制裁の舞台となるのは、あの〈大鳳〉だ。あやうく殴られる場所そのものが失われるところだった。情状酌量の余地くらいはあるだろうさ……。

永須と後関は年齢こそ一緒だったが、永須の方が後輩だった。彼が第三九期操縦練習生過程を終了しているのに対し、後関は第三八期なのだ。

海軍飛行機乗りの聖地たる霞ヶ浦(かすみがうら)航空隊に入隊したのは同時ながら、永須は早々に健康を害し病床の身となった。虫垂炎であった。手術を受けたものの経過は思わしくなく、半年の休養を余儀なくされた。

こうして永須は後関の後塵(こうじん)を拝することになったが、飄々(ひょうひょう)とした彼は別段(べつだん)気後れすることもなく訓練に励んだ。希望がとおり、戦闘機搭乗員養成コースに進んだあとは、たちまち後れを取り戻したのである。

初陣は後関の方が一歩先だったが、永須もすぐに続いた。二人は互いに中国戦線で経験値を稼ぎ、生還したのちに台湾で合流するや、以後は行動をともにしていたのであった。

対米戦初日に比島(フィリピン)クラーク基地を襲い、ミッドウェーで海水浴をし、南太平洋で米空母を初めて目撃したあと、ラバウルで機銃掃射の憂き目に遭った。

弾の破片を腿と腕にうけ、仲良く内地に送られたところまで同じだった。まさに腐れ縁である。二人は傷が癒えたあと、茨城(いばらき)の谷田部(やたべ)航空隊で初級搭乗員の指導に従事していた。

　そして昭和一九年春。空地分離という新たなる編成方式が試験導入されることになり、後関と永須の両名は前線への復帰を命ぜられた。

　所属は第六〇一航空隊だ。疲弊した海軍航空隊の中においては精鋭である。当然、それを収容するに相応しい艦隊が用意された。

　空母〈大鳳〉〈翔鶴〉〈瑞鶴〉から成る第一航空戦隊がそれだ。

　二人は再建されたばかりの機動部隊にてカムバックを果たすことになった。そして米空母攻撃の護衛として〈大鳳〉を発艦した直後、足許から忍び寄る危機に気づいたというわけである……。


　永須二飛曹は当初魚雷を視認できなかった。

　ただ兄貴分である後関機を注視しており、その動きに追随しただけだった。後関の兄ぃがダイブに移った。なにかがあるに違いないと。

　彗星の自爆に引き続き、後関の零戦が宙返りに移行したとき、彼は悟った。

　潜水艦だ。間違いない。

　護衛任務機として血が凍る瞬間だった。もし後関機がしくじったなら、戻る家がなくなる可能性が高い。ならばカバーに回らねばならん。

コースから判断して後関機の跡を追うのは無理だった。永須は機首を巡らすや、〈大鳳〉の艦橋一体型煙突を掠めるような角度から海面へ躍り込んだ。

下手をすれば後関の零戦と正面衝突だが、永須には絶対の自信があった。なあに、兄ぃならば必ずよけるさ……。

予想は良い方面で的中した。後関の機銃掃射は効果不充分だったが、永須の行動がそれを補完した。

激突寸前で僚機をかわした永須は機をひねりながら高度四メートルを確保した。真っ正面に乳白色の雷跡を確認した彼は、両翼の二〇ミリに加え、機首の七・七ミリ機銃までもフル稼動させた。どれが有効打となったかはわからないが、アメリカ製の魚雷は弾頭部を射抜かれ、その場で四散した。

このとき〈大鳳〉までの距離はわずか二〇メートル弱。水圧は艦首のバルバス・バウを襲ったが、損害は皆無だ。

こうして永須は母艦を救ったのである——。

後関の零戦五二型の横に並んだ永須は、相手の視線を受け止めつつ、殊勝に頭を下げて見せた。謝罪は無償かつ効果的な解決策なのだ。

相手は風防ごしに叫んでいたが、意味を読み取ることはできない。このときばかりは雑音だらけで使い物にならぬ九六式空一号無線機に感謝する永須であった。

あまり感慨にふけってもいられない。そろそろ編隊に戻ろう。本来の任務である爆撃隊の掩護に邁進せねばならぬ場面なのだから。

片手でその意志を示すや、後関もそれにうなずいた。二機の零戦は手を取り合うようにして、高度をあげていく。

そんな頃合だった。不意に冲天（ちゅうてん）において蒼白い人魂（ひとだま）のようなものが流れたのだ。

照明弾の稲光だ。第一次攻撃隊指揮官の垂井明（たるいあきら）少佐機が発したものに違いあるまい。

続いて、もう一発。さらに一発。つまり連続して三つの輝きが、朝靄（あさもや）に煙る小澤艦隊上空に花開いたわけである。

信じられなかった。それは緊急帰還暗号なのだ。全機攻撃中止。針路反転帰途につけという最終絶対命令なのだ。

「いったい何事だ。司令部はなにを考えている？　敵潜はとっくに逃げただろう。いまさら攻撃隊を収容してどうなる！　こんな仕打ちが許されるのは、戦争が終わるときだけじゃないか！」

永須二飛曹の怒号は意外にも適切なものであった。彼は着艦後、すべての真実を知ることになる――。

3　海の底

「ブランチャード艦長。前部魚雷発射管、次弾装塡完了しました。本艦は潜望鏡深度へ浮上後、再攻撃可能な状態にあることを御報告申し上げます！」

副長ジム・アイアランド大尉の声が、赤色に染め上げられた潜水艦のブリッジに響いた。

不吉な光輝を放つ非常灯の下で、SS-218〈アルバコア〉艦長は苦み走った表情をさらに歪めるのだった。

（私も副長のように攻撃精神だけで生きていく立場に甘んじていたかったな。いまでは本心と、それに相反する命令によってサンドイッチにされている身分だ。多少の昇給だけでは割りがあわぬ！）

その名はジェームズ・W・ブランチャード。アメリカ海軍少佐。昨年一二月五日からこのフネの艦長職に就いている潜水艦乗り（スキッパー）だ。

空母〈大鳳〉へと六発の魚雷を放った犯人でもあった。もっとも彼はターゲットをショウカク級（クラス）だと思いこんでいたのであるが。

ブランチャードは噛みしめていた唇を開き、面白くない命令を静かに下したのである。

「深度このまま。取り舵一五度。私は再攻撃の必要性を認めない。繰り返す。これ以上の攻撃はしない。いや、できないのだ」

溜息が乗組員たちから吐き出された。不満そのものである芳香が司令所に満ちる。愚痴が密（ひそ）やかな声で交わされていく。普通にしゃべったところで艦外へ声が漏れることなどまずないが、小声での会話は潜水艦乗りの習性なのだ。

また昨年一二月から指揮を執り続ける厳しい艦長に対し、面と向かって反論するのは無謀すぎる行為だった。訥々（とつとつ）とした口調になるのも無理はあるまい。

もちろんブランチャード艦長にも部下たちの不平はよくわかっていた。いや、むしろ潜水艦〈アルバコア〉において、現状にいちばん苛立っていたのは、艦長自身であった。

まだ誰にも話していない事実だが、ブランチャード少佐は密命を受けていたのだ。太平洋艦隊司令長官チェスター・W・ニミッツ大将の名前で発せられた極秘命令が、彼の手足を縛っていた。

『現地時刻六月一九日午前八時をもって、全艦船に附与されていた自由攻撃裁量権を一時的に凍結する。特に潜水艦隊(サブロン)は留意せよ。以後別命あるまで、待機ポイントにて埋伏すべし』

現場をまったく無視した指示であった。戦争には流れや勢いというものがある。パールハーバーに引き籠もっているニミッツ提督は、それが理解できないところまで落ちぶれたらしい。

小澤艦隊の姿を潜望鏡(ペリスコープ)に捕捉した当初、ブランチャード艦長はそんな思いに囚われていた。

時計は午前八時九分を指している。もう攻撃は許されぬ時刻だ。しかし、歪んだ義務感と欲望が勝った。彼はハワイからの命令を無視し、雷撃戦を強行したのだ。

射出魚雷は六本。四本は新式のMk23であり、残る二本は旧タイプ改良型のMk14-3Aだった。相対距離一二八〇メートルから放たれた槍の群れは、鈍い炸裂音を周囲に響かせた。

だが、それは命中を示す証拠ではない。乗員の多くがそう直感していた。米潜〈アルバコア〉は軽巡〈天龍（てんりゅう）〉、駆逐艦〈大潮（おおしお）〉〈漣（さざなみ）〉といった日本艦船を食ってきたベテランである。撃破音さえ聞けば手応えはわかる。

ブランチャードも同感であった。彼は悟ったのだ。魚雷が破壊されたという苦い現実を。

それが艦長の覚悟を鈍らせた。命令を無視して凶行に及んだものの、幸か不幸か、犯罪は未遂に終わったわけである。これはもしや僥倖（ぎょうこう）では？　軍法会議送りを免れる最後のチャンスなのでは？

ひとたび保身に考えが傾けば、それを是正するのは困難である。既得地位を失うことは誰にとっても恐怖なのだ。ブランチャードが二度目の攻撃を思いとどまったのは、現状を崩したくないという欲求に従った結果だった。

そんな折りだ。聴音士が唐突に叫んだのである。

「駆逐艦の航走音を確認。ジャップです！　三隻が本艦直上へ急速接近中！」

「微速前進。二ノットで固定だ。音を立てるな」

反射的にブランチャード艦長は鋭く叫んだ。海底で生き残るためには、即断即決が武器となるのだ。

この〈アルバコア〉はガトー級潜水艦の七番艦である。海中における最高速度は八・八ノットだが、そんなスピードで突っ走れば、あっという間に電池が干上がってしまう。

その点、二ノットだとフル充電で四八時間はもつ。潜航モードで逃げる場合には節約を旨とせねばならなかった。もしもバッテリーが切れれば、浮上そして降伏という最悪の運命が待っているからだ。

波を掻き分ける音が頭上から響いてきた。深度は九〇メートル。爆雷を食らえばいちころだ。艦長は生唾を飲み込みながら、辛うじて台詞を捻りだした。

「これでわかるぞ。ジャップが洗練された文明人なのか、それとも未開の野蛮人であるかが……」

複数の艦船反応が〈アルバコア〉の頭上を通過していった。

だが、爆雷の着水反応は聞こえない。ソナーを使用した形跡も皆無だ。

安堵の息をダイナミックに吐き出しながら、ブランチャードは呟いた。

「どうやら日本人も認識しているらしい。状況が激変したことをな。例の噂は本当だった。停戦が間近に迫っているという話はデマではなかったのだ」

アイアランド副長が潜望鏡にもたれながら答えた。彼の声にも、重荷を下ろしたかのような響きが含まれていた。

「やはりヨーロッパがキィになったのでしょうか。ブリスベーン潜水艦基地でイギリス海軍の将校から聞きました。ノルマンディの惨状は目を覆うばかりだと。あれは合衆国の経済力をもってしてもカバーできぬほどの痛手に違いないと」

「それだけじゃないんだよ。ナチの独裁者が前線視察で負傷したとの未確認情報がある。指導陣が変わると政治はドラマチックに動くのかもしれん……」

「では、ドイツで政変が起こったと？」

「ドイツだけじゃないぞ。我が合衆国も、下手をすれば同様の運命を辿るだろう。祖国を戦勝に導くことができなかった大統領など罷免（ひめん）されて然るべきだからな」

　唐突とも思える言い草に、副長は顔色を失いながら問いかけてきた。

「停戦……ですか。では勝敗は？　もしや我々は負けたのでしょうか？」

「それは歴史家が決めることだ。しかし、少なくとも勝利ではない。講和会議にも左右されようが、無条件降伏以外の選択肢を日本に与えたならば、それはもう敗北なのだ。目いっぱい好意的に解釈しても、ドローゲームというところだろう。アメリカ合衆国の対日戦争統合スコアは『〇勝一敗一分（ゼロワンワン）』か。

　白色大艦隊（グレート・ホワイト・フリート）が東京湾で敗れ、そして我々は引き分けに持ち込んだ。だがこのままでは終わるまい。次の一戦――つまり第三次太平洋戦争では、必ずや勝利せねばなるまい……」

寂しすぎる結果だと自覚するブランチャードであった。彼は面白くない現実から逃避をもくろみ、こう命じたのだった。

「以後、私に託された任務はひとつだけだ。君たちを無事に母港まで連れて帰ること。それに尽きる。よし。ハワイまでの最短ルートを算出してくれ。燃料補給の手配も頼む。海上を確認後、浮上航行にてパールハーバーへと向かう」

副長はあからさまに拒絶の意志を示した。

「それは無茶です。太平洋艦隊はまだマリアナ海域の制海権を奪取しておりません。不用意に浮上すれば、敵機の餌食にされてしまいますぞ」

「ミスター・アイアランド。苦い現実だが、受け入れたまえ。第二次太平洋戦争は終わったのだよ」

第一章　この素晴らしき世界（ホワッツ・ア・ワンダフル・ワールド）

1　戦勝　～ドイツの場合～

《……西部戦線！

　それは一九四〇年六月のフランス降伏と同時に禁句となった単語である。少なくともドイツ第三帝国総統アドルフ・ヒトラーの前でそれを口にするのは、緩やかな自殺も同じであった。

　共産主義政権の総本山であるソ連打倒。それに燃えるヒトラーの関心はもっぱら〝東部戦線〟へと向けられていた。その障害となるかも知れない要素など、たとえ事実であっても、耳にしたくないというのが総統の意向であった。

　だからこそ連合軍はそれに執着したのである。西部戦線の再構築。それが悲願となった。

一九四三年一一月。米英政府は決断を迫られた。ソビエト最高指導者ヨゼフ・スターリンはテヘラン会議の場でこう言い放ったのだ。

第二戦線を約束する〝オーヴァーロード作戦〟を実施されたい。さもなくば来年以降の大祖国戦争における積極的攻勢は、これを保証しかねると。

単独講和の可能性すら匂わせる発言に連合軍首脳は凍りついた。

フランス上陸反対論者であったウィンストン・チャーチル首相は、自説を曲げて妥協に走った。フランクリン・D・ルーズベルト大統領も同調した結果、欧州反攻作戦は本格的準備段階に入った。

米英連合軍がノルマンディ海岸に殺到したのはそれから半年後――時に一九四四年六月六日早朝であった。

だが、想起しておくべきであった。米英は敵前上陸作戦において、輝かしい前例を持っていない現実を。むしろ悲惨な記録の方が多いではないか。古くはガリポリ、今大戦でもディエップやアンツィオといった敗戦すれすれの戦歴が目立つ。

太平洋では成功したケースもあるが、それは孤島を巡る争いであり、制海権さえ摑めば包囲戦術を採ることができる。投入兵力もせいぜい数個師団だ。

それに対してノルマンディでは初動部隊だけでも七個師団。これに戦車三個旅団と複数のレンジャーチームが加わるのだ。参戦する兵員は一六万超。この大部隊をもって一気にドーバー海峡を渡らねばならない。難易度はガダルカナルやアッツ島の比ではなかった。

だが、物量作戦はやはり無敵だ。六月六日早朝。英仏海峡を強引に突破した侵攻兵団は豊かな空軍力にものを言わせつつ、強襲上陸に踏み切った。苦戦したものの、米英加軍は橋頭堡確立に成功し、内陸部への進軍に移行する動きを見せた。

だが！　彼らの一部は上陸後一四時間で息切れをおこし、そのまま海岸から蹴り落とされたのである。ドイツ軍の素早い反撃が開始されたのだ――。

彼らを呼吸困難に追いやった人物こそ、その後のドイツ史に名前を残した人物であった。

ヨハネス・エルヴィン・オイゲン・ロンメル。

ドイツ陸軍将星（しょうせい）の中に煌めく最年少元帥である。B軍集団司令官の役職にあった彼は、その日も北仏に陣取り、陣頭指揮を執り続けていたのだ。

本来ならロンメルは休暇中のはずであった。六月六日は妻ルーツィエ・マリアの誕生日であり、本国ヘルリンゲンの自宅で家族と一緒に過ごすつもりであった。

だが、その必要性は五月二七日の時点で消え失せていた。ドイツ南西部都市ウルムをターゲットに実施された米英軍の大空襲がロンメルの家族を奪ったのだ。

亡命博士たるアルバート・アインシュタインの生地でもあるウルム市は、ロンメル邸からも近く、家人も出向くことが多かった。その日、ついにこの街が戦略爆撃の対象となったのである。

英国王立空軍のアブロ・ランカスターが投擲した一発——それがロンメルの妻と長男マンフレートの命を奪った。こうして将軍はドイツに戻る意志と目的を同時に失い、現場にとどまり続けていたのだ。

六月六日午前零時二〇分。カーンに本部を構えていたロンメルは、敵グライダー部隊らしきものがペヌーヴェル付近に降下中との報告を受けた。

彼の反応は素早かった。子飼いの第二一装甲師団から、二線級と評価されていたソミュア戦車二三輌を抽出し、ただちに当該区域に進出させたのだ。

フランス陥落時に拿捕された旧式車輌だったが、対戦車兵器が揃わない空挺部隊には有効だった。〝赤い悪魔〟とも称されたイギリス第六空挺師団は、支配目標であったペヌーヴェル橋の確保に失敗したのである。

成果を確かめぬうちにロンメルは次の手を打った。これは連合軍の本格的反攻に違いない。ならばこそ水際で敵の足を止めねばならぬ。

彼はカーン市北方に位置していた第二一装甲師団に命じ、その主力である第二二戦車連隊を海岸へと突進させたのだ。九八輛のⅣ号戦車が夜陰を突いてリヨン方面へと殺到した。

これは俗に〝ロンメル親衛隊〟とも呼ばれた部隊である。ドイツ・アフリカ軍団の中心戦力として、将軍と苦楽をともにした間柄だ。

もっとも、その大半はチェニジア陥落時に降伏しており、北フランスに陣取っていたのは再編成された部隊だった。だが指揮官には古参が多く、士気も高かった。

そんな彼らにとって、ロンメルの命令は託宣にも等しかった。

西方軍司令官フォン・ルントシュテット元帥に、現場を仕切る第八四軍団長エーリヒ・マルクス大将の両名はロンメルの独断に渋い顔をしたが、もう事後承諾するしかなかった。午前六時三〇分の時点で、第二二戦車連隊の一部は早くも海岸地域へ到着していたのである。

彼らは上陸を開始したばかりのカナダ第三歩兵師団と遭遇。ただちに交戦状態に入った。

カナダ軍は果敢に闘ったが、なにしろ欧州大陸へ足をつけたばかりである。重火器は極端に不足しており、満足な反撃を試みることはできなかった。地雷除去用の特殊戦車も配備されてはいたが、Ⅳ号戦車の敵ではなかった。〝ジュノー〟と名付けられた海岸への上陸は悪夢の様相を呈してきた。

英国第三〇軍団を指揮するバックノール将軍は報告に仰天した。彼はすぐ〝ゴールド海岸〟へ指示を飛ばした。イギリス第五〇歩兵師団はただちに東進し、カナダ部隊へと合流。ドイツ戦車部隊の勢いを止めよと。

同時に上陸場所では東端に位置する〝スウォード海岸〟の第三歩兵師団にも命令が下された。当初制圧目標のカーンは放棄。全力で西進し、第五〇歩兵師団とともにドイツ部隊を夾撃すべし！

このオーダーがすべてを決した。針の穴ほどであった綻び（ほころび）は、やがて修復不能なブラックホールとなり、イギリス軍を自己崩壊させたのである。

制空、制海権を握っていた米英軍だが、海岸一帯は大乱戦となり、効果的な空襲や艦砲射撃は不可能となっていった。

彼らは戦略目標を見失ったまま、目先の脅威たるロンメル戦車部隊を追ったが、第二一装甲師団は神出鬼没の動きでイギリス軍を幻惑させた。結局、ドイツ戦車の半数近くを撃破することができたものの、損害は目を覆うばかりだった。

そして六月六日夕刻。カーン市街より到着した第一二SS装甲師団が突進を開始するや、イギリスが担当する戦線は総崩れとなったのである。

この展開にチャーチルは驚愕した。

彼は連合軍総司令官ドワイト・アイゼンハワー大将と面談し、爾後（じご）の策を説いた。首相はこう言ったのである。残存戦力をコタンタン半島方面へ脱出させ、イギリス本土へ撤退させるべしと。

前大戦においても、海軍大臣という地位からガリポリ上陸作戦を推進し、無惨な失敗に終わったという前科を持っていたチャーチルは、早々とオーヴァーロード作戦に見切りをつけたのだ。

アイゼンハワーはこれを拒否し、独力で反攻作戦を継続すると宣言した。英軍は壊滅寸前だが、アメリカは橋頭堡を確保しているのだ。政治的優位性を保つためにも簡単に失敗を認めるわけにはいかなかった。

その後、半世紀にわたって続く米英の軋轢（あつれき）はここに端を発したといえよう。

ノルマンディの戦況に右往左往した政治家はチャーチルだけではない。ドイツを支配する人物もまた、この状況を積極的に活用しようと蠢動を始めた。

六月七日午後。アドルフ・ヒトラーは地下大本営〝狼の巣（ヴォルフシャンツェ）〟を出発するや、パリへと向かった。引き籠もりがちだった総統は、前線からの吉報に躁状態となり、四年ぶりに仏首都へと出向いたのである。最前線の将兵を激励するために。

制空権を失いかけている場所へ飛行機で出向くのは無謀である。ヒトラーは幕僚の勧めに従い、鉄路を選んだ。しかし、ドイツ参謀本部は把握していなかったのである。連合軍派遣空軍（AEAF）が主標的を鉄道路線の破壊に切り替えていたことを。

損害にかまわず機動し続けるドイツ戦車部隊の捕捉に失敗したアイゼンハワーは、これ以上の追加戦力が到着せぬよう交通網遮断を強化させた。

具体的には鉄道の空爆である。戦車とは最前線まで輸送手段を用いて運搬せねばならぬ難儀な乗物なのだ。これまでにもレジスタンスが路線破壊を実施しており、意外な戦果をあげていた。ドイツ軍最強部隊と誉れ高い装甲教導（パンツァー・レイアー）師団の戦線到着が遅れていたのはそのためであった。

そして六月九日午前七時二〇分。パリ北東七〇キロに位置するコンピエーニュで脱線事故が発生した。写真偵察の結果、どちらかといえば粗末な客車であることが確認された。軍事物資を乗せていたとも思えず、戦果としてあまり満足できるものではないと判断された。

だが、それにはドイツ第三帝国総統が座乗していたのである――》

分冊百科　週刊ワールド・ウォーⅡ
第七集『西部戦線　失われた勝利』より

2　敗北　～英国の場合～

《……ヒトラー容態悪化という事実を欧米指導陣はいつ嗅ぎつけたのか？　それを決定づける第一次資料は残念ながら残されていない。

わずかな状況証拠から判断するに、六月一一日の時点でチャーチルはそれを確信していたらしい。彼は在仏レジスタンス組織から、以下のようなニュースを得ていたのだ。

『フランス降伏の地であるコンピエーニュにて列車事故が発生。かなりの重要人物が負傷したらしい。パリへ護送された重症者のうち身元不明な患者が数名存在した。屈強な護衛兵団一個中隊が首都総合病院を制圧したため、詳細は不明……』

その情報は正しかった。まさにその患者こそが、ヒトラー本人だった。

列車転覆事故に巻き込まれた総統は、腰から下を切断するという悲劇に見舞われながらも、怪物的生命力で即死だけは免れたのだ。

一部には独軍内部の不満分子による暗殺未遂事件という観測もあったが、これは戦後否定されている。純粋に空爆の成果だったと解釈するのが昨今の定説である。

ともあれヒトラーは侍従医によって応急手当を受けたのち、手近なパリへと護送されたが、もう長くないことは確かだった。彼自身もそれを理解したらしい。総統は枕元に側近を片っ端から呼びつけ、口頭にて没後の策を提示したのだった。

第三帝国トップメンバーが仏国首都に集結中！

その情報は一三日にロンドンへ届けられた。意味するところはひとつだけ。崩御が近いのだ。これをチャンスと捉え、手控えていたパリ空襲を実行し、ドイツ首脳陣を爆殺すべしといった強硬論も出たが、さすがにそれは見送られた。

自由フランス政府代表シャルル・ド・ゴール将軍の反対もあったが、チャーチルは別の観点からそれを許可しなかったのである。

この英国総理は、ヒトラー死亡というイベントに乗じ、即時停戦を模索していたのだった……。

結論から言うとアドルフ・ヒトラーは六月一四日に天に召された。死因は重度の火傷による合併症。享年五五歳であった。

ヨーロッパを未曾有の混乱に陥れた男だ。その死はナチス政権を崩壊させるほどの打撃をもたらすはず。政治的混乱が生じればつけいる隙もあろう。チャーチルはそう踏んだのである。

しかし、ドイツの混乱は短期間で終結した。初代総統永眠と同時に第二代総統の襲名が行われ、新たな指導者が誕生したからだ。

その名はヨハネス・エルヴィン・オイゲン・ロンメル。ヒトラー自らが今際の際に後継者に指名した人物である

側近中の側近であったヘルマン・ゲーリングやマルチン・ボルマンは異を唱えたものの、枕元で遺言を聞かされたからには反論もできなかった。

また権謀術数の世界で生きているナチス重鎮には打算もあった。ロンメルは国民的な人気こそ最高だったが、政治的能力は未知数である。うまく操縦すれば権力を維持できよう。国を牛耳るには必ずしもトップに座る必要はないのだ。

だが、ロンメル総統の方が一枚上手だった。戦場において常にそうだったように、彼は相手の意表を衝く行動を好んだ。一度得たイニシアチブを渡すことなど、彼の

矜持が許さなかった。

ロンメルは帝都ベルリンに戻るや、ただちに声明を発した。米英ソは当然のこと、中立および同盟国にも同一の意見書を送ったのである。

『ドイツは第二次世界大戦を開始した国家として、それを終結させる義務と権利を有していよう。

余（実のところロンメルはこの表現を嫌っていた）は、ここに全地球規模の即時無条件停戦を提案する。参戦国に与えられる権利は現状維持のみ。子細は講和会議の場で決定されることとだろう。

なおこれに反対する国家は、人類共通の敵として懲罰の対象とされる。ドイツはそうした相手を焼き尽くす手段を保有している事実をここに表明する。

我々はすでに弾道ロケット〈V2号〉を多数完成させている。ワシントン、ロンドン、モスクワ、ローマ、東京（トーキョー）といった諸都市を自由自在に攻撃することが可能な秘密兵器である。

なお、弾頭は通常火薬に非ず。繰り返す。これは通常弾ではない。過去における兵器の概念を打ち破る反応兵器である……』

それは文字どおりの〝爆弾発言〟であった。ドイツは歴史上初めて核兵器保有を宣言したのだ……》

逆襲研究社　戦史偶像No71
特集『総統のいない第三帝国』より

3　無勝負　～ソビエトの場合～

《ソ連共産党書記長ヨシフ・ビッサリオノビッチ・スターリンには聖戦中断の意志など微塵もなかった。

大祖国戦争完遂を国是とする彼は、ヒトラー死亡という報告に接した後も、計画されていた夏季攻勢に邁進したのである。

ドイツの権力基盤が揺らいでいる今こそ、勝利をもぎ取る好機。これからが戦争は本番なのだ。まずは失った領土を奪還した後、ドイツに与した生意気な東欧諸国をことごとく共産化する。連中を忠実な衛星国に仕立てあげ、ドイツ本土を東から襲い、ベルリン国会議事堂に赤旗を掲げねばならぬ。赤軍の勢いをもってすれば、ヨーロッパの地図をすべて緋色に塗り替えることも可能だ。

いざとなれば米英軍と一戦交えるのも面白い。鬼戦車T34で構成された機甲軍団のスチームローラーは、パリやロンドンをも押し潰すだろう。

これぞ世界新秩序の完成だ。戦勝国のみに許される美味しいパイの切り分けは、これから始まるのだ。我らは勝ち組に属さねばならぬ。ならば攻撃あるのみ！

一九四四年六月。独ソ戦の大勢は決していた。スターリンの野望もあながち妄想だとは言い切れない。九〇〇日ものあいだ包囲下に置かれていたレニングラードはその年の一月に解放されており、クリミア半島のセバストポリも五月には奪還済みであった。残るは白ロシア地区のみである。

そこを守備するのは、ドイツ陸軍最強を自負する中央軍集団である。昔日の輝きは失われたとはいえ、四二個師団、兵員八五万を数える大勢力だった。

容易ならざる相手ではあったが、南方からの突き上げにより、初期配置はソ連軍有利に傾いていた。突出部さえ潰せばポーランドへの門戸は開かれる。そこを抜ければドイツ本土へ一直線だ。つまり宿敵たるドイツ中央軍集団の撃破こそが、ベルリンへのビクトリー・ロードだった。

スターリンはイヴァン・ダニロヴィッチ・チェルニャホフスキー将軍率いる第三

白ロシア方面軍へ指示を飛ばした。事前計画に従い六月二二日をもって白ロシア解放に邁進せよと。懸案の〝バグラチオン作戦〟を実行に移せと。

しかし、命令は土壇場になってキャンセルされた。六月一五日に届いたロンメル総統からのメッセージが、スターリンを押し止めたのである……。

当時、スターリンが核反応兵器についてどれだけ理解していたかは、推測の域を出ないが、大いに興味を持っていたことは確かである。

一九四三年初頭から首都モスクワに研究機関を設け、理論を中心とした開発準備に勤しんでいたことを見れば、それは明らかであろう。その施設は『第二実験室』という秘匿名称で呼ばれていた。規模こそ小さいが、なかなか本格的な研究が行われていたらしい。

別にソ連だけが先進的だったわけではない。米英は当然のこと、日独でも同様の基礎研究に着手していた。予算と人員に開きこそあったが、列強各国は挙(こぞ)って新型爆弾の開発に傾注していたのである。

その開発レースにおいてドイツは一番乗りを宣言したわけだ。真偽はともかく、これまで影の存在だった核兵器開発という不毛な現実を一気に表舞台へと引きずりだしたわけである。

信憑性を高める資料も提出された。発射母体とされる噴進弾〈V２〉の試射実験を収めたフィルムが各国へ一方的に送付されたのだ。それは総天然色の記録映像であった。天に向かって飛翔する噴進弾の存在感に欧米諸国の科学者は震えあがったという。

もっとも現在においては、その映像は実写フィルムに特殊効果(SFX)が加味されたものであることが判明している。下手人はヨゼフ・ゲッベルス宣伝相だった。CGなき時代にここまでの画像処理を施した手腕には、ハリウッド映画界も脱帽したと言われている。

ともあれ銀幕に映しだされていたのは歴(れっき)とした長距離弾道弾である。その弾頭が通常火薬ではないと向こうが主張したのだ。真相こそ藪(やぶ)の中だが、やはり最悪は考えねばならなかった。

スターリンに焦りはあったかも知れない。だが、過度な畏怖は感じなかったはずである。なにしろ権力保持という美辞麗句のもと、二〇〇〇万人の国民を死に追いやった人物なのだから。

一発で街を吹き飛ばすとはいえ、高価な超大型爆弾にすぎない。量産は難儀だろう。愛すべき労働者にいくらか犠牲がでようと、ベルリンを制圧すれば戦争には勝てるのだ。人民の血は勝利と革命を成し遂げる必要経費である。

しかし、アメリカとイギリスの動向がスターリンを凝固させた。ノルマンディの敗戦で不和になりかけている米英首脳は、『全地球規模の即時無条件停戦』という誇大妄想に近い提案に乗る構えを見せたのである。混乱した状況を仕切り直すチャンスと踏んだのであろう。

西部戦線の再構築に失敗した米英は、ロンメル政権へと急速に歩み寄った。

スターリンが狼狽を示したのはチャーチルとルーズベルトの変心ぶりであった。ソ連書記長は事実上の放置プレイを食らったのだ。

あえて対独戦を強行するならば、新型爆弾の牙が母なるロシアの大地に向けられよう。被爆には耐えられても下手に立ち回れば米英独連合軍と衝突する可能性すらあった。いまだ社会主義革命の段階に至らざる国家群は、共産党を敵視することで結束を固めるやもしれぬ。

レンドリースという実例をあげるまでもなく、ソ連軍は米英の援助で大祖国戦争を闘っていた。それが打ち切られることは継戦能力の喪失に直結する。現実を理解したスターリンは捲土重来(けんどちょうらい)を期し、今回は妥協に走ったのである……。

彼の選択は結果的には正解であった。スターリンはソビエト国内のみならず、国外においても高く評価され、書記長は時代の寵児（ちょうじ）となった。だからこそ一九四四年七月二二日より開始されたバルセロナ講和会議において、ソ連は貴賓席に座することができたのだ。

連合軍が一枚岩となることができたのはソビエトの協力（？）があったればこそである。そう主張したイギリス首相チャーチルの計（はか）らいであった。

ともあれ数々の優遇措置が認められた結果、ソビエトは労せずして勝者たる資格を得た。国土回復に東欧における共産主義同盟国の誕生。それは報償的な意味合いも込めた処置であった……。

スターリンは欠点多き人物ではあったが、共産党という伏魔殿にて自活してきただけのことはあり、引き際を感じ取る判断力だけは一流品であった。

停戦賛同の決意は二〇世紀後半における世界の枠組み決定において大きな役割を担う第一歩となったのである。

策略にまみれた模造品としての平和。そう蔑（さげす）む歴史家もいる。しかし、大多数の一般市民にとっては殺戮の季節が一時停止しただけでも僥倖であった。スターリンは単なる道具にすぎない人民のために、数少ない英断を下したのである。

ただし策略によって得られた偽りの平和は、一年というわずかな間で破られたのであるが……》

ダイダロス出版　ミリタリー・ナウ！
『ソビエト帝国隆盛の影（後編）』より

4　辛勝　～日本の場合～

《……欧州戦線は複雑怪奇。

そんな台詞を残して辞任したのは東條英機首相であった。彼は同時に、陸軍大臣および参謀総長といった一切の公職も辞し、野へ下った。だが、東條は難局を投げ出したのではない。筆者としてはそれを強調しておきたいと思う。

禿頭の東條こそ悪の独裁者であり、東洋におけるヒトラーであると記述する歴史教科書が某国で使用されているが、それは意図的なカリカチュアにすぎない。反日教育の実践には、わかりやすい攻撃目標が必要なだけであろう。

過去はともあれ、昭和一九年初夏における東條英機は、権勢欲や独裁欲とは無縁の存在だった。そもそも彼が総理に推挽されたのは戦時体制へ疾走するための人事ではなかった。陸軍の暴走を押さえられるただ一人の人物だったからである。

東條は、たしかに負のイメージを身に纏っていた。大言壮語としか表現しようのない失言も多い。憎まれ役たる資格は充分であり、中傷のターゲットにされたのも当然だろう。しかし、それはパフォーマンスにすぎない。その外面がピカレスクに染められたのには、彼なりの深謀遠慮が存在しているのだ。

東條が内閣総辞職を発表したのは昭和一九年七月二三日。バルセロナ講和会議が開催された翌日であった。辞職理由はただひとつ。国家をミスリードした責任をとるためだ。東條自身はこれを勇退でも退役でもなく、廃業と呼んだ。

その狙いは明確である。政治的切腹だ。和平へのプロセスに道筋をつけるため、悪役に徹しきることを選んだわけだった。泥は自分一人で被る。開戦時の施政者として、東條はそうした悲壮な決意を固めていたのであろう。

突然の停戦に国民は戸惑い、情報不足のマスコミは役割を果たせず、政治家は玉虫色の発言を繰り返すばかり。そんなとき、首相は行動で証言したのだ。

此度(こたび)のいくさは敗けであると。

戦勝後に内閣が総辞職することなど前代未聞である。景気のよい大本営発表ばかり聞かされていた国民もやっと理解した。

大日本帝国はアメリカ合衆国に勝利できなかったのだ……。

すぐさま民衆の不満はピークに達した。怨嗟(えんさ)と投石が東條邸に集中豪雨となって押し寄せた。日露戦争終結時に勃発した日比谷焼きうち事件の再来である。

だが、これこそ本当の狙いだった。国民の怒りは軍や政府そのものに向けられはしなかった。東條英機という個人のみに指向されたのである。

そのためであろうか、帰還した兵隊に遺恨の声が浴びせられるようなことは皆無だった。各軍需産業も操業に支障を生じるようなことはなかった。東條の目論見は成功したのである。

だが、その真の狙いはなんであろう？　一国の総理大臣がプライドを捨て、前科者にも似た境遇に甘んじたのは、どのような心理状態であったのか？

解答はひとつしかない。東條英機は次の戦争を睨んで動いていたのである……。

大日本帝国は常に講和への道を模索していた。

米英蘭に宣戦を布告した際、驚くべきことに日本は終戦への確固たる道筋をつけていなかった。欧州でドイツが英国やソ連を屈服させれば、自動的に勝利は転がり込んでくる。なんとも他力本願なことに、そう考えていたのだ。

本気で終戦へのオプションを考え始めたのは第三帝国の旗色が本格的に悪化した昭和一八年夏のことだ。完全勝利より実利ある講和。そのきっかけを日本は物色し始めた。

欧州へのアクションも存在した。かねてより対ソ外交の有効性を説いていた重光(しげみつ)葵(まもる)外相が、独ソ間の和平を取り持とうと暗躍していたのだ。

この二国間が落ち着けばドイツは全力で米英に専念できる。アメリカはいま以上に対独戦線に傾注せねばならなくなり、結果として日本への圧力も分散化されるという案配だ。もっとも重光の野望は、ヒトラーとスターリンの両者から無視されてしまったが……。

ならば自助努力あるのみだ。敵に大打撃を加え、有利な条件で米英を交渉のテーブルに座らせねばならない。ビルマで進行中のインパール作戦や、支那大陸における大陸打通作戦、そして太平洋方面のマリアナ諸島防衛計画は、いずれも講和への一里塚となるはずであった。

しかし、戦況はどの方面も芳しくない。正直に言えば、どこも青息吐息で戦線を維持しているといった調子だった。事実上、対米戦闘を一手に担う海軍だが、彼らにも昔日の勢いはなかった。その野望は身の丈にあったささやかなものに変化していた。いわゆる〝絶対国防圏〟の維持である。

ここが破られれば内地全土が敵重爆の勢力圏に収まってしまう。そうなれば戦争継続そのものが不可能となる。たとえ連合艦隊を磨り潰してでも、アメリカ太平洋艦隊の勢いを食い止めなければならなかった。

マリアナまたはパラオに来襲するであろう敵軍を痛撃し、侵略計画を頓挫させたならば、話し合いに持ち込む余地も産まれよう。そのためにこそ、小澤治三郎中将率いる機動艦隊はサイパンへ突進したのである。

だが、事態は一変した。待ち望んでいた吉報がヨーロッパから飛び込んできたのであった。なんと他力本願が現実化したのだ。

番狂わせの舞台となったのはノルマンディだった。上陸した英軍は、ロンメルのアクションによって翻弄され大損害を受けたのだ。オマハ海岸以外では善戦を続けた米軍も、徐々に圧迫されコタンタン半島へ転進しつつあった。

敏感な者には戦争の潮目が変わり始めていると感じ取れただろう。こうした状況で通達されたのがロンメル新総統による驚愕すべき宣言だった。

ヒトラー死去も信じ難きニュースだったが、やはり即時無条件停戦構想には誰もが度肝を抜かれた。

この甘い提案に、敗戦濃厚な日本がノーと言う理由などまったく無かった。

米内光政大将が予備役から復帰を命ぜられ、使節団の全権代表に任命されたのが七月一日。講和会議開催地のバルセロナへ出発したのが同五日のことであった。

海軍出身であるが、米内大将は総理経験もある傑物だ。米英通でも知られており、外人相手でも喧嘩を売れる男である。健康状態にやや難はあったが、和平交渉には最適の人材だった。

この人事こそ、東條英機最後の奉公であった。彼は陸軍閥の不満を抑え、強引に人選を推し進めたのである。米内の出航を見送るや、東條は後事を陸軍大将小磯国昭(こいそくにあき)に託し、政界から身を引いた。

だが、水面下では依然として影響力を維持していたようだ。

講和会議の場で懸案となった中国からの即時引き上げ――いわゆる大陸総退却が実現したのは、東條が裏から手をまわし、陸軍強行派を説得したためであるとする説が、いまだに有力である……》

渦潮書房『閥』昭和五五年緑風六月号
『昭和一九年　かりそめの終戦』より

5　惨敗　～米国の場合～

《……一般的に合衆国では、国民に対する情報開示が盛んであるとの認識がある。それは真実だが、やはりケース・バイ・ケースだ。自由の国アメリカとはいえ、戦時情報統制は存在するのだ。

手痛い敗戦は、真実をオブラートで包み、当たり障りのない情報だけを公開する。時にはまったくの虚偽で茶を濁す場合もある。開戦劈頭の比島上陸戦においても、失点を糊塗するためだろうか、米海軍はトンデモない公式見解を発表した。

『大空の要塞ことB17爆撃機の集中活用により、我らは価値ある勝利を手にした。高速戦艦〈ハルナ〉を撃沈し、新鋭戦艦〈ヒラヌマ〉に大火災を生じせしめたのだ。これを足掛かりに、国防に関する知識をより深め、対日戦争を継続し……』

戦艦〈榛名〉は昭和一九年六月の時点でも健在であり、〈平沼〉などという軍艦は帝国海軍の歴史上存在していない。米軍の慌てぶりがわかる一例といえよう。

ともあれアメリカとて大本営発表と同質の情報操作は実施していたわけである。それは成功した場合もあり、無惨に散ったケースもあった。

後者の顕著な例がバルセロナ講和会議だ。合衆国は半年の長きにわたって開催された国際談義の場で、自らが敗戦国であることを暴露（？）されたのだ。

アメリカは宣伝工作を実施し、勝利をアピールしたが、それは国民の耳へは虚偽として響いたのであった。

世論をその方面へと誘導したのは老獪極まる英国首相チャーチルであった。彼はノルマンディでの惨敗を覆い隠すため、共犯者を欲したわけである。

『合衆国は大英帝国と同様、ナチス政権崩壊という戦略目標を達成できなかった。太平洋においても状況は同じだ。日本の支配権益を打ち破れてはいない。恥を知る者であれば、これで戦勝宣言など口にできまい。つまり米英は、まだ同じ船に乗り続けているのだ……』

もちろんこれは誇張だ。公平に見れば、アメリカにとって対枢軸国戦争は勝敗がつかないうちに終結しただけである。ルーズベルトは言葉を尽くして国民に訴えた。イギリスはノルマンディで痛打を食らったが、アイゼンハワー将軍率いる我が欧州派遣軍は負けていない。全世界が待ち望む平和というオプションを受け入れただけであると。

しかし、大多数のアメリカ国民は理解できなかった。敵国の首都に星条旗を掲げることのみが勝利。単純にもそう考えるアメリカ人にとって、中途半端な停戦など欺瞞にしか思えなかった。マスコミは連日連夜、勝利は近いとあれだけ宣伝していたではないか。

チャーチルはその後も小刻みに情報を流し、不満が高まるアメリカ国民に敗北感を植え付けていった。

『即時停戦の条件は戦線の現状維持であった。つまりアメリカは開戦時に奪われたフィリピンもグァムも奪回できていないのだ。領土割譲や賠償金獲得など夢のまた夢である。こんな状況で勝ちと言えるだろうか？』

言い繕いにすぎないルーズベルトの説明よりも、わかりやすい英国首相の批評にアメリカ国民は賛同した。黄色人種と二度戦火を交え、二度とも勝利できなかった。我々は本当に世界最強国家などと標榜する資格があるだろうか？　苦い現実は誇り高き国民をひどく傷つけた。

第一次太平洋戦争――それは予期しない偶発戦闘ではあったが、アメリカ戦艦群は痛打され、屈辱の和議を結ばされていた。

リターンマッチを挑んだ第二次太平洋戦争では騙し討ちで真珠湾を焼かれ、日本本土もろくに攻撃できぬうちに停戦となってしまった

一回目の敗戦時、大統領職にあったのは第二六代セオドア・ルーズベルト。そして今回の大戦を率いたのは第三二代のフランクリン・ルーズベルトである。

同じ家系に連なる二名は、アメリカ合衆国の針路を誤らせたのではないか。オランダ系であるルーズベルトの一族は、もしや敗北のジンクスを背負っているのではないだろうか？

そんな噂が国内を駆け巡った。政権与党の民主党はこれを一笑に付すことはできなかった。大統領選挙が一一月に迫っていたからである。

当初ルーズベルトは四選に意欲を燃やしており、党としてもこれを応援する覚悟だった。だが、上昇を見せるバルセロナ講和会議の熱気と反比例するかのように、大統領の支持率は低下する一方だった。

民主党とて、戦争に勝利できなかった大統領を担ぎ出すほど前が見えぬわけでもない。またルーズベルトは不文律となっている二期退陣を無視し、三期目を務めていたのだ。出馬は見合わせていただくのが筋というものであった。

ルーズベルトは抵抗したが、健康が翻意を促した。彼は小児麻痺を抱えており、一日の大半を車椅子で生活していたのだ。加えて近年は脳溢血の兆候も見られた。手は時おり小刻みに震え、食事にも不自由する有様だった。

大統領も最後は党議拘束に従った。次期選挙不出馬を宣言したのである。

結果的にではあるが、開戦時に指導者の立場にあった日米の元首は、ともに舞台から降りたことになる。

民主党は大至急、代理の候補を捜して東奔西走することとなった。

まずはミズーリ州選出の上院議員ハリー・S・トルーマンが俎上に上げられた。ルーズベルトが副大統領として擁立する予定の男であったが、知名度の低さゆえ、新政権の柱として持ち上げることはできなかった。

共和党代表となりそうな者はトーマス・E・デューイとウェンデル・L・ウィルキーのいずれかであり、強敵とは目し難かったが、民主党の勢いが失われつつある現在、もっとインパクトのある男が絶対に必要だった。

それもイギリスに強く出られる者でないと駄目だ。対英融和路線ばかりに傾注したあげく、裏切りに近い仕打ちを受けたからには、それなりの態度で相対しなければならない。白羽の矢が立ったのは四年前まで駐英大使を務めていた男だった。

ジョセフ・P・ケネディ。かつてのボストン市長でもある。チャーチルと互角に渡り合える唯一の政治家であった。

当時六六歳と年齢的なネックがあり、またカトリック信者ということで国民受けは今ひとつだ。それは民主党幹部も了解していた。だからこそ彼らは隠し球を用意していたのである。

ネーム・ヴァリューのある軍人を副大統領候補(ランニングメイト)に仕立て上げ、ケネディをバックアップさせるのだ。

ドワイト・D・アイゼンハワーを推す者もいたが、彼はノルマンディ上陸作戦の失敗が尾を引いており、マイナスのイメージが強すぎた。候補者はそのアイゼンハワーがフィリピンで特別補佐官を勤め上げた人物に絞られた。

陸軍の逸材ダグラス・マッカーサー将軍その人である。これぞまさしく民主党がみせた起死回生の人事であった……》

新人類生頼社『正史読本』昭和六三年増刊号

『アメリカ大統領選挙〜数は世界を制す』より

第二章　仮面をつけた平和

1　ある退役軍人の悲哀

場違いな環境で働くことを義務づけられた者は大抵の場合、性根が腐っていく。よほどのマルチ人間でないかぎり、職場を選ばず活力を漲（みなぎ）らせるのはどだい無理な話であろう。

　希望する業務に就く努力を怠り、結果を出せなかっただけと言われればそれまでだが、与えられた任務や環境が過重労働を強いるものであれば、次に備える余裕などあるまい。つまり貧乏くじを引く者は常に存在するわけである。

　ここにタイプされた書類へ自署（サイン）を書き綴るだけの男がいた。楽といえば楽だが、けっして望んだ仕事ではない。彼は手の届かない運命に翻弄され、閑職に回されていたのだった。

その名はウィリアム・F・ハルゼー。元アメリカ海軍大将である。

しかし、それは過去の肩書きだ。海軍を退役したハルゼーは、一民間企業であるニューポート・ニューズ造船所(シップビルディング)&乾(ドライ)ドック社の副社長へ収まっていたのだった。

海軍以外になんの知識もないハルゼーに経営者が務まるわけもない。彼もそれを自覚していたのだが、法外な高給を提示されたため、あえて修羅のビジネス界へと飛び込んだのだった。

全米最大規模の造船会社ニューポート・ニューズもハルゼーにマネージメントの手腕を期待していたわけではなかった。ただ単に彼のネーム・ヴァリューを欲しただけであった。

与えた仕事を見ればそれが事実だとわかる。ハルゼーの業務はただひとつ。大手銀行に借入金を申し込む手紙にサインをせっせと記すことだけなのだ。

太平洋で日本軍に何度も痛撃を与えた海軍提督である。敗北に限りなく近い引き分けと称された第二次太平洋戦争において、彼があげた白星は燦然(さんぜん)と輝いている。交渉の場に座るだけで、渋い銀行屋を威圧することが可能だった。

つまりは顔役である。それ以上でも以下でもなかった。現在のハルゼーは過去の栄光という貯金を切り崩して生きていたのだ……。

「提督。あなたはここで燻(くすぶ)っているような御仁ではありませんぞ。早く太平洋に帰ってきてください。艦隊のみんなも寂しがっております」

遠来した友が語った辛辣な一言に、ハルゼー副社長はペンを置いた。彼は負け犬そのものの視線で相手を見つめ、やがてこう語りかけた。

「俺だって東海岸に居たくて居るのではないぞ。まだ頭脳にも体力にも自信はある。復帰要請があれば、いつだって艦隊に戻れる身にはしてあるつもりだ」

「ならば海軍省に嘆願書を提出する許可を下さい。あなたを現役に復帰させるべく、第三艦隊乗組員一万四千名分の署名を集めました。これを政治家に叩きつければ、圧力と意思表示にはなりましょう」

ハルゼーは片手を振ってから返した。

「レイ。やめておけ。これ以上俺に関わりを持つと貴様の立場まで怪しくなるぞ。わかっているはずだ。戦争は終わった。俺のような猪突するだけのファイターなど用済みなのさ」

＊

寂しげな表情を見せた海軍大将レイモンド・スプルーアンスに対し、ハルゼーは虚勢を張った。

「それに新たな義務が生じている。世帯主として家族を養っていかなければならんのだ。君とは違って俺は銭勘定に疎い。病弱な妻の入院費を稼がねば。なにせ海軍を放逐された身分だ。金のためなら形振構ってはいられない。なあに、陸の暮らしだってそれほど悪くないんだ。空母に持ち込んで大目玉を食らったバーボンだって、ここじゃ飲み放題だ」

彼はそう言うと、豪奢な机の抽斗を開けた。なかから取り出されたのはしゃれた小瓶とグラスがふたつ。ハルゼーは琥珀色の液体を注ぐや、一方をスプルーアンスに手渡し、片方を一気に呷った。乾杯もせずにである。

苦みのある酒が喉を焼いた。アルコールと卑屈な根性によって歪んだ表情を見られまいと、ハルゼーは窓外へと目を向けた。そこには工場の煤煙と天然の霧に包まれた陰鬱な風景が展開している。

ニューポート・ニューズ市。バージニア州南東部、ジェームズ川の河口に位置する都市である。古くから海運拠点として栄えた街であった。

軍艦との繋がりも深い。南北戦争ではすぐ沖合でハンプトン・ローズ海戦が惹起している。北軍の〈モニター〉と南軍の〈バージニア〉による史上初の装甲艦決戦が行われた場所なのだ。

　一八八六年にニューポート・ニューズ造船所が操業を開始するや、この街は軍艦の揺籃となった。第一次大戦終結までに弩級戦艦六隻を建造し、近年では〈レンジャー〉〈エンタープライズ〉〈ヨークタウン〉など空母の建造にも力を入れている。初の護衛空母(CVE)となった〈ロング・アイランド〉を建造したのもここだ。戦時主力艦であるエセックス級も陸続(りくぞく)と就役させている。航空母艦のメッカと評してもおかしくはないだろう。

　鋼鉄を弾く響きに耳を傾けていたハルゼーに、スプルーアンスの質問が飛んだ。

「奥方の具合はどうなのですか？　話し相手が必要ならばマーガレットを呼び寄せますが？」

　二人は戦前から家族ぐるみで親交を深めていた。ハルゼーの娘はスプルーアンス一族に嫁いでおり、両家は親類でもある。一朝一夕の間柄ではない。彼らの交際には歴史があった。

　第一次大戦後、ハルゼーは大西洋にて駆逐艦隊司令を務めており、スプルーアンスはその部下として軍務についていた。

駆逐艦〈アローンワード〉の艦長時代、スプルーアンスは二度の接触事故を起こしている。普通ならば降格されるところだが、いずれもハルゼーの口利きで不問とされていたのだ。

両者は互いの能力と個性を認めあう仲であった。スプルーアンスが妻のマーガレットを見舞いに遣わそうと進言したのは、ごく自然の流れであった。

だが、ハルゼーは流暢な話しぶりで、それを巧みに拒否したのである。

「ノーだ。悪いが遠慮してくれ。ファンは具合がよろしくないのだ。化粧の乗りが悪いことは俺にもわかる。知り合いには今の姿を見られたくないらしい。

不謹慎な話だが、俺は少しばかりロンメルが羨ましいよ。ナチスの二代目総統は妻と息子を失ったが、ドイツという国を救った。それに比べて俺はどうだ。正反対ではないか。妻を救うために公務を投げ出してしまったのだから。

軍人の安月給では満足な病院に入れてやれぬとはいえ、こともあろうに民間企業へと転職するとは。これぞまさしく本末転倒だな！」

ハルゼーの発言は自らの運命を卑下するために発せられたものであった。彼自身、それが本当だとは信じていなかったのである。

闘将が予備役に入れられたのはアーネスト・J・キング提督の謀略だった。合衆国艦隊司令長官と海軍作戦部長を兼ねる野心家は、停戦という状況さえ大胆に活用したのである。

キングはもともとハルゼーを敬遠していた。わかりやすいキャラクターゆえ国民に人気はあるが、作戦は緻密さに欠けると酷評していた。独断に走り、思ったとおりに動こうとしない部下は、キングのもっとも忌み嫌う相手であった。作戦部長はハルゼーを放逐する機会を虎視眈々と狙っていたのだ。

軍隊とは、終戦と同時に大幅な人事刷新が実施される組織である。栄転もしくは左遷の季節だ。

政府は勝利を宣伝していたが、実務部隊である太平洋艦隊では責任論が浮上していた。内々に処分者を出し、密かに詰め腹を切らせるのが適当である。あとで政府筋から突っこまれても、部内にて制裁済みの一言で逃げ回ることができる。

その代表格として槍玉にあげられたのがハルゼーというわけであった。

資格は充分だ。マスコミへの失言や部下に対する粗暴な振る舞いだけではない。南太平洋軍司令官（COMSPA）を務めていたころ、ハルゼーはガダルカナルをめぐる複数の海戦で多くの損害を蒙っているではないか。

ガダルカナル島占領という戦略目標は果たしたが、空母〈ホーネット〉を筆頭に沈没艦は多岐にのぼった。この失点がなければ、対日反攻作戦はもっと順調だったはずだ。ハルゼー提督の責任は軽くはあるまい……。

ほとんど難癖に近い言いがかりであったが、キングにとって事実などはどうでもよかった。罷免という望ましき結果を得るためならば、真実などねじ曲げてしかるべきなのだ。

ハルゼー本人はもちろんのこと、その幕僚たちは軒並み予備役へ編入されるか、あるいは除隊勧告を受けた。彼らは一九四四年初秋に寂しく海軍を去っていった。

現役残留のためなら降格も受け入れると宣言したハルゼーだが、その願いは無視されてしまった。不名誉除隊か、恩給附与のあるリタイヤか。そうした二者択一を迫られ、しかたなく後者を選んだというのが本当のところであった。

ウィリアム・F・ハルゼー大将は九月一日をもって予備役に籍を移した。

いくつか寄せられたオファーの中から、空母指揮官としての前職を生かせそうなニューポート・ニューズ造船を選び、再就職を果たしたというわけであった――。

「ロンメルが羨ましい？　縁起でもないことを！　あなたはまだ枯れてよい人では

ありませんぞ」

　スプルーアンスの言葉には棘があった。彼は渡されたグラスには口をつけようともせず、一方的にまくしたてた。

「正直に言えば、いまのようなあなたならば会いたくなかった。飢えたライオンのような闘志を、どこに置き忘れてきたのですか！　私はあなたが罷免されるとき、ミスター・ハルゼーから海軍を取りあげれば、後にはなにも残らないと上層部に説きました。提督は艦を降りれば情緒不安定になる恐れ大であると。それは半ば冗談、半ば脅しだったわけですが、不幸にして的中してしまったようですな」

　事実を聞かされ、沈黙したハルゼーへと追い打ちがかけられた。愛すべき後輩はこう続けた。

「所詮この平和は仮初めのもの。時間の経過につれ、実戦を経験した軍人の付加価値は上がりましょう。どうか思い出して下さい。『キル・ジャップス！』と連呼していたあの頃の熱気を！　この次は絶対トーキョーまで行くぞと言って下さいよ。あの大型空母に新型戦闘機が隠してあるくらい言って下さいよ！」

　珍しく感情を剥き出しにしたスプルーアンスは指を窓外へ向けた。事務所の一室であるそこからは、艤装中である航空母艦の艦橋が丸見えになっていた。

圧倒的存在感を醸し出しているそれを見据えつつ、ハルゼーは後輩に反論を開始したのだった。

「どうした。貴様らしくもない。さてはハワイで苦い情報を吹き込まれたか？」

その一言は図星だった。スプルーアンスは項垂(うなだ)れるや、言葉を絞り出した。

「咎(とが)はあなただけにとどまらぬようです。ボスが首を切られそうなのです」

二人にとって〝ボス〟と呼べる人物は一人だけであった。ハルゼーは思わず聞き返した。

「ニミッツが？　信じられん。あれだけの功労者を免職に処するというのか」

「政府筋からの要望です。バルセロナで開催中の講和会議を円滑に進める手立てでしょう。国際間では、合衆国は勝ち組とは見なされておりません。ルーズベルト大統領は、そうした世論に乗じるつもりなのです。陸軍のアイゼンハワーが辞職したのを受け、海軍でも同格の提督を引責辞任させるべきだとする暴論が罷(まか)り通っています。つまりは太平洋艦隊司令長官を……」

「謙虚さを示すため軍組織の頭(ヘッド)を総入れ替えするというのか」

「イエス。私やミッチャー、キンケイドといった現役組が要望書の奏上を続けていますが、おそらくもう手遅れかと……」

「見せしめだな。俺をお払い箱にしただけでは足らんわけだ。責任をとるべき人間ならワシントンにいるではないか。下半身に締まりのない酔っぱらいがな」

それは〝ニトログリセリン〟ことアーネスト・J・キング大将への皮肉だった。恐ろしいことに、その発言は大部分が真実なのであった。キングは海軍軍人としての能力はともかく、人間的には欠陥の多い男だった。

ハルゼーは、空母指揮官として先輩格であり、また酒豪でもあるキングに私淑していたが、やがて考えを改めた。向こうが俺を嫌っているのだ。なぜこっちが好きになってやらねばならぬ？　聖書は隣人を愛せと教えているが、相手が俺を愛してくれない場合は、その限りでなかろう。

「作戦部長本人も近々サヨナラとなりますよ。あれだけ我の強い人物です。ルーズベルト大統領でなければ使いこなせないでしょう。運命の選挙まで、あと二ヶ月。キング提督もそれまでの命です」

「ああ。次の副大統領とは犬猿の仲だしな。だが、奴もひどいぞ。根っからの共和党支持者だったくせに目の前の餌につられて信念を売るとは。

大統領候補もアイルランド人の酒屋だろう。この世はまさしくハルマゲドンそのものだよ。民主党も勝つためならばなんでもするのだな」

ハルゼーが言った副大統領候補とはダグラス・マッカーサー将軍その人であり、酒屋とはジョセフ・ケネディ氏のことであった。彼らは全国民主党臨時党員大会で指名を得るや、たちまち国民の熱い後援をも獲得したのである。九月現在、二人の支持率は七割を超えている。ケネディ政権の誕生は確実視されていた。

「イギリス通のカトリック教徒がホワイトハウスに行けば、対英関係は改善されるだろう。しかし、マッカーサーはフィリピンに帰ることしか考えていない男だ。講和会議の御題目はなんだった？」

スプルーアンスは低い声で呟いた。

「戦線を現状維持したまま即時停戦……」

「そうだ。つまり日本から譲歩を引き出さない限り、副大統領マッカーサーの野望は成就しないわけだ。彼は目的のために手段を選ばぬ奴。下手をすれば、日米戦は再燃するぞ。だからこそ有能な海軍士官は残しておかねばならんのに」

「不愉快なことに現実は正反対の方向へ進みつつあります。人員整理を受けているのは将官だけではありません。ここ数週間、水兵の動員が大幅に解除されつつあるのです」

軍隊は非生産的な組織である。主たる任務が破壊なのだから当然だ。また娑婆(しゃば)で労働層となるはずの成人男性を大量にくわえ込んでいることも事実。つまるところ軍は二重の意味で生産を阻害しているのである。

よって戦争が終われば招集した兵の任を解き、社会復帰させる必要が出てくる。早く優秀な納税者になってもらわなければ国が維持できないからだ。戦後、先進国では徴兵制が急速に消え、募兵制に変動していくのだが、経済面から考えればそれは自然の流れかもしれなかった。

アメリカ合衆国は戦時体制を解除しつつある。それを確認したハルゼーは後輩に向き直った。

「やはりか。戦後を迎える準備をしているのは人事だけじゃないぞ。造船所に居るからわかるのだが、軍艦もキャンセルが相次いでいる。財務省の総合政策研究所が横槍を入れてきたのだろう。

特にエセックス級空母の扱いがぞんざいだ。一七隻の完成予定が大幅に縮減されるらしい。この造船所でも〈ボクサー〉〈レーク・シャンプレイン〉が内々にキャンセルされた。信じられるか？　両方とも完成度は八割を超えていたのだぞ」

「聞いています。エセックス級はマリアナ戦役に私が率いた六隻に加え、あと四隻だけ就役するようですね。つまり七隻がスクラップにされる計算。戦艦も解体業者と屑鉄屋が狙っております。こんな調子では次なる戦争（ネクスト・ウォー）が勃発したとき、国防の責任を果たせません」

ネクストという単語を強調した後輩に、ハルゼーは沈鬱な表情を見せた。

「次なる戦争（ネクスト・ウォー）か。やはりジャップとは武をもって決着をつけるべきなのだな。他に道はないのだな。君とは第一次および第二次太平洋戦争をともに戦った仲だ。悪いが第三次太平洋戦争では俺は轡（くつわ）を並べられそうにない。できるのは後方からバックアップすることだけだ。なんとかあれを仕上げて真珠湾に送ってやるよ」

ハルゼーはまたしても窓外を見遣った。世が世なら、彼が乗り込むことになったであろう超大型空母が横たわっていた。スプルーアンスもハルゼーの傍らに居並び、巨鯨にも似たフネに熱い視線を注ぐ。

「ワイドサイズですな。視界が限定されるここからでは、全体を一望することさえ叶いません。全長は三〇〇メートルを超えるのでしょう」

「いや。二九五・二メートルだ。全幅は四一・五メートル。合衆国のアキレス腱であるパナマ運河通行を諦め、ひたすら大型化に専念した超空母だよ」

「飛行甲板が広くなれば着艦時の事故も激減しましょう。継戦能力の点から考えても大きいことは良いことなのです。ところで最大搭載機数は？」

「一〇〇機は楽勝だ。飛行甲板に繋留すれば、一四〇機も夢ではない。計画どおり三隻が完成した暁には、艦載機は四〇〇機を超える。エセックス級を四隻から五隻揃えるのと同等の戦力が期待できるわけだ。そのぶん建造費も高くつくが、拡張性の高さが売りさ。こいつらも最初は六隻の予定だったが、半数はキャンセルされた。建造中なのは三隻だけだ。この工廠で一番艦と三番艦を、ニューヨークで二番艦を造っている」

「たとえ半分だけでも実戦部隊には有り難いですよ。よく解体の対象になりませんでしたね」

ハルゼーは自分でもそれとわかるほどのしたり顔で、こう続けたのだった。

「海軍省と財務省からは建造中止の打診が来たが、あれだけは絶対に譲れないと俺が突っぱねた。銀行とつるんでいる連中はコストパフォーマンスに弱いんだ。あれは息の長い空母として使える。近代化改造をしつつ運用すれば、半世紀は楽に持つと言うや、すぐ折れた。完成は来年の夏だ」

「これは驚いた。今の提督は頑迷な経営者の顔をしておられましたよ」

「なめてもらっては困る。いまの俺は副社長だ。建造のゴーサインはおろか、艦名にだって口を出す権利を持っている。署名仕事に甘んじて牙を隠しちゃいるがね」

「それで、あの艦の名前は？」

「候補はいくつかあったが、やはり勝利の戦場名を頂戴することにした。君がジャップの空母を四隻も沈め、流れを合衆国へと引き戻した栄光のバトル・フィールドだよ」

スプルーアンスは目を大きく見開いて言った。

「航空母艦（エアクラフト・キャリア）〈ミッドウェー〉ですか。日本人が聞いたなら黄色い顔を真っ赤にすると思いますよ」

「マスコミ受けを狙ってのものさ。まだ口外はしないでくれよ。社外秘だからな。レイ、それはそうと今日の君は尋ねてばかりだな。今度は俺に質問をさせてくれ。いや、確認といったほうがいいのだろうが……ボスの後任は誰だ？　ニミッツ提督の後釜に座る難儀な奴は誰なのだ？　本当はもう決まっているのだろう。それは俺もよく知る人物ではないのかな」

スプルーアンス大将は表情を凝固させ、動きを止めてしまった。ハルゼーは頷いてから続ける。

「やはりそうか。おめでとう。次期太平洋艦隊司令長官。君がわざわざ本土に来たのはキングから辞令を受けるためだろう。迷うことはない。やりたまえ。残された人材では最適任だ。

　ただし、これだけは頼む。水兵の猛訓練と艦載機の新型導入だけは怠るんじゃないぞ。合衆国は対日戦争において、まだ勝ち星がない。次こそは勝利せねばならん。でなければ、俺たちは額に〝無能〟と刺青を入れねばならんからな」

「よく覚えておきましょう。この身に大役が務まるかどうか自信はありませんが、やれと言われれば拒否権などありませんね。全力を尽くすのみです。いずれ職務が軌道に乗れば強権を発動させますよ。無理にでもあなたを現役復帰させますから、そのおつもりで」

「よくわかった。そのときには貴様の部下として馬車馬のごとく働かせてもらおう。覚悟しておく。それで今日はどうする？　時間があれば〈ミッドウェー〉を見学しておけ。すぐ太平洋艦隊総旗艦となるフネだからな。あらかじめ予備知識を仕入れておくのも悪くあるまい」

　魅惑的な提案のはずだが、スプルーアンスは首を横に振った。

「残念ですが、いまからスペインへ飛ばねばならんのです。これも密命でして」

　意外な一言にハルゼーは詳細を問うた。やはりバルセロナ講和会議絡みかと。

「表向きはイエス、しかし、裏はノーです。私は味方の新型空母を知る前に、まず仮想敵国のそれを見聞する必要に迫られたのです。バルセロナには日本海軍が新鋭空母を回航させております。〈タイホウ〉です。あれを間近で観察できる機会など、めったにありませんから」

すぐハルゼーも状況を呑み込んだ。日本も講和使節団の護衛任務艦隊を派遣しているのだ。

開催地となったスペインは、先の内戦で敗北した人民戦線の残党らがテロ活動を続けていた。治安はあまり良いとは言えない。

よって参加各国は自衛のために艦艇を派遣することが認められていた。暫定的な処置だったが、総トン数が五万トン以内ならば特に規制はない。

スプルーアンスは台詞を繋げた。

「我々も〝レディ・レックス〟に防空軽巡を派遣しております。独仏英ソの各国もそれぞれ艦隊を繰り出しています。地中海ではちょっとした規模の観艦式が開催中です。カタリナが一時に発進しますから、それで現地へ飛びます。アゾレス諸島で燃料補給を行い、そのままスペインへダイレクトに向かいます」

レイモンド・スプルーアンス大将は腕時計に目を落とすや、帽子をかぶり直した。

彼は時間に厳格なことで知られている。離別の時が来たことを理解したハルゼーであった。

「タイムアップです。名残惜しいですが、そろそろ失礼します。こうなれば、やらなければならないことが山ほどありますから」

二人は海軍士官学校（アナポリス）時代を彷彿とさせる海軍式敬礼をかわした。言葉などもはや不要だった。祖国と己が置かれた逆境にもめげず、立ち向かう覚悟を見せる男たちの姿がそこにあった。

スプルーアンス大将が退出するとき、ハルゼーは戦場へ帰る男へと羨望の眼差しを向けるのだった――。

2　スペインの雨

バルセロナ。それはスペイン北東部の地中海沿岸に位置している街である。

歴史は古い。なにしろ創建した人物はローマを滅亡寸前まで追いつめたカルタゴの名将ハンニバルの父親なのだ。

以後は地政学的条件から商業地として栄え、熱狂的国土回復運動（レコンキスタ）のあおりを食らって一時的に衰退したが、近代化とともに力を盛り返した。

二〇世紀に入るや、マドリードに次ぐ人口をかかえるようになり、国内有数の港湾設備なども整備された。近い将来、内陸首都を超える都市として発展することが有望視されている場所であった。

だが一九四四年当時、そこは戦火の傷が生々しく残っていた。八年前に勃発した内戦の後遺症である。

同族同士が殺し合う悲惨な戦乱は、二年九ヶ月の長きに渡って継続され、六〇万もの人命が失われた。バルセロナは共和国政府の要地となり、攻め寄せる国民戦線軍を迎え撃ったものの、一九三九年一月にとうとう陥落した。スペイン内乱終結の締めくくりとなる事件だった。

イベリア半島の新支配者となったフランシスコ・フランコ・バーモンデ将軍は、ファランへ党を政治基盤とする独裁者に変貌し、鎖国めいた中立政策を維持した。独伊からは枢軸側参戦を打診してきたが、カンの鋭いフランコはそれを拒絶したのだった。

米英ソの圧力は強い。イタリアは早々に戦線離脱するであろうし、ドイツもいずれは追いつめられる。味方しても得るところは少ない。いまは疲弊した国内経済を立て直す努力を重視すべきだ。フランコはそう決断したのである。

こうして荒廃していたバルセロナは復興へと歩み始めた。ただしそれは荊の道であった。ラテン系の民族性もあるのだろうか、市街や湾港の整備は遅々として進まない。内戦終結から五年が経過した一九四四年の時点でも、バルセロナは外国人に開示しにくい様相のままだった。

しかしながらドイツ第三帝国のロンメル総統が講和会議開催地の臨時租借を打診してきたとき、フランコはあえてこれを受諾した。孤立しがちなスペインを国際社会に認めさせる機会だと捉えたのだ。

ロケーションは最適であった。フランス国境までは約一〇〇キロと近いが、他の交戦国とはそれなりに距離がある。英国保護領ジブラルタル要塞を除けば、近隣に軍事拠点はない。公平を期しやすい場所であることは確かだった。交通の便も悪くはない。軍港として使用できる港湾があり、軍民兼用の飛行場も整備されていた。

ただし、治安に難があった。前政権の残党狩りは続けられていたが、妨害工作は散発していた。テロ攻撃の可能性もある。敗北した人民戦線は共産主義を標榜していたことを忘れてはならない。極論を恐れずに言えば、共産主義はテロリズムによって生まれた側面もあるのだから。

よってフランコは妥協案を提唱した。当方は宿泊施設等の警備態勢に万全の自信を持てぬゆえ、参加各国代表は実力をもって自衛に尽力されたしと。

スペインの元首は、外国海軍艦艇のバルセロナ入港を認めたのである――。

＊

朝から降り始めていた小糠雨は、やがて土砂降りに近くなってきた。

降雨量は叩きつけるような調子だ。水飛沫がひどく、視界は一〇〇メートルほどしかない。そこに展開しているのは平坦な滑走路のはずだが、飛行機の姿など一機も確認できなかった。

「これが国際空港の候補地かいな。あかんわ。水はけが悪すぎるわい。スペインの雨は主に平野に降ると聞いとったが、こりゃあ降りすぎってもんじゃ。ワシは羽田のような場所を期待してたんだがなあ。これじゃあ運用できるまで、あと半世紀はかかってまうで！」

そう言ったのは後関磐夫一飛曹である。艦から持ち出した蛇の目傘で雨滴を防ぎながら、彼は再び大声を張り上げた。

「なにも見えんのでは話にならん。間諜の役割なんか果たせんわ。屋根のない車を借りたのは失敗だったわい。風邪ひいちまってても面白うない。さっさと〈大鳳〉に戻ろうじゃねえか！」

助手席に座る永須紫朗二飛曹は思わず顔をしかめた。本当にスパイ活動に従事していたわけではないが、世知辛い世の中である。調達した車にはカメラや双眼鏡の類は積んでないが、不穏な発言が引き鉄になり、拘束される可能性はあろう。

「兄ぃ、声が高いです。ここは敵地ではありませんが、内地でもありません。少しばかり外貨を落としてくれるとはいえ、外国の兵隊が国内に居座っていては、スペインの人たちだって愉快なわけがないでしょう。波風を立てるような発言は控えるべきです」

しかし、後関は駄々っ子のように叫んだ。

「周囲数キロには誰もおりゃあせんがな。まったく寂しい限りじゃ。警察でも憲兵でも幽霊でもええから出てきて欲しいもんよ。逮捕でもしてくれりゃあ、ちったあ人生に変化も出るじゃろ！」

「馬鹿なことを言わないで下さいよ。ようやくもらえた上陸許可じゃないですか。下手をすれば、帰艦と同時に営倉へ放り込まれてしまいます。だいたい気分転換にスペイン空軍を冷やかしに行こうと行ったのは兄ぃじゃありませんか」

「おうよ！　せっかくこのワシが、太平洋でさんざん実戦を経験した後関サマが、平和ボケした闘牛空軍に難癖をつけてやろうとしちょるのに連中は恥ずかしがって出てこんわい！」

これは無茶な物言いであった。当時の軍用機は、雨が降ると満足に飛行できない代物なのだ。交戦中ならばいざ知らず、平和時のスペインでこんな天気の日に飛ぶ酔狂な者はいまい。ちなみに全天候型の単座軍用機が完成するのは昭和三五年以降のことである。

永須は反論しようとしたが、不意に響いた騒音に口を塞がれた。異邦人が発した台詞に反応したのか、低いフェンス越しに爆音が轟いてきたのだ。

搭乗員である二人には、すぐにわかった。レシプロ・エンジンの唸り声だ。

やがて彼らの想像を裏付ける物体が雨粒を押しのけながら滑走路を駆けて来た。

複葉の単座機だった。

「ファイアットか。マカロニ野郎の二枚羽じゃな。ムッソリーニの阿呆めが。いの一番に降伏しくさって。残されるドイツと日本の身にもなってみいや！」

身勝手な発言も混じっていたが、後関の観察眼が正しいことは永須も認めざるを得なかった。微速で滑走していった機は、たしかにイタリア製の軍用機だ。

正式型番はＣＲ32。六〇〇馬力の水冷式エンジンを搭載した軽快な戦闘機である。機首に開いた巨大な空気取り入れ口と、スパッツつきの固定脚が印象的だった。

初飛行は一九三三年だ。格闘性能に優れ、一二・七ミリ機銃を二挺搭載している。時代を考えれば重武装機とも言える。

スペイン内戦ではかなりの活躍を見せたものの、日進月歩の航空業界においては完全に過去のマシンであった。最大速度三七〇キロ前後では、欧州戦線では単なる標的機だが、新型を導入しようとする熱意も必要もないスペインでは、これで充分だった。

内戦時に飛行機を大量に融通してくれた縁もあり、フランコはイタリアとライセンス契約を結んでいた。驚くべきことに、スペインは一九四二年までこの機を製造し続けていたのである。

野原を散歩でもするかのようにのんびりと進むＣＲ32を眺めながら、永須はこう呟いた。

「速度を上げていませんね。どうやら北端に停めていた機を、格納庫へ移すだけのようです。つまりは滑走路をクリアにするわけか。なにかが降りてくると考えたほうが自然かも」

同感だったらしく、後関は上空へと顔を上げた。永須も続く。すると――。

雨雲の狭間から怪鳥が飛び出してきた。パラソル翼の上に発動機をふたつ装着した大型機だ。えぐれたような腹を見れば、それが水上機だと一目でわかる。

「カタリナ飛行艇じゃぞ！　アメ公の連絡便かのう」

永須の見立ても同じだった。太平洋ではお馴染みの機体だ。アメリカ海軍定番のコンソリデーデットＰＢＹカタリナに違いあるまい。

外見はひどく不格好である。およそ機能美とはかけ離れた容姿だ。また日本側主力である二式大艇に比べると見劣りする性能でしかない。一九三六年に開発され、もう八年も運用されている古株だ。

しかし、堅牢さと航続性能、そして安価で数を揃えやすいという点が評価され、まだまだ第一線にとどまっている。英国やソ連に輸出された機が好評を博している点を見れば、実力が窺えよう。

二人が立つ陸上飛行場へと接近してきたその機は、機首と艇体中部に引込み式の着陸タイヤを装備していた。降着装置を用意した水陸両用機というわけだ。

アメリカ海軍はこの方式を好んでいた。重量がかさみ、空中性能は犠牲になるが、使わないときは陸にあげたほうが艇体が痛まずにすむ。また整備も格段に楽となり、稼働率を押し上げる一因ともなっていた。

だが、接近中の機体に限って言えば、あまり状態がよくないらしい。

豪雨をついて強行着陸を試みていたが、横風に煽られ、アプローチまで移行できない。パイロットの焦りが手に取るようにわかった。

「いかん。降りる気じゃろうが、ちと無理よ。左の脚が降りとりゃせんわい」

後関の叫びに、永須も指摘箇所を確認した。たしかに片足だった。軽量の単発機なら胴体着陸で降ろすこともできるが、あんな大型では無事ではすむまい。

搭乗員にもそれは認識できたようだ。カタリナはとうとう着陸を諦めるや、再び高度を上げ、二人の頭上を通過していった。

すぐ隣は地中海だ。イタリアやフランスにおける水上機開発史を調べればわかるように、そこは地球上でもっとも飛行艇が活動しやすい場所である。今日はかなり波が高いが、カタリナなら楽勝で着水できるだろう。

だが、永須は気づいてしまった。星のシンボルマークを描いた機体の側面から、白く薄い糸がたなびいている現実に。それは漏れた燃料が発する霧だ。

故意に垂れ流しているわけではない。着陸直前に引火の危険を減らすため、不要となったガソリンを棄てることはある。だが、非常時なら一気に投棄するのが普通のはず。ちびちび吐き出す必要などどこにもない。

「まずい。ありゃあ損傷しとるぜ。燃料タンクにヒビでも入ったんじゃねえか？」

先輩の声に、永須は嫌なイメージを脳裏に浮かべた。今はひとまず停戦中だが、日米関係は劣悪なままだ。代表使節団の交渉も芳しくない。

やはり最悪も考える必要があろう。我らは帰投が叶わぬと判断したらどうする。いさぎよく自爆するではないか！

戦前は怠惰な弱兵と馬鹿にしていた米海軍だが、実際はヤンキー魂を持った勇敢なパイロットが大勢存在していることを、永須は経験から知っていた。

毒を食らわば皿までである。事故を装い、帝国海軍の艦艇を襲う奴がいたとしても不思議ではなかろう。

「まずいですよ。あっちには〈大鳳〉が！」

「乗れ！」

後関の声にふり向くや、相手はいつの間にか車のエンジンを始動させていた。

永須が助手席に座り直すと同時に、アクセルが力任せに踏みつけられた。過激な加速が開始され、でこぼこ道を四輪車が急発進した。フネから持参した蛇の目傘が吹き飛んだ。

二人が乗るのはバルセロナの貸自動車屋でレンタルしたキューベルワーゲンだ。あらゆる戦場で抜群の稼働率を誇るドイツ製の軍用車輌だった。人の良さそうな店主が、英語とスペイン語のちゃんぽんで話してくれたところによると、なんでも内乱末期に郊外で拾ったスクラップを整備し、動くように修理したらしい。

中立だがどちらかといえば枢軸寄りであり、ソ連敵視政策を続けるスペインには日本びいきの者も少なくなかった。レンタカー屋の店主もまた然り。格安で貸してくれたのは有り難かった。

永須は体勢を立て直し、上を見上げた。雲間に高度を下げていくカタリナ飛行艇の姿が一望できた。旋回しつつ着水地点を探しているらしいが、そちらには参加国のフネが碇泊しているのだ。

イギリス空母〈インプラカブル〉、自由フランス海軍の空母〈ベアルン〉、アメリカ空母〈レキシントンⅡ〉、イタリア軽巡〈ジュゼッペ・ガリバルディ〉、ソビエト戦艦〈マラート〉、そして日本空母〈大鳳〉である。

艨艟(もうどう)たちは互いに牽制する格好で、ある程度の間合いをおいて繋留されていた。バルセロナの湾港設備は前近代的であり、桟橋も必要数は整備されていない。そのため各国の軍艦は沖合に投錨し、短艇で上陸する決まりになっていた。

交渉団の宿泊も安全面からフネで済ませることが多く、結果として人員の往復は頻繁であった。

「こりゃあ大事（おおごと）です。ボートが行き交うところに突っこんだら大惨事になります。煮詰まっている講和会議に水を差してしまうかも。急いでください！」

永須の声に、後関はアクセルを踏みしめながら答えてくれた。

「いっそ水でも差したほうが状況は変わるかもしれんのう。代表団の連中は口ばかりでなんもでききんじゃねえか。二ヶ月も小田原評定ばっかりしおってからに」

「悪いほうへ変わったら大変じゃないですか。下手をすると交渉決裂で内地へ帰還もあり得ますよ」

「それこそ願ったり叶ったりよ。だいたい飛行機を積んでいない空母に、なんで搭乗員が必要なんじゃい。しばらく操縦桿も握ってねえから、運転も半分がた忘れてしもうたわい。

ワシはスペインは好かん！　行商人はがめついし、カヴァとかいうラムネの出来損ないみたいな酒もまずい。女は情があると聞いたが、日本語ができんのじゃ話にならん。食い物もてんで駄目じゃねえか。特にあのインディゴ米とかいう奴はもう見るのも断る！」

後関一飛曹は腕利きの戦闘機パイロットだが、自動車の運転テクニックもかなりのものだった。日本人専用に指定された桟橋までは約六キロ。その道程を一〇分からずに走破したのだ。

ポンコツから半ば廃品へと姿を変えたキューベルワーゲンを打っ遣り、待機していた一二メートル内火艇へと乗り込んだ。〈大鳳〉所属のそれは基本的に士官用のものであったが、このさい仕方がない。当直の兵曹長も事態を悟ったらしく、すぐに出してくれた。

カタリナは微妙に右へと傾きつつ、着水態勢に入りつつあった。進入路はかなりの沖合だ。特攻や自爆の意志はないらしい。まだコントロールは可能らしく、徐々に高度は下がっていく。パイロットの腕さえよければ、無事着水できるだろう。

機首が水面に触れた。弾かれるように機体が浮き上がる。まだ速度を殺し切れていないのだ。数回のバウンドを繰り返したとき、もうカタリナは自重に耐えることができなかった。

左翼が大きく傾き、海面に突き刺さる。それが一刀両断にされると同時に回転を続けていた一二〇〇馬力のＲ‐１８３０エンジンが断末魔の飛沫をあげた。やがてカタリナ飛行艇は倒立を始めたのだった。

ナマズの如き艇体が天地を無視し、尻尾を上げていく。水上機はおしなべて浮く設計ではあるが、機体が大破していてはそれも期待できない。海中に引きずり込まれるのが自然の摂理というものだ。

内火艇は不時着水現場へと全力で接近していく。思想や立場はどうあれ、壊れそうなものが側にあるときは取りあえず守るのが人の道である。永須は内火艇を指揮する兵曹長の行動を、内心で支持していた。

だが、兄貴分と慕う後関一飛曹は、その斜め上をいく行動に移ろうとしていた。彼は略式軍装の上着を脱ぐや、飛び込む準備に移っていたのだ。

「兄ぃ！　駄目です。誘爆するかも！」

「そんなこと言ってる場合じゃねえぞ。ありゃあ非武装機で吹っ飛ぶ危険は小さい。それに頭をもろにゴッツンコしたから、中の連中は動けんじゃねえか。まずは行くしかあるめえ！」

そう言い捨てるや、後関は舟板を蹴り、海中へと身を躍らせた。

沈没しつつあるカタリナまでは約二五メートル。水練達者な後関だが、はたして間に合うだろうか？

もはやカタリナは垂直尾翼を海面からのぞかせているだけだ。永須も思い切って飛び込もうかとしたが、兵曹長から制止された。下手をすれば二重遭難になると。大破した機体の沈降速度が一気に増した。まだ後関は姿を現さない。時間だけが無情に刻々と過ぎていく。一分……そして二分……。

ベテランの海女でも限界かと思われる時間が流れたのち、青黒い海面に黒い頭部が浮いてきた。すぐ真っ赤な口が開く。待ち望んだ酸素を肺へと吹き込むために。

「手を貸せ！」

後関は要救助者を連れていた。金髪碧眼の初老の男だ。誰がどの角度から見てもアメリカ人だとわかる風貌であった。力任せに引き上げたところ、自力で呼吸している。額から出血していたが、命に別状はないように思えた。

後関は荒く息をつきながら、呼吸が調うのを待って話し始めた。

「助けられたのはこいつだけ。あとは絶望じゃ。とりあえず〈大鳳〉に運ぼうぜ。軍医に見せなきゃならんからのう……」

＊

ベッドに横たえられている自分を再発見する。

これは嬉しい兆候ではない。意識が飛んでいたことの証明に他ならないのだから。また覚醒した要因が額に走る鈍痛だったとあればなおさらだ。

（いったい私はどうしたのだろう？　飛行艇は……あの水陸両用カタリナ機はどうなった？　アゾレス諸島に立ち寄り、整備と給油を実施したあと、バルセロナまで直進したことは覚えている。しかし、悪天候に加えて機の調子もいまひとつであり、スペイン空軍が用意しれくれた滑走路に着陸することはできなかった。主脚が出なかったのだ。

そして軽い衝撃音。なにかが爆発したのか？　燃料が左タンクから漏れているという報告のあと、機が大きく傾いた。着水を試み、海面へと叩きつけられたところまではわかるが、その先は暗闇があるのみだ。虫が会話をしているような響きが聞こえた記憶も断片的にあるのだが……）

不意に耳元で声が響いた。固い調子の英語であったが、意味ははっきりと把握できた。

「御自身のお名前を覚えておられますか？」

隠す必要もない。彼ははっきりと答えた。米海軍大将レイモンド・A・スプルーアンスであると。

「やはりそうですか。アドミラル・スプルーアンス。ミッドウェーでのお手並みは見事でしたな。大日本帝国海軍（インペリアル・ジャパニーズ・ネイビー）にとって、あなたのような御仁を敵に回したことは不幸の極みでした」

無念そうな一言にスプルーアンスは恐怖した。ここはジャップのフネか？　私は捕虜になってしまったのだろうか？

半身を起こすと額の痛みがパワーアップした。痛点を片手で覆ったところ、頭蓋に包帯が巻かれているのがわかった。気絶中に治療を施されたらしい。

「こめかみから額の部分を数針縫いました。応急処置でしたので傷は残るかも知れませんが、ご容赦ください。気に障るのでしたら、ドイツで形成手術を受けることをお勧めします。きっと跡形なく消し去ってくれることでしょう。今は太平の世。我々はそんな時代を堅持せねばなりません」

東洋人とは思えぬほど精練された発言に、スプルーアンスは相手を凝視した。

見覚えのある男だった。日本人の顔など全部同じに見えてしまうが、奴は特別だ。

短期間だが総理大臣（プライム・ミニスター）まで務めた人物ではないか。

「申し遅れました。私は米内光政です。バルセロナ講和会議日本使節団の全権代表を務めております」

もちろんスプルーアンスも米内のことは承知していた。日本海軍では屈指の逸材だ。首相以前にも海軍大臣や連合艦隊司令長官といった要職を歴任していた男である。

アメリカ海軍所属砲艦である〈パネー号〉誤爆事件の際、誠意ある謝罪に務め、米本土の反日感情を和らげたのは七年を経過した現在でも記憶に新しい。

米内はバルセロナで最強の論客となり、講和会議の場をリードする局面も見せているという。彼と互角に舌戦を繰り広げているのは定期的に姿を現すイギリス首相チャーチルのみらしい。

米内は状況解説の単語を連ねてきた。

「市外に面した停泊地（バース）に空母〈レキシントンⅡ〉が停泊中です。さきほど連絡を入れたところ、すぐに迎えを寄こすとのことでした。当直艦医の見立てでは動いても差し支えないそうです。あなたの到着を待ち侘びている水兵たちを早く安心させてはいかがですか」

水兵(セイラー)という言葉がスプルーアンスの琴線に触れた。思い出したのだ。カタリナに同乗していた若い兵隊の姿を。

「私の部下はどうなりました？　あの機にはあと八名乗っていたはずですが」

米内は力なく首を振り、すまなそうに話した。

「あなたを救助するだけで精いっぱいだったそうです。現在、水没したカタリナを捜索しております。浅瀬ですから遺体の回収は可能でしょう。発見次第、〈レキシントンⅡ〉まで届けさせていただきたく思います」

「いや、それには及ばない。我々にも優秀な潜水チームがいるのだ。お手を煩わせることもあるまい」

カタリナに機密書類めいたものは搭載していないが、なにが相手の関心を引きつけるかわからない。情報とは検分する者により有益にも無価値にもなるのだから。

米内光政はしばらく黙っていたが、やがて穏やかな、それでいて有無を言わせぬ調子で、こう断言したのだった。

「我らは戦争再発を防ぐために尽力しているのです。考えていることはただひとつ。ご遺族の心根を少しでも和らげて差しあげたい。ただそれだけです。警戒されるのも無理はありませんが、カタリナ飛行艇なら南方戦線で何機か鹵獲(ろかく)しており、もう観るべき点などございません」

あまりにも清々しい発言に、スプルーアンスは相手の両眼を凝視した。真実しか存在しない黒き瞳がそこにあった。彼は看破した。この日本人は紛れもなく大器であると。身長六フィートと日本人にしては大柄だが、外見に相応しい器量をもった巨人であると。

スプルーアンスは痛みを堪え、背筋を伸ばしてから答えたのだった。

「アドミラル・ヨナイ。私とて、あなたのような人を敵に回す勇気はありません。和平交渉の進展に及ばずながら尽力させていただきましょう」

3　二〇世紀の大天狗

歴史とは一部の識者によってプログラムされるものだという説がある。

三〇〇人委員会やフリーメーソンといった虚偽入り乱れた秘密結社を引き合いに出す必要はない。大国と呼ばれる組織を管理する者は、なぜか責任感に酔いしれ、国際政治を仕切りたがるのだ。

混乱した世界を切り盛りできるのは現実との摺り合わせができる国家指導者だけ。

そう考える者も少なからず存在する。いわゆる独裁者待望論だ。汚れた世界を浄化可能なのは、人々を導く魅力とカリスマを有する者に許された特権なのだと。

だが、独裁者とて万能ではない。それはこれまでの歴史が証明している。扱う範囲が広範にわたると流入する情報を捌(さば)ききれず、押し潰されていく。小利口者の部下に細事を任せようとすれば、足下を見られる。いずれにせよ馬脚を現す者が大半であろう。

歴史はたしかにプログラムできる可能性を秘めている。しかし、コントロールが極端に難しい。一個人の胸の内だけで決定づけられるような代物ではないのだ。

そこで登場するのが数の論理である。

近世以後、力を伸ばした議会制民主主義こそが、独裁の対抗手段であると考える向きもある。民の声たる選挙によって選ばれし者こそ正義の使者なのだと。

だが、その実体は多数決の名を借りた独裁政治であることも珍しくない。政策の多くは料亭や密室で、あるいは幹部の談合によって決められてしまう。国民の意思や声が反映されることは皆無といって差し支えないだろう。

それに独裁者とは選挙で選ばれることが多いのだ。あのヒトラーでさえ、ワイマール共和国の憲法に従い、民衆の意志に応えるかたちで国政の場へ躍り出た事実を忘れてはならない。

そして、ここに根っからの政治家がいた。歴史家でもあり著述家でもある彼は、自らのチャレンジが無謀に近いものであることを理解しつつ、それでもなお歴史のハンドルを握らんと欲したのだ。

なんのために？　覇権を掌中に収めるために。

ある意味、純粋な愛国者だった彼は衰退する祖国を救えるのは自分しかいないと確信していた。それを自らの野望と重ね合わせたとき、悲劇の暴走が始まったのである――。

時計の針が午後一一時を打った。

イギリス海軍大将ジェームズ・F・ソマーヴィルは腕組みをしたまま、相対する人物に視線を注いでいた。自覚できていないが彼の右足は小刻みに動いている。

「提督、まあ落ち着きたまえ。回答期限は午前零時だ。あと六〇分ある。英国紳士たる者、時間は厳守せねばならん。そうであろう？」

嗄(しわが)れた声で言ったのは、ありとあらゆるピンチをチャンスに変貌させることを希求する英国首相であった。ウィンストン・チャーチルその人である。

「日本側は一九四四年が終わるまでには回答を寄こすと伝えてきたのだ。待とうではないか」

首相の自信ありげな一言に、ソマーヴィルは貧乏ゆすりを停止した。ワンランク上の人間が発する言葉にはやはり重みがあった。彼は六二歳と老人の範疇に収まる男であったが、老獪極まるチャーチルを目の前にしては、初夜を迎えた花嫁も同然であった。言葉を慎重に選びつつ、ソマーヴィルは尋ねる。

「私はこれまでの経験で日本人は未開人でないと理解しております。ですが連中は紳士とも呼べぬのではないでしょうか？　過去の例を見るかぎり、奴らは必ず宣戦布告前に攻撃を開始しております。時間というものの観念が欠落していると考えたほうが無難では？　それに日本にクリスマスを楽しむ習慣はありませんが、新年は大々的に祝うと聞きます。今日はもう動きはないと判断すべきでは？」

チャーチルは盛大に紫煙を吐き出した。

「連中は我らが思うほど頑迷ではないさ。それにダイナマイトにも似た文書を送りつけたのだ。なにかしらのアクションがあって然るべきだろう」

「そのアクションが過激なものでないことを祈るだけです。あるいはダイナマイトそのものを投げ返してくるかも知れませんぞ。ジブラルタルが強襲される恐れさえ皆無とはいえません」

「下手な冗談はよしてくれ。航空機を載せていない空母に〝飢えた狼〟と形容された重巡一隻でかね？　日本人は無謀かもしれないが馬鹿ではあるまい」

チャーチルの指摘どおり、ソマーヴィルも本気で言ったわけではない。

現在日本人が地中海へ増派している戦力は空母〈大鳳（タイホウ）〉に重巡〈足柄（アシガラ）〉、そして駆逐艦〈雪風（ユキカゼ）〉の三隻のみ。

排水量総計五万トンという枠をフルに使っての艦隊編成だったが、これは砲艦外交をメインに考えられた結果であり、実戦でのバランスはとれていない。指揮官が発狂でもしないかぎり、そんな戦力でジブラルタルに突撃を敢行するような真似はできないはずだ。

常識派のソマーヴィルはそう考えていた。ただ、無視すべきではない勢力が側にいる事実を首相に印象づけたかっただけである――。

ソマーヴィル大将はイギリス海軍を代表する著名な海軍提督だった。

地中海方面艦隊、いわゆるH部隊を指揮したあと、戦艦〈プリンス・オブ・ウェールズ〉と運命をともにしたトム・フィリップス提督の後任として東洋艦隊司令長官となり、インド洋で南雲機動部隊と刃を交えた。

空母〈ハーミズ〉を失ったのは痛かったが、その後はアメリカと共同しつつ戦力維持に注力し、現場責任者としての手腕は高く評価されていた。一九四四年後半には英海軍武官代表としてワシントンＤＣへ赴任する予定であった。

だが、不意に訪れた休戦状態がソマーヴィルの運命を変貌させた。なにが起こるかわからぬときにベテランを外すのは愚者の選択だ。彼は任務にとどまり、対日戦線に目を光らせていたのである。

そんなソマーヴィルが呼び出しを受けたのは一二月二一日のことであった。指定場所はジブラルタル。スペイン南端に位置するイギリスの直轄植民地である。

彼を待ち受けていたのは、八月に完成したばかりの最新鋭艦だった。

航空母艦〈インプラカブル〉――装甲空母として名高いイラストリアス級・第三グループの一番艦だ。満載排水量は三万二〇〇〇トン。打たれ強さはそのままに、弱点だった搭載機数を倍加させた攻撃型空母である。

もっとも格納庫は空(から)に近い。バルセロナ講和会議へ派遣団の一環として送り込んだフネだ。艦載機の所持は厳禁という紳士協定が存在したのである。

にもかかわらず、各国はこぞって空母を派遣していた。戦艦の価値が薄れ、砲艦外交の主役が航空母艦に移行してきたことを示す証拠であろう。

また空荷の空母は、輸送艦としての役割を果たせる。広大な格納庫が絶好の収納スペースとなるからだ。国外や戦地で長期にわたる活動の拠点としては、ひとつの選択肢だろう。

そして一九四四年大晦日。ソマーヴィル提督はイギリス最大の航空母艦の艦内において、英国首相と面談に及んでいたのである——。

「日本人は想像以上に利口だよ。以前から言われていたように勤勉でもある。特に全権代表の男は仕事の虫らしい。危機を好機に変えることにおいては私以上かもしれない。正直、次回の個別会談が不安でもあり、楽しみでもあるよ」

「仕切り屋のアドミラル・ヨナイですか。カトーの再来と呼ばれている男ですな」

ソマーヴィルが言ったカトーとは第二次ポエニ戦争で活躍した大カトーのことではない。ワシントン軍縮条約で大鉈を振るった加藤友三郎を指している。

加藤もまた海軍大将であり、総理大臣経験者でもあった。戦艦〈陸奥〉の解体を求める米英を説得し、同等の戦艦を建造させることを条件に保有を承認させたのだ。懸案を軟着陸させた手腕は欧米でも高く評価されていた。

欧州人の常識としてローマ史にも通じていたチャーチルは感慨深げに、

「執政官(コンスル)にも同様の発音をする者がいたな。しかも軍人で政治家。あの響きを持つ男は、論客として優れているのかもしれん。だが、私も酷似した経歴を持つ男だぞ。先を見抜く力は大カトーに劣らぬと自負している。カルタゴ同様、日本は放置すれば脅威となること明白だ。そのうち砲弾の代わりに現金を投げつけてくるだろう。いずれ連中は大英帝国を破産させてしまうかもしれない……」

深刻な口ぶりが司令長官室に響く。ソマーヴィル大将は言った。敗戦寸前で国庫も破産しかけていた日本が、急にそんな力を持つとは思えないと。

「提督。君の言うとおりだ。日本が勢いを増すには一〇年単位の時間が必要だろう。私が恐れているのは大英帝国が急速に没落する可能性だよ。相手が勝つのではない。こっちが負けるのだ。それが怖い。ツリンコマリー基地に将旗を掲げる君には理解できるはずだ。世界が平和へと動くや、歪みが生じる場所はどこだ？　君の任地のすぐ側なのだが」

ソマーヴィルは間髪を入れずに答えた。

「インド。人的資源と経済力を誇るあの大陸こそ、我がイギリスの生命線……」

「うむ。日本は小癪(こしゃく)にもそれを脅かそうと試みてきたではないか。インド侵攻――

彼らのいう〝インパール作戦〟だ。第一四軍のウィリアム・スリム中将が頑張ってくれたし、また敵将のまずい采配にも助けられ、どうにか事なきを得た。だが、ガンジーやネールといった国民会議派を勢いづかせたことも確かだ。信じられるかね？ チャンドラ・ボースという日帝の手先に、二万名ものインド軍人が付き従い、公然と反旗を翻したのだぞ」

セイロン島を根城にしていたソマーヴィルにも、インドから吹き荒ぶ反英の息吹は頬に届いていた。大国支配の限界が来ているのは事実であろう。

チャーチルはなおも続けた。

「私とて近い将来、インド独立は認めねばなるまいと判断している。ただしそれは形だけだ。あの半島は大英帝国が生き残る絶対防衛線。支配権だけは手放さぬようにせねば。

もうイギリスは対インド債務国に転落しようとしている。血のように吸い取っていた金がなくなれば、大艦隊はとても維持できない。この〈インプラカブル〉など、早々にスクラップにされような。偉大な英国海軍(HMS)は小規模な艦隊しか保有できなくなる。イギリスは世界政治を仕切る舞台から引きずりおろされ、小さな福祉国家といった別路線に進むしかなくなるだろう……」

予言者めいた首相の声はなおも続いた。

「アジアで火種が生じるや、それは中東にも飛ぶぞ。我らは外務省得意の〝二枚舌外交〟でアラブ人を押さえ込んできたが、インドが独立を勝ち得たならば、連中はすぐ民族自立運動を試みる。ドイツからのユダヤ人流出も半端な数ではない。彼らがシオニズム運動を起こす危険性もある。そうなってみよ。我らは未開の土着民に下げたくない頭を下げ、馬鹿高い値段で石油を買うはめになる」

いかにも石油マニアで知られた首相らしい言い草だ。ソマーヴィルはそう感じるのだった。

第一次大戦と前後して石油の戦略的要素に気づいたチャーチルは、中東関連石油企業株を買い占めるよう政府に働きかけ、次々に社を国有化していった。

一国の生命を揺さぶる可能性のある資源を、一企業が独占してよいわけもない。なにより金になるではないか。利に賢いチャーチルはその事実を誰よりも強く感じ取っていた。軍艦の動力を石炭から石油に切り替えるべく推進したのは、若き日に海軍大臣を務めていたチャーチル自身なのだ。

「しかし首相閣下が実情をそこまで仰るからには、対策なり代案なりがあるものと推察いたしますが？」

総理は愛用しているダンヒルの葉巻を燻(くゆ)らせながら、こう言ったのである。

「共犯者だよ。共犯者！　悪事を成すにはそれが必要不可欠だろう」

「それで日本側の全権代表に使者を送ったというわけですか」

「当たりだ。インドから中東にかけての秩序を保つためには、日本と手を組むのが手っ取り早い。連中は〝大東亜共栄圏〟なるスローガンを唱え、欧州文明をアジアから一掃しようとしている。

しかし、それは自らが新しい主(あるじ)となるための方便にすぎない。もちろん本気でアジア解放を考えている理想主義者はいようが、結局は帝国主義の拡大ではないか。そこにこそ付け入る隙がある。日英は文明国として無秩序状態の阻止に努めるべきなのだ。場合によっては日英同盟(アングロ・ジャパニーズ・アライアンス)を結び直してもよい」

変わり身の早さ。それはチャーチルという人間を語る上において、欠かすことのできない要素だ。

完璧な反共主義者であったが、ヒトラーがソ連に侵攻を開始するや即座に態度を変えていた。対独戦勝利のためと称してスターリンと握手したことをみれば、彼が典型的な日和見主義者であることがわかるだろう。

「確かにそこまで持ちかけないと日本政府も納得しないでしょう。東條(トージョー)のあとを継いだ小磯総理がどれだけ物理学に詳しいかは知りませんが、原子爆弾共同開発の打診という奥の手を使う以上、なにかしらの実利を示さねば食いついてきますまい。しかし本当なのでしょうか。ロンメル総統が公表したあのニュースは？　ナチスが原爆開発に成功したという爆弾宣言は……」

「真実に価値などない。所有していると国際社会に宣言したことが重要なのだ」

　チャーチルは片眼を瞑りながら言った。

「我らはそれを持っていない。アメリカも〝ロスアラモス計画〟を実行中だが、完成までには暫く時間を要するようだ。常識で考えれば、ナチスが開発に成功していたとは考えにくい。

　しかし、ウラン核分裂を確認したのはドイツのハーン教授だし、それも六年前の話だ。ヒトラーがどれだけ肩入れしていたかは不明だが、研究が進んでいたことは事実だろう」

「だからこそ我らも持たねばならぬと？」

「そうだ。君とてドレッドノート級戦艦が短期間で全世界へ拡散したことを覚えていよう。次世代において、あれと同等の役割を演じるものこそが新型爆弾なのだ。是が非でも確保せねば英国に明日はない。でなければ国際社会に対する発言権すら奪われよう」

「それで開発の目途は？」

「案ずるな。もう手は打っている。オフリファント、フリッシュ、パイエルスといった〝モード委員会報告書〟を策定した科学者連中を結集させたよ。合衆国にヘッドハンティングされた移住組も強制帰国させるよう裏工作を遂行中だ。

　また日本の力も借りたい。仁科(ニシナ)や湯川(ユカワ)といった物理学者の頭脳も欲しい。彼らは大型サイクロトロンを建造したという話だし、ウラン濃縮に着手したという未確認情報もある。手を組めば面白い結果が得られる。プランAの開始だよ」

「素直にアメリカに助力を願うわけにはいかないのですか。渋るようでしたら買うという選択肢もあるでしょう。我らも昔から戦艦を売って外貨を稼いだものです。交渉次第では実現の可能性もあると思いますが」

「君はなにもわかっておらぬらしい。国家を左右する最高機密を易々と手渡すものか。それに合衆国はノルマンディの一件以来、反英感情が高ぶりを見せている。新大陸の植民地風情が、つけあがりおって。

　放っておけば米独が明日の世界を左右してしまう。そこで日英も同等の力を抱くのだよ。双方が破滅兵器を持てば、つまり相手の心臓を一撃で撃ち抜ける銃を全員が持てば、簡単に諍いは起こらぬ。つまり原子爆弾とは平和を創造する機械なのだ。教会に設置して崇拝の対象にしてもよいくらいだ」

危険な考えだ。ソマーヴィルはそう確信した。戦艦狂瀾時代において、ド級そして超ド級と不毛な軍拡競争は続いたが、結局は戦争抑止力としての役目は果たせなかったではないか。

そして人間とは、いつも同じあやまちを繰り返す生命体なのだ……。

諫めの言葉を探そうとするソマーヴィルの耳に、甲高いノックの音が響いたのはそんなときだった。時計を見上げる。午後一一時五四分。約束の回答期限まであと六分であった。

「全権代表ミスター・ヨナイがどれだけの見識を持った人物であるか、この手紙でわかろう。大英帝国と覇道を歩むにたる相手かどうかがな」

連絡将校が持参した封書を手にしたチャーチルだったが、表紙を見た瞬間、総理の表情は凍りついた。内容を一読するや、顔色は乳白色に変化した。ソマーヴィルも引くほどの狼狽ぶりであった。

凝固していた総理であったが、さすがにセルフ・コントロールに長けた男である。時計が零時を指すや、チャーチルは再起動を始めたのだ。

「一九四五年の到来か。今年もまた激動の一年となることが決定づけられた。日本人は私に恥辱を与えることがよほど好みらしい。三年前の〈プリンス・オブ・ウェールズ〉の一件も然り。そして今回もまた然りだ」

「つまりは拒絶回答ですか？」

「それならまだいい。ヨナイは提言を黙殺したのだ。それどころか非公式の打診内容を第三国に売ったのだよ。新大陸の連中にな。

これは日本からの回答文書ではない。合衆国次期大統領からの私信だ。就任式を来週にひかえたジョセフ・ケネディが投げつけてきた抗議文だよ。

原爆開発はアメリカに一任されたしとある。あの兵器を保管するのは白人文明のみに託された神聖なる責務だと。日本の力を借りるのは愚の骨頂だと。まるで王権神授説だな。カトリックはやはり違う。ケネディめ。駐英大使時代には随分と便宜を図ってやったのに、あの恩知らずめが！」

チャーチルは葉巻を灰皿に投げ捨てるや、深呼吸をしてから呟いた。

「私も耄碌（もうろく）したらしい。日米関係を見誤るとは。軍事アドバイザーとしてアメリカ代表団に参加していたレイモンド・スプルーアンス提督は、カタリナ飛行艇の墜落事件以来、日本側とは親密な関係にあったのだ。その報告も寄せられていたのに、軽視しておったわい……」

チャーチルは力任せに書状を握りしめた。捩れたそれを灰皿の上に放るや、葉巻の炎がすべてを消し去った。ソマーヴィルには、それが乱世が勃発する炎に思えてならなかった。和平への希望はここに潰えたのだ。

チャーチルも覚悟を固めたらしく、決然たる調子でこう宣言したのだった。

「よろしい。ならばプラン、B、に移る。東洋の、そして世界の新秩序はイギリス一国で勝ち取るのだ。ソマーヴィル提督。すぐシンガポール奪回プランの策定に入りたまえ。マレー半島からインド国境にまたがる地域に鉄のカーテンを降ろすべき時が来たのだ。

なにをしている。早く行くのだ。猶予は半年しかないぞ。アメリカは夏には最終兵器を完成させる見込みらしいからな」

有無を言わさぬ調子に、反論の術を持たぬソマーヴィルは退出することにした。寄せ来る情報の洪水を受け、彼とて混乱していたのだ。考えて結論が出る状況とは思えないが、それでも知恵を絞らねばならない場面だろう。

退室しようとしたソマーヴィルに、首相の力なき声が飛んだ。

「ソマーヴィル君。ハッピー・ニューイヤー」

第三章　ピースブレイカー

1　一九四五年上半期

《日米停戦議定書》
『一九四五年一月九日、バルセロナ講和会議において日米間で調印された協定。同会議が見せた初の成果であり、第二次太平洋戦争の戦後処理条件を記した書面として知られている。

非公式かつ非公開が原則であったが、一九八五年に凍結が解除されたため、一般にも内容が公表されることとなった。

だが、蓋を開けてみると期待に反してコンテンツは乏しかった。ある一点を除き、これまで確認されてきた事実の上書きにすぎなかったのである。以後、その内容を見ていくこととしよう。

日米は双方の戦争責任を追及せず、軍事裁判も開催しない。賠償金の権利はこれを放棄する。細部は継続協議の俎上に乗せる……。

日米とも軍資金が不自由になりつつあったためか、こうした基本条項はスムーズに通過した。なにをさておいても鉾(ほこ)を収めるのが先決問題。両国の思惑は、そこで一致していた。

アメリカは戦時体制からの脱却を試みていた。軍産複合体は利益確定に動き始めていた。これ以上の継戦は株価に悪影響を及ぼす可能性が大なのだ。

一方の日本だが、こちらは枯渇死する直前だった。生存のためなら、もう面子もプライドも棄てねばならなかった。

だが、難関が待ち受けていた。領土問題である。

目に見えるが故(ゆえ)に理解しやすい要素だった。中途半端な妥協をすれば、国民には敗戦と映ってしまう。支持率は政治家にとって武器ともなり、凶器ともなるのだ。

第二次太平洋戦争終結時、日米の最前線はサイパンであった。

停戦命令が下されたとき、島の南半分は米軍制圧下に置かれていた。銃声は主にタッポーチョ山に移り、アメリカ第二海兵師団と日本陸軍第四三師団の兵士たちが激突を繰り返していた。

やがて最前線では守将南雲忠一海軍中将の提案に基づき、島を南北に分断する形で自主的に休戦地帯（DMZ）が設けられた。これ以後、地上戦力が直接銃火を交える事態は勃発しなかった。戦場は講和のテーブルに移行したのである。

サイパンの処置をめぐり日米はぎりぎりの折衝を続けていた。日本は絶対防衛線であるマリアナ諸島確保にこだわり、アメリカは撤退に難色を示した。最終的には司法取引にも似た折衷案が採用された。

アメリカはサイパンから完全撤兵する。その代償として日本は占領中のグァムを手放す。ただしその航空基地化はこれを認めない。特に大型爆撃機が離着陸可能な飛行場は建造を厳禁する。

不満は残るが納得しなければならぬ内容だった。休戦状態が持続すれば、それはとりもなおさず平和構築に繋がる。日米は戦後世界に発言権を保持できよう。世界が安寧に向かおうとしている現在、それを乱せば国際世論の批判を浴びる。下手をすれば世界大戦の再燃だ。ババは引きたくないというのが本音であった。

もちろん反論は出た。特にアメリカ側にそれが顕著であった。

日本はジャワやボルネオといった南方油田地帯を確保したままではないか。即時無条件の撤退が実施されなければ原状回復とはならない。日本は自主的に兵を引くべきであろう……。

副大統領に就任したマッカーサー将軍は遠路バルセロナまで足を運び、日本代表団の米内光政と面会した。

私が戻るべき地であるフィリピンを即刻解放せよ。そう詰め寄るマッカーサーに対し、米内は昭和二〇年の夏から秋にかけ、段階的撤退を実現する可能性を前向きに検討し、善処すると述べるにとどまった。

比島はいずれ独立させねばならぬと日本政府も考えているが、構築した戦略拠点を米軍に提供することはできない。立つ鳥跡を濁さずの精神で、防御陣地など軍事設備の後始末を実施するから時間をくれと。

マッカーサーは渋い顔を見せたものの、査察団派遣を米内が受け入れるや、一定の満足感を示した。副大統領は議定書にサインし、すぐワシントンへと舞い戻ったのだった。

日米停戦議定書は当時も現在もあまり評価されていない。当事者間の交渉は抜け駆けだとの非難も強い。後に包括的会議——六カ国協議が開催されるようになったことが、唯一の収穫であろうか。

しかし、注目すべき項目がある。目立たぬように補足の中に紛れ込ませてあった

その一文を要約すれば、以下のようになる。

新型爆弾を開発あるいは所持したとしても、互いの国土へは投下しないこと。

恐るべき密約であった。戦後四〇年間にわたり封印されてきたのは、この一文を隠すためだった。もちろん偽りの平和が破られたと知る現代人から見れば、滑稽であり、すべて虚しいだけなのだが――』

《六カ国協議》

『一九四五年二月初旬。行き詰まりを見せていたバルセロナ講和会議の場において、状況を打開せんと新たに開催された多国籍会議。日米英仏独ソから構成されており、六カ国委員会とも呼ばれる。

意思統一を決定づける予備審議から入り、数度にわたる共同声明を経たとはいえ、講和会議は牛歩の歩(あゆ)みしか見せぬ有様だ。早七ヶ月が経過しようとしているのに、なにひとつ具体的成果はあがっていなかった。

主たる理由と責任は分断中の国家に求められた。フランスと中国である――。

全面的停戦を実現したドイツ第三帝国のロンメル総統であったが、やはり歪みは生じていた。無理を押し通したツケが一気に回ってきたのだ。

バルセロナでの和議は、ナポレオン動乱直後に開催されたウィーン会議と同一の様相を呈していた。前回の混乱は欧州のみに限定されたが、今回は全地球規模だ。各国の利害がダイナミックに絡み合い、まとまる話もまとまらなかった。

問題は、いかにして誰もが納得できる国境線を引くかという一点に集約された。六カ国協議参加国は、この解き得ぬ難題にあえて挑戦したのである。

簡単なのはウィーン会議の解答を模倣することだ。戦争前の状態へと戻し、現状復帰を確保するのが理想ではあろう。

全土が占領下にあったオランダやベルギー、そしてデンマークにノルウェーといった国々は、対応が簡単だった。一括して軍を引けばそれでよい。多少の混乱は生じようが、大規模な流血に直結することはないと思われた。

幸いにして、その観測は正解だった。ドイツ軍の撤退ぶりは実にスマートであり、レジスタンスが襲う暇すらなかったほどだ。

また独ソ戦線も落ち着きを見せていた。両国は疲弊しきっていたのだ。旧ポーランド国境まで軍を下げると宣言したドイツの主張を、ソ連指導者スターリンは素直に受け入れたのだった。

もっともその裏には取引の香りが充満していた。ドイツはソ連との間に密約を結んでいたらしい。それはブルガリア、ハンガリー、ルーマニアといった東欧諸国の政治的隷属化を黙認するという、おそるべき陰謀であった。

真偽は定かではないが、三ヶ国が辿った運命を見るかぎり、あながちデマだとも言い難い。大国のエゴが剝き出しになった一例として片づけるには、あまりに悲惨な事実だった。

こうして東部戦線は曲がりなりにも平穏を取り戻した。問題は、西部戦線と中国大陸戦線であった。

絶海の孤島なら停戦ラインも引きやすい。第一次大戦のような塹壕戦ならば睨み合いもできよう。またソ連のように指導陣が一本化していれば手打ちも可能だ。

だが仏中の二国は領土内を散々に荒らされ、戦線は複雑に入れ込み、政治体系はバラバラであった。そのうえ現在も敵と目する軍隊と対峙を続けているのだ。

日本軍は大陸から撤兵しつつも拠点の防衛に従事していたし、ドイツ軍もパリを手放そうとはしなかった。

不意の撤兵は無政府状態を誘発する危険性があるためだ。日独は、侵攻軍の誹り(そし)は免れなかったが、パワーバランスを維持している要素であるのも確かだった。

北仏では米独が、支那全域では日中が一触即発の状態で対峙していた。小競り合いこそあったが、大規模な会戦に突入していないのは奇蹟に近い。

だが、ツキはいずれ落ちる。このままでは遅かれ早かれ偶発戦闘が惹起しよう。早急なる対策が必要なことは明白であった。

まずはフランスである。スペインで会議を開催している以上、どうしても欧州に目が向くのは仕方のないことであった。

懸案はドイツ陸軍の撤退時期である。ロンメル総統もフランス維持には拘泥しておらず、国内から引き上げることでは意見の一致を見たが、具体的にいつかとなると不透明なままであった。

六カ国協議は、大筋の流れとして以下のようなガイドラインを策定した。

ドイツは一九四五年六月を努力目標とし、ベルギー、オランダ、ルクセンブルグを経由せずに旧マジノ線を通過して帰国する。それを確認後、ノルマンディに駐屯中のアメリカ軍はイギリスへと転進する。まずは無理のないプランと思えた。

ところがここでおかしな事態となった。ヴィシー政府が猛反発したのだ。

それはヒトラーが設立させた傀儡政権である。フィリップ・ペタンやピエール・ラバルといった実力者によって運営されている組織だったが、彼らはドイツ軍撤退に賛同しなかったのだ。

ヴィシー政権は（イギリスを例外とすれば）すべての国でフランスの正統政府と考えられていた。

しかし一九四三年正月、カサブランカ会談にてシャルル・ド・ゴール率いる亡命政権、すなわち共和国臨時政府が本家本流だと認められて以後、ヴィシー政府はすっかり悪役扱いされる組織に凋落していたのだ。

ド・ゴールはヴィシー政府の解散と、首班ペタンを弾劾裁判にかけよと要求し、一方のペタンは亡命政権など異端にすぎぬと一蹴した。六カ国協議はヴィシー政権を緩やかに取り込むことを目指していたのだが、それは幻と消えた。

ド・ゴールの共和国臨時政府を仲間に加えたこと事態が失敗だった。フランス人は感情のみに走り、損得勘定を忘れたのだ。

状況は芳しくなかったが、まだ最悪と呼ぶべきレベルではなかった。悲惨な状態に陥った中国大陸に比べれば遙かにマシであった。

フランス国民は様々な社会体制の変遷を経験しているためか、良い意味で修羅場に慣れていた。同族同士で殺し合うという事態だけは、わずかに残っていた理性で回避したのである――』

《中国最終内戦》
『一九四五年三月一五日に中国大陸にて勃発した内戦を指す。以後半世紀の長きにわたって継続され、国民の七割を死傷させた未曾有の大動乱。
悲劇を生んだ主役は中国共産党軍と国民党軍であった。もともと彼らは敵同士であり、国共合作・統一抗日を説いて共同戦線を構築したものの、それは陽炎(かげろう)のように儚いものであった。
毛沢東(もうたくとう)と蒋介石(しょうかいせき)。この二巨頭は日本という敵が大陸から姿を消すや、たちまち新たな敵を欲したのである。自らの既得権益を守るために。

当初、米英が最大の難関と感じていた日本陸軍の中国大陸撤退であるが、これは驚くほどスピーディに開始された。一九四四年末の時点で、すでに七割近くの部隊が後退し、満州へと引き上げていたのだ。

陸軍からは異論も出たが、辞職願いを提出した東條英機前首相が裏から手を引き、反対派の説得工作に乗り出していた。彼にはわかっていたのだ。これが中国撤兵のラストチャンスであると。

もちろん狙いがあった。バルセロナ会議の最終決定を待たず、自主的撤兵を実行することにより、米英の態度を軟化させる効果を期待したのだ。

日本国内の経済は危篤状態であり、生命線である満州の利権を堅守せねば国民が飢える。また朝鮮半島より北を防備することはソ連への威圧にもなる。

アメリカはその効果に気づいたらしい。野心家のスターリンが対日作戦に意欲を燃やしていることは承知の事実。日本には共産主義者が太平洋に顔を見せぬよう、防波堤の役割を演じてもらわねば。ルーズベルトおよび後任のケネディ大統領は、日本の動きを評価する声明を発布した。

動きに気づいたソ連は満州保持に難色を示した。日本が真に安寧を欲するなら、傀儡政権の満州国を解体し、朝鮮半島からも一人残らず引き上げるべきだと。

スターリンはそうした内容の動議書を準備させていたが、六カ国協議の場にそれが提出されることはなかった。異議申し立ての準備中、中国は勝手に爆発したのである。

中国首脳陣は「人民のため、国民のため」を連呼しつつも、平和創造の熱意には欠けていた。バルセロナからは度重なる代表団派遣の声が届いていたが、国民党と共産党は耳を貸さなかった。

西安事件という苦い経験のある蔣介石は、自分も部下も絶対に国外へは出ないと宣言した。いちど寝首をかかれた者ならではの反応だった。

一方の共産党であるが、長征という名の大敗走を経験した幹部たちは、国民党に対する恨みを忘れることはできなかった。党幹部が国外に出れば、再入国が難しくなる恐れがある。

公(おおやけ)にはされていないが、スターリンからの密使が毛沢東の動きを止めたようだ。平和創設には共産主義国家の足並みを揃えねばならぬ。そのためにも頭数は少ないほうが好ましい。講和会議出席は見合わせ、国内宣撫(せんぶ)に力を入れよと。

中華ソビエト共和国主席でもあった毛沢東は、この提案を攻撃命令だと都合よく解釈した。頭数を減らすということは、蔣介石の首を獲れという意味であると。

スターリン書記長は攻勢を援助するだろう。悪くとも黙認はしてくれよう。そうした希望的観測に従い、毛沢東は公然と武装蜂起を開始したのである。

アメリカからの援助物資や兵器は蔣介石へと優先的に回されていたが、国民党軍は一九四四年に実施された日本軍の大陸打通作戦の矢面に立っており、相当な被害を受けていた。やるなら今だった。

国民革命軍新編第四軍（新四軍）や国民革命軍第八路軍の近代化は遅れており、戦況を危惧する声もあったが、毛沢東は現場の声を黙殺した。組織の名を人民解放軍と改めるや、中国共産党は武装蜂起を開始したのである。

結論からいうと、その内戦は五〇年も続いた。

決着は容易につかず、ゲリラ戦と正規戦が不規則に実施され、国内は再起不能なまでに荒れ果てた。

幾たびかの停戦期間はあったものの、それは常に裏切りと謀反で破られた。互いに賠償を要求し、互いにそれを蹴った。未来志向という単語を曲解し、一切の謝罪を拒否した。当初は仲介の意志を見せていた列強も、中国人特有の不誠実さに匙を投げた。ここに支那大陸は死の連鎖で縛られたのである。

悲惨なのは人民だ。解放されるはずの国民は血と税を搾り取られるだけの境遇に突き落とされた。彼らが許された行為はただひとつ。順調に経済発展を遂げていく満州国を指をくわえて眺めることだけであった。

内乱の最終局面で、血迷った両軍はともに核弾頭を使用した。

瑞金、南京、北京といった主要都市に落下したのは固形燃料をもちいた短距離誘導弾〝長征〟および〝革命〟であった。最終的な死者は二億とも五億とも呼ばれている。

これらの原子爆弾は、すべて廃墟と化した共産主義の総本山から流出したものであった……』

《軍艦特需》
『一九四五年四月にピークを迎えた造船ブームの俗称。瀕死状態にあった日本国内景気のテコ入れを試みた政府主導振興策のひとつ。
停戦中であった日米戦争だが、海軍を危惧させたのが米潜水艦の跳梁であった。撃沈される商船数は想像を遙かに超えており、輸入物資は減少の一途をたどるのみ。このままでは国内経済が自滅し、戦争どころではなくなる。
大日本帝国は民間の三九企業・六三箇所の造船所に檄(げき)を飛ばし、かねてより着手していた〝戦時標準船計画〟を大車輪で推し進めるよう命じた。陸海軍合同の船舶

強化策であった

頭数を揃えるために規格を統一し、なおかつ耐久性を犠牲にすることで生産性を向上させた簡易急造型の船舶だ。二重底を廃止するなど、乱暴なまでの切り捨てを強行した結果、着工から進水まで一ヶ月という記録を作った2A型貨物船がそれにあたる。

時節の推移にともない、製造指針(ガイドライン)は第一次から第四次まで適宜改定されていったが、大量生産に適したフネであることには変わりなかった。

特にTLシリーズこと新式油槽船(タンカー)の建造には力瘤が入れられていた。その平坦な甲板を活用し、飛行機搭載機能を備えた「タンカー兼用空母」に改造されたフネも何隻かあった。もちろん艦隊決戦に使えるわけはないが、対潜空母としての役割が求められていたのだ。

昭和二〇年夏に勃発した第三次太平洋戦争において、帝国海軍が曲がりなりにも終結まで戦い抜けたのは、休戦時にタンカー船団が南方から運び込んだ重油のお陰であった。

まだ日本国内には本格的空襲が開始されておらず、造船設備は安泰だった。喪失船舶総トンはかなりの数値を記録していたが、人手と不断の努力があれば埋め合わせがつくはずだ。支那大陸から引き揚げてきた復員兵が大量に雇用され、慣れない仕事に汗を流した。

兵ばかりではない。就労していた朝鮮人の頑張りも尋常ではなかった。勤労意欲の低さで知られる者たちであるが、賃金と監督役さえしっかりしていれば真面目に働くのだ。彼らは朝鮮へ帰参したあと、習得した技術を生かし朝鮮半島造船業勃興の礎となるのだが、それは先の話である。

船舶新造は商船だけにとどまらなかった。戦力である軍艦にも不断の努力が払われた。

特に不足気味になっていた護衛駆逐艦と、主力たる航空母艦は何隻あっても足りなかった。戦時標準船と同様、ここでも数を揃えることが最優先され、建造される型は一本化されることとなった。

具体的にいえば松級駆逐艦と雲龍級空母である。

前者は基準排水量が一三〇〇トンに届かない小型艦であり、最大速度も二八ノットと駆逐艦にしては遅速だ。その名前から雑木林級とも揶揄されたが、機関配置を工夫することにより、他のクラスに負けない生存性を確保していた。

また後者の雲龍級だが、こちらは屈指の名空母〈飛龍（ひりゅう）〉の設計図を流用し、簡易化をもくろんだフネであった。

エレベータは二基で堪え忍んだものの、泡沫消火装置を格納庫に装備し、殴られ強さは〈飛龍〉を凌駕していた。搭載機は七〇機を超えており、速度も全艦が三二ノットを出せる。実用的なフネと呼んでも異論はあるまい。

一九四四年六月の停戦後も作業は続けられ、同年一〇月までに〈雲龍〉〈天城（あまぎ）〉〈葛城（かつらぎ）〉が完成していた。四番艦以降の〈笠置（かさぎ）〉〈阿蘇（あそ）〉〈生駒（いこま）〉も四五年九月までには就役する予定であった。

この事実をみればわかるだろう。日本海軍は次なる一戦は回避できぬと判断していたのだ。強引なる和議は強引なる手法で破られよう。弱体化したままの勢力では抑止力としての効果すら期待できない。

アメリカは二度の対日戦争を戦い、二度とも決定的な勝利は収められなかった。復讐という文字が彼らのハートに火を付けることは容易に考えられた。ならば戦火に備えなければならない。治にいて乱を忘れず。真の政治家は平和時にこそ危機に備えるものなのだ。

こうして全国の造船ドックに槌打つ響きが満ちたわけだが、特需という言葉が当てはまるかどうかは微妙だった。国家からの請負事業とはいえ、破産の足音が聞こえている政府が相手では、契約も空手形に終わる危惧さえあった。

もっともこれは日本ばかりに限ったことではない。カサブランカ級軽空母を大量に産み出した米造船王ヘンリー・J・カイザーも、終戦後の収支決算では得をしたか損をしたかわからぬと正直に述べている。

戦時経済とは、かくも複雑怪奇なものなのだ……』

《バルセロナ密輸事件》

『一九四五年五月三〇日。バルセロナ港に投錨中であった空母〈大鳳〉に協定違反の軍用機が積み込まれていたことが暴露され、一大センセーションを巻き起こした事件。

もっとも密輸という表現自体は、日本に悪意を持つイギリスによって捏造されたものであった。平和維持にいちばん傾注していた日本が、裏では卑劣な軍備に勤しんでいたという悪意に満ちた報道は、たちまち世界を駆け巡った。さすがは真珠湾を焼いた国だ。奇襲の準備はぬかりないらしい。

真実に意味などない。誰もが信じたがっているモノこそ真実なのである。これは未来をプログラムすることを欲する男――ウィンストン・チャーチルが流した風説であった。

まったくの事実無根ではない。根拠の欠片くらいはあった。たしかにバルセロナにて〈大鳳〉は飛行機を積み込んでいた。それも戦闘機をだ。けれども軍備が必ず戦争に直結するとは限らない。現実はより気怠げな横顔を見せていた。

資材倉庫と化した格納庫内部に運び込まれたのは、米内全権代表がスペインから購入した機体だった。ファイアットCR32。旧型の複葉機である。

枢軸よりの中立政策をとっていたスペインは連合国との関係が芳しくなかった。戦時ということもあり、輸出入量も微々たるものだ。

彼らは外貨獲得に燃えていた。できればドルが欲しいが、円であろうとかまわなかった。売れるものならなんでも売る。たとえそれが軍事物資であろうとも……。

イスパノ社でライセンス生産されたイタリア戦闘機は、楽天家のスペイン人でさえ骨董品と感じるような代物であった。しかし日本代表の米内は現地裁量権をフルに生かし、試験的に二機購入すると申し出たのだ。

米内は東京へこう連絡した。内地における航空機生産ラインは局地戦闘機〝紫電改〟や艦上攻撃機〝流星〟などを軸に動いている。よって練習機など製造する余裕はない。そこでこのＣＲ32を導入して、初等航空兵養成に用いたく思う。操縦性は素直の一言。必ず練習機としてパイロットの役に立つと信じる……。

詭弁であった。本心は世話になったスペインに対し、いくらかでも借りを返したいという思いが行動となって表れたにすぎなかった。

ＣＲ32は艦載機ではない。〈大鳳〉は大型空母だったが、その背中に降りることは不可能だ。よって部品の形で荷揚げされることとなった。

ここで情報が漏れた。積み込み作業の一部始終を目敏い新聞記者にスクープされてしまったのだ。薄く霧がかかる朝方に作業したため、傍目には犯罪行為そのものに見えた。

写真が掲載されたのはロンドン・タイムスであった。〝密輸〟というぶち抜きのキャプションとともに、軍用機にしか見えない物体がジブクレーンで吊り上げられている一葉はインパクト充分だった。

イギリスの反日感情はここに頂点へと達した。平和を話し合う場で堂々と再軍備を開始するとは如何なる了見か！

そんな市井の声に、米内はあえて艦内を報道陣に公開することで鉾先をかわそうとした。だが、一度でも色眼鏡で見られると信用を回復することはできないのだ。

この輸出騒動自体がチャーチルによって書かれたシナリオだとする説も根強い。

首相はCR32を日本へと売却するよう、スペインに圧力をかけたというのだ。突飛な話にも思えるが、その後イギリスが採択した行動をみれば、俄然真実味を帯びてくるから不思議である。

チャーチルは老体をバルセロナまで運び、六カ国協議の場で対日動議を発動したのだ。シンガポールの無条件即時返還と、ジャワやボルネオといった原油産出拠点からの撤退がそれである。

この頃になると、六カ国協議は形式的なセレモニーに落ちぶれており、次回開催すら危ぶまれる始末であった。各国の代表団は、密かに帰国の準備に着手していたほどである。

結局、チャーチルの提案が爆弾となり、六カ国協議は完膚無きまでに瓦解してしまった。バルセロナ講和会議自体は細々と続けられたものの、有益な結果など期待できそうになかった。代表団は次々に一時帰国を開始したのである。

日本代表団も、無念の涙を呑んで帰途についた。これが昭和二〇年六月二九日のことであった。

ここでもイギリスは一歩上手(うわて)であった。その後の軍事行動を円滑にすべく、遣欧使節艦隊の妨害工作に乗り出していたのである。

まずスエズ運河を通行規制した。その通行は旧連合国艦船に限るとの宣言を発したのだ。事実上の宣戦布告とも思える処置だったが、逆らうわけにもいかなかった米内たちはジブラルタルを抜け、別ルートでの帰国を模索することとなった。

大西洋を横断してパナマ運河を通過するルートもあるが、アメリカの許可が出なかった。日米状態はかなり緩和されていたが、やはりパナマは戦略拠点だ。無傷での通行を期待するのは、お人好しがすぎよう。

ならば残された道はひとつ。バルチック艦隊よろしくアフリカ最南端の喜望峰を回り、インド洋経由でシンガポールを目指すしかない。

だが、それも一筋縄ではいかなかった。〈大鳳〉は帰途において様々な艱難辛苦に見舞われたのである……』

《一九四五年》
『一九四五年六月刊行の反社会小説。著者はイギリスの文豪ジョージ・オーウェル。逆ユートピア、すなわちディストピアを描写したことで知られる。
日米英をモチーフにした超大国によって分割統治されている〝もうひとつの世界〟

を舞台に、個人の個性が潰されていく管理社会を風刺している。〝現在を支配することは、未来と過去を支配することに直結する〟という一文はあまりにも有名。

作中ではコロンブヌス、ブリタイタニック、ヤプー（それぞれアメリカ、イギリス、日本）と呼ばれる勢力が三つ巴の絶滅戦争に突入し、悲惨な結末を迎えるまでが記されている。戦後流行した仮想戦記の嚆矢的な存在でもあるともいえよう。

発売直後から図らずも現在進行形の小説となってしまったため、英国政府はこれを発禁とし、出版社は回収に乗り出した。そのため現在では大変な稀覯本となっている。

オーウェルはこの経験をもとに、言語統制や思想管理の危険性を説いた《一九八四年》を上梓することとなる。その習作として《一九四五年》は評価されているが、これはこれで完成度の高い文芸書である。

本書をオカルトめいた予言書としてみるか、それとも娯楽風刺小説として読むか。それはオーウェルが後世につきつけた課題であろう……』

――上記六項目「超弩級百科事典改」より抜粋

2　帰　途

一九四五年七月二五日。帝国海軍遣欧使節艦隊は、アラビア湾へと足を踏み入れていた。

これまでの航海は筆舌に尽くしがたい辛苦の連続だった。スエズ、パナマ両運河を米英に握られている以上、帰国は南アフリカ経由しかない。つまり長途となる。重油が大量に必要だ。適当な寄港地に投錨し、燃料補給を実施せねばならない。

しかし、航路上に位置するアフリカ諸国はイギリスの制裁を恐れたらしく、ことごとくが入港を拒絶した。寄らば大樹の陰である。すでに世界は準戦時態勢に突入していたのだ。

こうした事態は予想されていた。日本からは保険として油槽船が何隻も出航しており、洋上補給が実施された。過去の経験が生かされ、給油作業自体に支障は生じなかったものの、喜望峰を回った頃から乗組員の顔に疲労が刻まれ始めた。誰もが陸に足をつけることを熱望していたのだ。

自由フランス政府の支配地域となっていたマダガスカル島に寄港させて欲しいと

ド・ゴールに要請したが、けんもほろろに断られた。仏領インドシナ進駐の恨みはよほど深かったらしい。〈大鳳〉〈足柄〉〈雪風〉の三艦は、腹を減らしながら経済速度で北上するしかなかった。

真珠湾攻撃の四空母と同様、格納庫や通路の至る所には燃料入りの軽便ドラム缶が準備されていたが、長逗留の結果、備蓄はゼロに近かった。

イギリスとは一触即発の空気が流れており、一刻も早く帰国せねばならぬことはわかっていたのだが、速度は出せない。

予定ではここアラビア湾で油槽船〈じぱんぐ丸〉と合流し、さらに東進する手筈であったが、なぜか指示された海域には友軍艦船は姿を見せなかった。

代わりに出現したのは無骨なフネであった。優美なるユニオンジャックを掲げた戦闘艦だ——。

つかず離れず尾行してくる艦影は〈大鳳〉の艦橋からもはっきり確認できていた。細長く、それでいて華奢(きゃしゃ)ではないボディラインを見ればすぐにわかる。英国籍の軽巡だろう。傾斜した二本煙突が特に印象的であった。

速度よりも航続距離を優先させたため、佇(たたず)まいはまるで客船だった。乗り心地もそれに匹敵するほどよいらしい。なにしろ世界中の植民地を巡回せねばならぬのだ。乗員の疲労を軽減することも設計思想に含まれていたわけである。

「やはりサウサンプトン級の一隻ですな。癪に障る奴です。〈足柄〉艦長の三浦大佐に頼んで一発ぶちこんでもらいましょうか？」

冗談めいた口調でそう言ったのは〈大鳳〉艦長の菊池朝三大佐であった。

根っからの飛行機屋であり、これまで〈鳳翔〉や〈瑞鶴〉といった空母の責任者を務めてきた男である。〈大鳳〉には昭和一八年師走に艤装員長を拝命したときから乗り込んでおり、操艦は全面的に任せることができた。

バルセロナ講和会議全権代表の米内光政は、そんな艦長の台詞を聞くともなしに聞いていた。その心に去来するのは、一年近くに渡る平和への努力が水泡に帰したという虚無感だけであった。

「それも一興かもな。イギリスは遅かれ早かれ喧嘩をしかけてくる。東南アジア、特に昭南と名前を変えたシンガポールを奪い返し、支配権を再度確立するために。座して死を待つよりは、これを打つべく力を注ぐのが賢者の道か……」

長身から滲み出る無念さを感じ取ったのか、菊池大佐は軽口をやめ、こんな疑問を舌に乗せたのだった。

「賢者はそもそも戦争などしないのでは？　暗愚だからこそ戦い続ける。それだけの話では？　なんともつまらぬ現実ですな」

「うむ。結局のところ平和とは戦争と戦争の間に生じる空白期に過ぎないようだ。軍人が口にするには不適当すぎる台詞かも知れないが」

菊池艦長は諦観した口調で返してきた。

「あの英軽巡もそう思っているのでしょうか」

「チャーチル氏の意志が反映された行動だ。争乱時に輝きをみせる首相である以上、戦争のなんたるかは存分に理解しているだろうさ。あの艦は戦うために造られた。主砲も飾りではあるまい。私は米英の仲を裂いた。それ自体は正解だったが、チャーチルがあれほど子供めいた反応をするとは思っていなかった。二〇世紀の大天狗も老いたということか……」

そのとき、見張りが不意に状況を叫んだ。

「旗艦〈足柄〉、英巡洋艦へと反転していきます。速度一二ノット！」

米内と菊池は同時にそちらを見据えた。妙高(みょうこう)級の四番艦は、大小二本の煙突から黒煙を吐きつつ、南東方面へと駆けていく。ぎらついた陽光に照らされ、無骨な艦影がより凶悪さを増している。

重巡〈足柄〉が遣欧使節艦隊に組み込まれ、バルセロナ行きを命ぜられたのには理由があった。実は八年前にも訪欧した実績があったのだ。

昭和一二年五月。国王ジョージ六世の戴冠記念国際観艦式に参加すべくイギリスに到着した〈足柄〉は、特異な艦型で欧州海軍関係者に衝撃を与えた。

新聞はその容姿を〝飢えた狼〟と書き立てたほどである。もっとも褒め言葉ではなく、飢えた狼のように貧乏くさいという意味合いだったが……。

そして現在、〈足柄〉は本当に腹を減らしていた。重油タンクは残量が二割を切っていたのだ。

「まさか砲戦距離に飛び込むつもりでは？」

重巡〈足柄〉は二〇センチ連装砲塔五基一〇門を保有していた。その最大射程は二万七六〇〇メートルだが、実際は二万を切らねば命中弾は得られまい。

そして英巡は相対距離約三万を維持したまま、つかず離れず尾行を続けている。相手に交戦の意志があれば、巡洋艦同士の一騎打ちが展開されることだろう。

「単なる示威行動だろう。〈足柄〉の野村（のむら）さんは熱血馬鹿ではない。無茶は絶対にしない」

米内は思い浮かべていた。遣欧使節艦隊司令長官である野村吉三郎（きちさぶろう）大将の顔を。

野村もまた米内と同様、請われて現役復帰を果たした男だった。これまで枢密顧問官をしていたが、経験を買われ、今回バルセロナへ派遣されたのだ。

実績のある人物には違いなかった。パリ講和会議でも全権随員に名を連ねており、真珠湾奇襲の直前までアメリカ国務長官コーデル・ハルと丁々発止（ちょうちょうはっし）の交渉をした男である。語学も堪能だ。こうした対外交渉には欠かせぬ人材であった。

実のところ野村は米内の代役（スペア）も求められていたのである。全権代表の米内は異常なまでの高血圧に悩まされており、いつ倒れてもおかしくない状態だったのだ。

野村は帰路にあたり将旗を〈足柄〉へ移していた。危険の分散のためだ。同じ艦に乗っていては、万一にも敵襲を受けた場合、代役としての務めを果たせなくなるからだった。

「イギリス軽巡、転舵を確認！　我が艦隊より距離を取るもよう！」

再び見張りからの報告が航海艦橋に響く。相手も挑発以上の行為は望んでいないらしい。

「素早いな。電探（レーダー）でこっちの動きを見張っているのだろう。悔しいが、電波兵器の分野では、イギリスは我らより先を走っているからな」

菊池艦長は米内の発言を受け、疑問を呈するかのように言った。

「それだけではありませんぞ。ずいぶん場慣れした軽巡のようですな。もしや臨検の経験でもあるのでしょうか？」

「あるいはな……」

米内はそう呟いた。断定はできないが、サウサンプトン級なら因縁めいたあの艦である可能性も捨てきれまい。

脳裏に甦ったのは五年前の騒動である。昭和一五年一月二一日。千葉沖の公海上にて日本郵船の客船〈浅間丸〉が英巡の臨検を受け、ドイツ人二一人を拉致された事件だ。後日、国際法上問題なしと解釈されたが、帝都の庭先を荒らされたも同然の行動に、朝野からは反英感情が巻き起こった。

その下手人こそ〈リヴァプール〉だった。グロスター級軽巡の二番艦だが、サウサンプトン級と酷似したシルエットを持っている。出現した英巡がそれである可能性は否定できない。

確かめる術はなかった。相手は水平線の彼方へ姿を消したのだ。〈足柄〉に追随していた〈雪風〉が速度を緩め、再び〈大鳳〉へと身を寄せてきた。

「追っ払いましたが、また顔を見せるでしょうな。たぶん昭南あたりまで尾行されますぞ。その間に日英が火を噴けば、我らはおしまいです」

「無念だが、とてもそこまで到着できまい。タンカーに邂逅できぬ以上、待ち受けている運命は浮かぶ鉄塊と化すことだけ。残存燃料ではセイロン島あたりまで到達できるかも怪しい。海軍は最後まで石油に運命を握られているようだぞ……」

救いのない発言を口にするや、それを助長する報告がもたらされた。

「駆逐艦〈雪風〉の寺内正道中佐より連絡が入りました。残燃料は一割弱。されど補給の要なし。本艦にかまわず東進されたし！」

いかにも剛胆な寺内らしい言い草だったが、まさか呑むわけにはいかない。米内は菊池に告げた。

「艦長。洋上補給の用意だ。〈大鳳〉の燃料を少しでも分けてやれ。五万トンという枠で括られた我ら三隻は、この一〇ヶ月労苦をわかちあってきた仲ではないか。死ぬときも同じだよ。いざとなれば一戦交える覚悟でインド東岸の適当な港に乗り込むのも面白い」

自らが発した威勢の良すぎる一言に、赤面しかけた米内であったが、唐突に状況を一八〇度ひっくり返す連絡が舞い込んだ。通信参謀が震える手で持参した電文は、生涯忘れられぬ響きを秘めていたのだった。

「横須賀鎮守府の連合艦隊旗艦より電文が入りました。〈信濃〉の小澤司令長官からでありますッ！」

小澤治三郎は今年五月二九日に海軍総司令長官、連合艦隊司令長官、そして海上護衛隊司令長官の三役を兼ねる立場に出世していた。

かつて〈大鳳〉で停戦の瞬間を迎えた反骨の人（ひと）小澤は、大将昇進を辞退することだけを条件に、昇るべき地位に名を連ねたのだった。

その小澤がこんな指示を飛ばしてきたのである。

『遣欧使節艦隊ハ帰国ノ要ナシ。スミヤカニ針路ヲ変更シぺるしゃ湾へ潜入セヨ。サウジアラビア王国ノだんまむニテ連絡員ガ待機中。接触ヲ図ラレタシ』

3　アラビア太郎

サウジアラビア王国は一九三二年に産声をあげたばかりの新興国である。

血と汗を焼けた砂地に吸い取られながら固有領土を勝ち取った英雄の名はアブド・アルアジーズ・ブン・サウド——通称イヴン・サウド。のちに国王として祖国の近代化に尽力した人物である。

その武器となったのは新月刀（シミター）ではなかった。地下から湧き出る戦略物資であった。

砂漠と駱駝(らくだ)と回教徒(イスラム)しか存在しないと思われていた地に、途轍もない量の石油が埋蔵されていると判明したのは、他の中東諸国に比べてやや遅かった。

されど商人の鼻は鋭い。たちまち利権を狙う連中が殺到し、価値を知らぬ純朴なイスラム教徒からタダ同然の値段で権利を買い漁った。

特にペルシャ湾岸はカリフォルニア・スタンダード石油会社ががっちりと押さえ、黒褐色の美味い汁を吸い続けていた。

日本もこの動きを知らなかったわけではない。イラクやシリアといった国では英仏の力が強く、食い込む余地はなかった。しかし、新興国ならば可能性があるかも知れない。

中東からの輸入ラインを確保できれば、アメリカに依存する率が減る。つまりは日米戦争も回避できるわけだ。四名の密使がサウジに派遣されたのは昭和一四年春のことであった。

イヴン・サウド国王自身は、日露戦争で白人文明を破った日本に対し、尊敬と親近感を抱いていた。面談した商工省の役人に対し、値段の折り合いがつけば鉱区を売ってもよいと述べられた。国王の言葉を受け、両国政府間で前向きな検討が開始された。

残念なことに、どうしても金額で条件が一致しなかった。搾取されてきたサウジからしてみれば正当な価格を提示したつもりであったが、日本が考えていた額とは桁が違ったのだ。また海軍も航路の安全が保証できないと通達してきたため、話は御破算になってしまった。もちろん目に見えぬ形で英米からの圧力があったことは想像に難くない。

そして六年の年月が流れ、再びこの地に日本人がやってきた。前と違い、役人ではなかった。金の匂いにつられてやって来た商人(あきんど)であった――。

＊

「来よった。来よった。海軍さんが三隻、舳先を連ねてやって来てくれた！」

灼熱のダンマム港で沖合を指しながら叫んだのは初老と称すべき日本人だった。昭和二〇年七月二八日の太陽は重く、そして濃い。摂氏四五度を超える炎天下で満面の笑みを浮かべつつ、彼は叫ぶ。

「助かった。先走って買っといた重油が売りさばけるというものよ。会社の運転資金さえ準備できれば、それを担保に銭を借りられる。そうすりゃ採掘権の手付けにもなる。サウド国王陛下の心証もさらに良くなろうというもの！」

ビジネス上の極秘情報を叫んでいるわけだが、支障はなかった。通訳が日射病で寝込んでしまったいま、サウジアラビアには日本語を解する者がいないのだ。

男の名前は山下太郎。日本アラビアンナイト石油株式会社の代表取締役である。歴史ある会社ではない。二ヶ月前に発足したばかりのペーパーカンパニーだ。

口の悪い連中から〝山師太郎〟の渾名を頂戴している彼は、金儲けこそ我が命と信じているジャパニーズ・ビジネスマンだった。脳には株価情報が刻まれ、そして血液には赤血球のかわりに小銭が流れているような男である。

金の匂いがすれば世界中何処でも馳せ参じ、二四時間働くことも厭わぬ経済の鬼であった――。


山下は停戦まで満州にいた。満州鉄道の社宅建築請負を一手に引き受け、巨万の富を得ていた。

多くの博奕打ちがそうであるように、山下もまた引き時を心得ていた。このまま満州に居座ったところで旨味はない。それどころか危険な雰囲気さえある。

満州国の維持はバルセロナ講和会議の場でも取り上げられ、いちおう独立は認められていた。日本の利権がらみで混乱もあったが、中国内戦で生じる難民救助には役立つと考えられたのである。

だが、山下は黄土に見切りをつける決心をしていた。大量の中国人流入は治安の悪化をもたらすはず。これまでのように安心して銭勘定に走るわけにもいかない。不動産事業も頭打ちであった。ここは利益確定を優先させる場面だろう。

次の投資先はより国家の役にたつものでなければならない。元と円の両替で随分損もしたが、まとまった資金もできた。彼はそれを手に中東へ飛んだのである。

山下は政財界だけでなく、陸海軍にも知古は大勢いた。当然ながら依頼も多い。関東軍からは満州における道路やトンネル、陸橋といった輸送網整備事業の打診を受けたこともあった。

そして今回、山下は海軍省からの依頼で中東へ飛んでいたのだ。可能な限り便宜を図る故、サウジアラビアおよびクウェートで原油採掘権獲得の可能性を調査されたしと。

以前から山下は石油と、その輸入手段に興味を持っていた。タンカーという船がまだ存在していなかった頃、その基本概念を造船会社に持ちかけたこともある。似たような油槽船（オイラー）建造案が海軍内部で考えられていたため、その野望は頓挫してしまった。今回、巻き返しを狙える機会が向こうからやって来たのである。これを活用せぬ手はなかった。

内示では予備折衝の土台を築き上げて欲しいとのことだったが、別に契約を纏めあげてはいかんとは聞いていない。昭和一九年九月に現地入りした彼は、私有財産を存分にばらまき、あの手この手を使って国王に取り入るや、電撃的に仮契約まで持ち込んだのである。

イヴン・サウドは欧米を心底嫌っていた。契約は強引かつ乱暴であり、アラブを見下しているのが一目瞭然だった。市場の流通量と卸値を一定にするという勝手な理由で、せっかく汲みあげた重油を倉庫に貯め込んでいるのも気に入らなかった。すべては自らの懐を肥やすための姑息な手段だった。

イギリスがバルセロナ会議にかかりきりになり、サウジアラビアへの影響力が薄れはじめるや、サウド国王は奇策に打って出た。彼はチャーチルへと公文書を送付したのである。

サウジアラビアは外貨獲得のため、一日も早い油田輸出を待ち望んでいる。これ以上、備蓄石油を放置するのなら、採掘権ごと第三国へ売却すると。

山下はその一報を聞きつけ、すぐ首都リヤドに走った。調整用の余剰重油があるのなら、まとめて全部現金で売ってくれと。国王も山下の熱意に負け、ついにそれを承諾したのだった。

イギリスはこの遣り取りを冷めた視線で眺めていた。石油を買ったところで日本まで運べないのでは意味がない。インド洋からアラビア海までの制海権は大英帝国が押さえているのだから。のこのこと日本商船隊がやって来たなら実力で追い返すまで。ペルシャ湾には砲艦以上の戦力を配置していないが、いざとなればセイロン島から東洋艦隊をすぐ回せる。

また講和会議が進展中の現在、日本はそこまで過激な手段を望むまい。そうした観測もあった。結局、重油はドラム缶ごと倉庫の中で眠り続けることになると。

たしかに商船隊はやって来なかった。しかし、まったく違うフネが三隻もやって来たのだ。それは容易に追っ払うことのできぬ軍艦であった――。

タグボートに押されて桟橋へと接近してくる大型空母は、帝国海軍所属とは考えにくいほど斬新な艦影を誇示していた。山下太郎は何度も日章旗を見上げ、それが同胞の乗るフネであることを再確認する。

続航する〈足柄〉に〈雪風〉なら覚えもあったが、この空母は初めてだ。欧州系の新聞にはバルセロナ講和会議に参加した日本空母〈大鳳〉として、予測スペックと紹介写真も掲載されていたのだが、山下はあいにく未見であった。

投錨作業が開始される。粗末な簡易タラップが飛行甲板へと据えられた。山下が手を回し、湾港作業員たちも揃えていたのである。彼は待ちきれず、駆け足でそれを昇る。

装甲板が張られた空母の甲板上には、早くも武装した水兵が立ち塞がっていた。行く手を阻む彼らに、山下は旅券と外務省発行の滞在許可証を見せ、艦長に会わせて欲しいと早口で要請した。

相手はこちらが日本人であることを理解するや、驚きながら警戒を解いた。続いて羨望の眼差しで陸地を見つめている。船乗りに特有の地面切望症だ。

ややあって、純白の第二種軍装を着込んだ海軍大佐が姿を見せた。責任者であることが一目でわかる面構えだった。

「本艦艦長の菊池です。貴殿が連絡員かな？」

「左様。山下太郎とは私のことです。満州太郎という渾名のほうが通りがいいかも知れませんが、これからはアラビア太郎と呼んで欲しいものです」

山下は電文を懐から取り出すや、うやうやしく差し出してから続けた。

「これが六日前に届きました。連合艦隊司令長官小澤中将よりのご依頼です。ここダンマムで私が買い取った重油を、一滴残らず寄港する日本艦隊に提供せよとね。ありったけ持って行ってください。空母なら中味はがらんどうに近いはず。備蓄の半分はドラム缶ですから、かなり運べますな」

小さく頷いた艦長に、菊池はたたみかけた。

「乗組員にも上陸を許可されるのでしょう。宗教的なしきたりのやかましい土地ですが、決まりさえ守ればそれなりに憩うこともできますよ。また口に合うかどうかわかりませんが、食料品も準備させておきました。ただし回教国なもので酒だけは手に入りません。その点はご容赦を」

軽口を叩いたつもりであったが、相手の顔に笑みは形成されなかった。人物批評眼に優れた山下は、すぐに菊池艦長の心に沈澱する不満に気づいた。

「なにかご懸念でも？」

「いや、貴殿はよくやってくれたよ。諸々有り難く頂戴する。しかし、上陸許可は出せないのだ」

ありえない。さっきの水兵を見ればわかるだろう。彼らは土に飢えているではないか。士気を養うためにも、休息とは必要不可欠なのに。

理由を問う山下に、菊池艦長は陰鬱な声でこう返したのであった。

「知らぬのも無理はない。我らもつい二〇分前に聞いたばかりだからな。昭南ことシンガポールが奇襲された。不幸なことに、これは演習ではないらしい」

第四章　マレー半島の烽火

1　トールボーイ

一九四五年七月二八日。風光明媚な昭南市は煉獄へと変貌していた。

陽光に負けぬ勢いで降り注いでいるのは悪意が凝縮された物体だ。アマトールと呼ばれた火薬が本来の力を発揮するや、至るところで死の歌を唄った。貴重な港湾設備が片端から爆砕された。それと同時に一年にわたって継続された平和も粉微塵に吹き飛んだのであった。

大量に乱舞する軍用機の胴体には、もれなく蛇の目のシンボルマークが描かれていた。つまりは英軍機だ。

その紋章は太平洋では封印されていた。日本軍機の日の丸(ミートボール)と間違われる可能性が高いためである。今回の軍事行動において、あえてそれを機体に描き込んだのは、英国の強烈なる自己主張だった。

天から大量に投棄されたのはMC五〇〇ポンド爆弾だ。イギリス軍が第二次大戦の初期から愛用してきた古色蒼然たる破壊兵器である。在庫一掃処分の意味合いもあるが、破壊という単純な目的を果たすには充分すぎる性能を秘めていた。

また使用されたのは旧型爆弾ばかりではなかった。新型爆弾も同時に投下されていたのだ。

幸いにも、それには〝原子〟や〝水素〟といった物騒な単語はついていなかった。要するに通常弾頭だったが、固定目標に対する破壊力に限っていえば、核兵器より効果的な面もあった。TNTを凌駕するパワーを秘めたヘキソーゲンを爆薬に用いており、自重は約五四〇〇キロ。全長は六・四メートルに迫るという巨大な一発なのだ。

その直撃を受けたのはシンガポール市の北側水路、すなわちジョホール水道にて身を休めていた艨艟たちであった……。

「こいつは酷い。艦爆や艦攻の仕業じゃない。中攻か、大型爆撃機からの集中打を頂戴したな」

航空参謀である奥宮正武（おくみやまさたけ）中佐の声が航空母艦〈雲龍〉の艦橋に轟いた。三六歳の彼は、修羅場を潜った経験に乏しいせいか、なかなか落ち着きを取り戻すことができないようだ。

「イギリス人も同じことをしたがる連中だ。これはまさにタラント軍港奇襲の再現じゃないか。しかし、航空戦艦二隻が一撃で沈められるとは。やはり次なる戦争も、飛行機絶対優勢という趨勢（すうせい）は覆らぬのか。要するに我らは前と同じ戦争を演じなければならないわけだ……」

中佐の苛立たしげな調子に、潮焼けした海軍中将は声を詰まらせながら返答した。

「早すぎた。なにもかもが早すぎたのだよ、奥宮航空参謀。武器の進化は用兵側が希望するスピードとは必ずしも一致しない。そうだったな。来たるべき近未来には航空機を瞬時に殲滅できる画期的な対空兵器が開発され、各艦に装備されるようになるだろう。少なくともその目途がつくまで、日本は戦争をすべきではなかった。殴られて初めてわかったが、不意打ちとは実に嫌なものなのだな……」

飛行機の真価を世界に知らしめた男が発した一言は、〈雲龍〉の空気を凍りつかせた。地獄のサイパンから帰還し、再び空母艦隊の指揮を一任されている人物だ。その発言には重みが滲んでいた。

第二機動艦隊司令長官南雲忠一中将は、戦火の爪痕が残る昭南市を凝視した。随所に火災が生じているのがわかる。黒煙を噴き上げているのは一〇万トンを貯蓄可能な原油タンクであろうか。

ジョホール水道に足を踏み入れた〈雲龍〉から目にできるものは、ただ惨状のみ。続航する〈天城〉〈葛城〉からも嘆き節が聞こえてくるかのようだ。

本当に危ないところであった。三空母の昭南入港があと半日早かったなら、南雲艦隊は空襲の直撃を受けていたに違いない。まだ第二次攻撃の危険も否定できないため、手持ちの零戦五二型はすべて直衛に上げている。

またマレーとスマトラの各航空基地からも救援機が飛来していた。暫定的ながら制空権はこちらにある。下手に外洋に出るよりは安全かも知れない。

被害は昭南市内に限定していた。といっても、全島が劫火に炙(あぶ)られているというわけではない。打撃を受けたのは軍事施設のみ。流石は前支配者である。イギリスはシンガポールの要地を知り尽くしていた。

破壊されたのはテンガー、カラン、セレターといった軍用飛行場に、給油を可能とする油槽設備が主であった。まず防御の駒となる飛行機と船舶を封じるのが目的の攻撃だろう。

なかでも最悪の被害はジョホール水道で発生していた。整備中であった〈伊勢(いせ)〉〈日向(ひゅうが)〉の二隻が痛打を受け、ともに爆沈していたのだ。

艦尾の二砲塔を除去し、航空機搭載装備を増設した航空戦艦である。中途半端に終わったマリアナ沖海戦にも出陣しなかった二隻は、戦局になんら貢献せぬまま、枕を並べて討ち死にしたのである。

この水道は浅い所で水深一〇メートルほどだ。着底しているだけなら、浮揚して再利用もできようが、見たところそれは無理な相談だ。

戦艦〈伊勢〉は完全に転覆しており、赤黒い下半身とスクリューを海上に曝していた。船底には差し渡し二〇メートルにも及ぶ大穴が開いている。ひっくり返ったあとでさらなる一撃を受けたらしい。〈日向〉に至っては艦首と艦尾が吹き飛ばされ、三つに分裂している有様だ。

また航空機輸送任務を終え、出航直前だった補助空母〈大鷹(たいよう)〉〈海鷹(かいよう)〉の両艦もやられ、瀕死の状態だった。

日本初の商船改造空母〈大鷹〉は被弾炎上後、ただ漂うだけの物体になっていた。〈あるぜんちな丸〉を改造した〈海鷹〉は艦尾を砕かれ、客船の趣(おもむき)を残す艦首部分のみを海面に突き出している。

戦艦二、空母二が瞬時に撃沈されたわけだ。なんという悪夢めいた開戦だろう。

「航空参謀の言ったとおり、艦載機の仕業ではあるまい。二五番や八〇番ではこれほどの被害にはならん。心当たりは？」

奥宮中佐はすぐに返答を口にした。

「長官。これは跳躍爆弾です。間違いありません。少なくともその系譜に位置するものでしょう。昭和一八年五月にイギリスがダム攻撃に用いたものです。なんでも自重五トンを超える一発だとか。その艦船用ではないでしょうか」

「しかしどこから来た？　イギリス機は太平洋で活動するようにはできておらぬ。その足は短いはず。大型爆撃機といえども、行動半径は最大で二〇〇〇キロ内外と聞くが……」

南雲の疑問はもっともであった。昭南とリンガ泊地を艦隊根拠地に選んだのは、隔離された環境が期待できるからであった。

アメリカ軍の重爆には長駆五〇〇〇キロを飛行できるものもあるが、オーストラリアやニューギニアからではとても届かない。英印軍が押さえているカルカッタから飛来したとしても、ビルマのラングーンを攻撃圏に収めるのが精いっぱいである。

仮に強行したとしても戦闘機の掩護なしでの爆撃行になる。人命重視の米英には選択できぬオプションに違いない。

だが、イギリス空軍はやって来たのだ。目撃者によると、特異な垂直尾翼を持つ大型四発機が二〇機以上飛来し、呆れるほど巨大な爆弾を投下していったという。複数証言のため見間違いの可能性は薄い。つまり英軍は航空機を運用できる設備を自前で用意したことになる。

それは奇想天外と呼べるようなアイディアではない。前例も存在した。

航空母艦(エアクラフト・キャリア)が回答だ。

アメリカ空母〈ホーネット〉が一六機のＢ25ミッチェルを発進させ、曲がりなりにも成し遂げた東京初空襲。それと同じ手口だった。

日本海軍は過去の苦き経験から学ぼうとしなかったのだ……。

イギリス軍がシンガポール空爆に用いた主力機はアヴロ・ランカスターＢ MkⅠであった。

第二次大戦で使用された大型爆撃機の中でも屈指の名機と言える。最大搭載量は六トンを超え、爆弾投下室は全長一〇メートルというビッグサイズだ。それには縦通材も横断材も採用していない。つまり大型破壊兵器を搭載するにはうってつけであった。

奥宮航空参謀が言ったように、そこに詰め込まれた跳躍爆弾でルール工業地帯の水瓶(みずがめ)を撃砕したこともある。だが、今回使用されたのは一発あたり一〇〇〇キロの跳躍爆弾ではない。その六倍もの量目(りょうめ)を誇る巨弾であった。

その名は〝トールボーイ〟——全長六四〇センチ、直径九六センチというキングサイズの逸品だ。

もともとは〝北海の孤独な女王〟ことドイツ戦艦〈ティルピッツ〉を攻撃するために準備されていた特殊弾であった。構造的には、あり合わせの四〇〇〇ポンド軽容器爆弾三発をひとまとめにし、尾部に安定板を設けたにすぎない。

それでも破壊力は満点だった。一発当たればUボート基地(ブンカー)をも撃破できる威力を秘めていたが、不意に世界同時講和が実現したため、使われぬまま倉庫に保管されていた。そして、この爆弾の活用方法を模索していた男がいた。

東洋艦隊司令長官に任命されたジェームズ・F・ソマーヴィル大将である。彼は新たなる戦争の切り札として、在庫品を用いる決断を下したのだ。

ソマーヴィルは命じた。開戦劈頭、トールボーイにて日本艦隊を撃破せよと。

もちろん運用母体は空母だ。新鋭空母イラストリアス級六隻を投入しての大作戦であった。

旗艦〈インプラカブル〉を筆頭に〈インディファティガブル〉〈インドミタブル〉〈フォーミダブル〉〈イラストリアス〉〈ヴィクトリアス〉の面々である。

護衛任務に付随するは軽巡が五隻に駆逐艦が一一隻だ。堂々たる機動部隊と褒め称えてよいだろう。

それぞれ露天繋留されていたランカスターは五機。総計三〇機。幅は飛行甲板をはみ出すほどであり、滑走は左舷寄りを走るしかなかった。機銃や防弾板といった重装備を外し、軽減化に努力しているとはいえ、剝き出しになったトールボーイを腹に抱いたまま、はたしてこの大型機は発進できるのか?

通常では無理だ。だが、奥の手があった。このランカスター爆撃隊は滑走短縮用ロケットブースターを装備していたのである。

イギリスは固体燃料ロケットの分野では他国を引き離していた。対空火器としての実現性に目をつけた彼らは英国本土航空決戦（バトル・オブ・ブリテン）の頃から限定的にその運用をはじめ、一九四一年末にはZ部隊と呼ばれるロケット中隊を編成していた。

報復兵器V2の存在を知った英国は朝野をあげてロケット開発を加速させていた。

相手が持っている以上、こちらも所持せねばならない。ランカスターに装備されたブースターは、そうした努力の成果であった。

六空母から発進に成功したのは二八機。二機がエンジン不調で浮力が得られずに海没したが、まずは納得できる戦力だった。

随伴したのは護衛戦闘機としてホーカー〝シーフューリー〟およびスーパーマリン〝シーファイア〟が計六八機。艦上攻撃機フェアリー〝バラクーダ〟が五一機。合計一一九機であった。

イギリス空母は一時期、レンドリースされたF4Fグラマン〝マートレット〟や〝ドーントレス〟といったアメリカ機を愛用していたが、今回の作戦では純国産機で格納庫を埋めていた。一年という冷却期間は、艦載機自力運用を可能にするには充分すぎた。

切実な理由もあった。英米の仲は冷却期に入っており、部品などの供給が途絶えつつあったのだ――。

日本もシンガポールへの攻撃は警戒していた。なにしろ真珠湾奇襲を成し遂げた過去を持つのだ。身につまされて当然だろう。

空母による空爆があるとすれば、位置関係から推定してスマトラ島南部付近から飛来するに違いない。この読みは的中していた。

同方面の索敵は角田覚治中将の第一三航空艦隊が担当していた。

中将はかつてテニヤンにて第一航空艦隊を指揮していたが、度重なる部隊移動で停戦までに戦力を磨り減らしてしまった。その責任をとらされる格好で角田は閑職に回されていたのである。

そして彼はここでまたミスを犯した。実は前日夕刻、艦上偵察機〝彩雲〟が南下する英空母二隻を発見していたのだ。だが、この艦隊はオーストラリア方面へ移動中であったため、過度な警戒措置を講じる必要なしと角田は判断してしまった。

それは用意周到な罠であった。英空母はオーストラリアへ売却する機体を載せ、過去に何度もスマトラ南岸を通過していたのである。対日開戦に備えての欺瞞工作であった。

第一三航空艦隊は、それにまんまと引っかかってしまったのだ……。

日本海軍が情報に疎いのは、新たなる太平洋戦争でも同じであった。

イギリス機動部隊〝シンガポール支隊〟を率いるソマーヴィル大将は、七月二八日早朝に日本空母が攻撃目標に指定されている軍港に投錨すると知っていた。南雲が率いる雲龍級三隻のことである。

ドイツ軍の超難解暗号エニグマを解いた彼らだ。アメリカのサポートがなくても、日本人が運用しているD暗号や波暗号など、解読は容易であった。

スマトラ島の超低空を飛行し、日本側の電探網から逃れたランカスター爆撃隊は、そのまま北上を続けるや、ジョホール水道へと殺到した。

運悪く大型空母はそこにいなかった。南雲艦隊はキャッチした潜水艦出没情報に基づき、徹底した之字運動を繰り返していたため、到着が遅れていたのだ。

だが、戦艦二に小型空母二が浮いていた。アメリカのノルデン照準器に匹敵する高精度な射爆制御装置を持っておらず、上空一〇〇〇メートルという比較的低空からの攻撃となったが、それでも効果は抜群であった。

艦爆バラクーダとシーファイアおよびシーフェアリー戦闘機隊も攻撃に加わった。飛行機基地と湾港を叩き、送り狼を一機も生じさせなかったことは評価されてよいだろう。

英軍機大編隊は狼藉(ろうぜき)を終えるや、西の空へと消えた。ランカスターが五機、対空砲火で撃墜されたが、戦果と比較すれば必要経費でしかなかった……。

「昭南のセレター軍港警備隊から無線連絡が入りました。撃墜した機体を調査したところ、やはり英軍機に間違いないようです。逃走経路は依然不明！」

間一髪で惨禍を逃れた〈雲龍〉艦橋に通信参謀植村吉郎少佐の声が鳴り渡った。

南雲はそれを受けて言う。

「軍港はいい。機能を停止していることはここから見てもわかる。損ばかり数えても仕方あるまい。それより泊地の艦隊とは連絡がつかないか。城島中将の第一機動艦隊は無事なのか？　歴戦艦の〈翔鶴〉〈瑞鶴〉は無事か？　それだけでも確認したい。連絡線を確保するんだ」

南雲が言った泊地とはリンガのことである。昭南市のすぐ南――スマトラ島との間に広がるそこは、連合艦隊が入手した最良の艦隊投錨地だった。

水深は三〇メートル前後と浅く、敵潜の侵入は難しい。もちろん機雷原も設置されているし、補給と整備が容易な点も強みである。

リンガには連合艦隊の主力が群れていた。一年という停戦期間を利用し、内地にも油は大車輪で輸入されていたが、やはり無尽蔵ともいうべき重油の産出地でなければ訓練に不自由がある。

やがて三々五々ながらも泊地に停泊中だった友軍から連絡が入ってきた。翔鶴級の二隻とは直接通話はできなかったが、随伴している戦艦〈金剛〉の報告によると、第一機動艦隊に異常はないらしい。むしろ南雲部隊の安否を気にかけてくれていた。敵機もこれを見ずとある。英軍はやはり目標をシンガポール攻撃に絞っていたのだ。

奥宮航空参謀が不満を爆発させた。

「警戒網はどうなっていたんだ！　昨日も今日も曇りがちだが、海が見えぬわけもあるまいに！　スマトラと昭南市には陸軍航空隊もいただろうに！」

その怒りは筋違いなものであった。洋上索敵は海軍の任務である。陸軍は補助として少数を訓練的に参陣させているにすぎない。

中国大陸撤兵以来、陸軍兵は動員を解除されつつあり、頭数は不足気味だった。航空隊だけは勢力を保っていたが、彼らも手空きではない。サイパン島航空基地化の準備や、フィリピン防空の地ならしは陸軍航空隊の任務なのだ。

視線は東へばかり向いていたが、それも仕方がない。対アメリカ関係は可もなく不可もなしといったところだが、やはり最大最強の仮想敵国には備えなければならない。

南雲にはわかっていた。今度の争乱においても、陸軍との完全協力は難しいと。海軍は独自路線を走るしかないだろうと。

「起こってしまったことを嘆いても仕方がない。次の惨劇を未然に防止することを考えよ。まずは復讐戦だ。イギリス軍を叩かねば我らに安寧はない。奥村航空参謀。敵機はどこへ消えた？　襲来したのが大型爆撃機で、空母から発進してきたと仮定しよう。まさか母艦へ戻すわけにはいかんだろう」

大急ぎで怒りを顔から消した奥村少佐は、冷静さを取り戻してから答えた。

「そうですな。イギリス人が東京を襲った〈ホーネット〉と同様の手口を用いたとすれば、機体の回収方法も同一であるはず。片端から不時着水させるわけにもいきますまい。インドかビルマ、もしくは中国へ逃走したと考えるのが妥当ではないでしょうか？」

その報告に、南雲は首を横に振った。

作戦を参謀に丸投げするという悪評もあったが、やはり経験値を積むことは大切である。これまで空母と飛行機を扱ってきた蓄積は伊達(だて)ではなかった。人材不足という事情もあったが、南雲を第一線に戻した人事は、日本海軍の数少ない好判断の一例と言えるだろう。

「違うね。インドは遠すぎる。大型爆弾をという重量物を抱えて飛んで来た以上、航続距離はそれほど稼げないはずだ。ビルマ戦線も駄目だろう。ラングーンは宮崎繁三郎中将の指揮する第五四師団が固めているし、戦線はその北まで延びている。たしかマンダレー市が防衛ラインではなかったか？」

皆が同意するのを待ってから南雲は続けた。

「中国はもっと無理だ。国民党と共産党が派手な内戦を継続中ではないか。英国は敵味方不明のはず。毛沢東も蔣介石も英軍機を受け入れるゆとりはあるまい」

奥村少佐が怪訝な表情で問いかける。

「ではどこに？」

「ジョンブルは諦めが悪い。着陸場所がないなら造ろうとするに違いない。きっとインド洋のどこかだろう。手近な島に降りることを考えているのではないかな。絶対に平和を木っ端微塵にした連中だぞ。シンガポール奇襲だけで満足すまい。その足掛かりとなる地が必要なはず……」

そのときであった。植村通信参謀が新たな情報を持参してきた。彼は通る声で、マレー半島へと攻め寄せてくる。それを読み上げた。

『こちらナンカウリ島在住第二二五基地設営隊。本日深夜イギリス空挺部隊の奇襲攻撃を受く。敵軍は恐らく大隊規模。なおも陸続と上陸中の模様。形勢まったくの不利。戦運我がほうになし。これより通信機器を破壊し、暗号符牒を焼き、最後の吶喊を試みる。後を頼む。帝国万歳……』

一気に静まりかえった〈雲龍〉の首脳陣であった。

その電報は南雲の言うとおり、ベンガル湾南東部ニコバル諸島の一角から送信されてきたものだった。三年前にインド洋作戦を実施した南雲は、その周辺の地理を把握しており、ナンカウリ島の場所も即座に海図上で示すことができた。

奥村たちが敗報に沈むなか、沈黙を打破したのは、やはり現場を仕切る指揮官であった。南雲忠一は常日頃からの重々しい口調で、こう宣言したのだった。

「臆するでない。日本は必ず厄災を乗り越えて不死鳥の如く復活する。これまでも、そしてこれからもだ。明日がある。偉大なる先人が言ったように、明日という日は必ず来るのだ！」

2　モンティ・イン・アクション

熱砂が満たす砂浜へと急ぐ戦車上陸艇〝ＬＣＴ〟は、群青色の輝きを見せる海面を驀進していた。

いや、驀進という表現にはやや語弊があるかも知れない。なにせそのスピードは五ノット程度なのだ。

仕方なかった。ＬＣＴの最高速度は空荷でも一〇ノット。いまはそれに五〇トンを超える軍用車輛を二台ずつ搭載しているのだ。速度など出ようはずもない。

敵陣からの反撃は散発的ながら、効力射が多かった。またＬＣＴに防弾など期待するほうがおかしい。孤を描いて飛来する迫撃砲弾が命中するや、搭載されていた新鋭中戦車センチュリオンMkⅠが海中へ転落していく。作戦に寄与できぬまま没した戦車兵の無念は如何ばかりだったろう。

イギリスは海面に浮上して自走するデュプレー式ドライブ水陸両用戦車——通称ＤＤ戦車もすでに開発済みであった。

ノルマンディで実戦投入されたが、こちらは失敗作だ。波が高いとあちこちから浸水し、たちまち沈没してしまう。戦闘より海難事故で失われたほうが多かった。当然ながら今回の作戦では運用が見送られている。

　比較的安全と思われたＬＣＴだが、覚悟していたとはいえ、やはり遅速すぎるのは難点だった。マラッカ海峡の高波にあおられながら必死で海岸へと進む様子は、見る者に亀の群れを想起させた。

　戦争とは、一にも二にもスピードである。鈍足の者に勝者たる資格はない。牛歩戦術を余儀なくされた三二隻の揚陸船団に、勝算などあるのだろうか？

　上陸作戦指揮官は軽巡洋艦〈ブラック・プリンス〉のブリッジに陣取り、第一波が敵陣へ躍り込む様子を心配げに凝視していたのだった。

「将軍。第二波のユーリカ部隊が発進許可を求めております。士気が衰えぬうちに出撃させてやるのが賢明だと思いますが」

　発言者はアーサー・Ｅ・パーシバル中将であった。今回の『カルタゴ作戦（オペレーション・カルタゴ）』の副司令を任されている人物だ。

「戦車だけの突撃が危険なのはご承知のはず。なるべく早く歩兵と共同させてやらねばなりません。彼らは相互補完的な役割にあるのですから」

　たしかに戦車のみを上陸作戦に投入するのは無謀に近い。鉄の塊は嫌でも目立つ。

装甲で覆われていても、叩きつけられる敵弾の運動エネルギーは脅威そのものだ。

それを認識しているパーシバルは、なおも発言を続けた。

「ユーリカは一隻あたり一八人乗れる上陸用舟艇(LCA)であります。それが六二隻。総計で兵は一〇〇〇名を超えます。詰め込まれているのは全員が奇襲を本領とするコマンド部隊です。必ずや血路を開いてくれることでしょう」

パーシバル中将は、感情に踊らされているかのようだった。それも当然だろう。彼は復讐という崇高な任務に没頭できる喜びを噛みしめているのだから。

第二次太平洋戦争冒頭のシンガポール陥落。それはイギリスにとって悪夢でしかなかった。その攻防戦で守将を務めていたパーシバルは〝マレーの虎〟と喧伝された山下奉文将軍に捉えられ、虜囚の運命を課せられていたのだ。

パーシバルは中国大陸の収容施設に送られていたが、停戦にともない、どうにか本国帰還を果たすことができた。チャーチル総理はそんな彼を、あえて攻撃部隊の一員に加えたのだった。

敗将とはいえ、マレー半島とシンガポールのことなら第一人者である。彼は復讐に従事できる栄誉に打ち震えつつ、副司令官の職をこなしていたのであった。

だが、総司令官の考えは違った。対日報復戦の現場を仕切る人物は、パーシバル中将の進言を現実にそぐわぬ意見と決めつけたのであった。

「ミスター・パーシバル。私は波打ち際を血で洗うような原始的戦闘はしたくないのだ。英国紳士たるもの、戦いとて優雅に進めねばなるまいよ。それを黄色人種に教育してやろうではないか」

貴族調の発音で告げたのはバーナード・L・モントゴメリー大将その人だった。ダンケルク撤退戦から北アフリカにおけるロンメルとの死闘、そして惨劇のノルマンディ。第二次大戦のターニングポイントとなる戦場で常に指揮を任されてきた知将である。

最後のノルマンディ戦役では旧敵ロンメルによって一敗地に塗(まみ)れてしまったが、彼にもこうして雪辱のチャンスが与えられたわけだった。

この戦争は、二人の英将軍にとってリベンジそのものであった。モントゴメリーもパーシバルも、チャーチル首相が準備してくれた舞台で踊ることを義務づけられていたのだ。

しかし、同一の感慨に耽(ふけ)っていたわけではない。

パーシバルが嬉々として従ったのに対し、モントゴメリーは渋々であった。

計算高いモントゴメリーは『カルタゴ作戦』と名付けられた対日戦に対し、暗い見通しを抱いていたのである――。

もともと上陸作戦とは投機そのものだ。

うまくいけば得られるものも大きいが、下手をすれば致命的ダメージを受ける。ギャンブルの色彩に満ちた軍事行動だった。これはモントゴメリー将軍の嫌う要素だった。彼は計算尽くでなければ気がすまない性格なのだ。

エジプト、リビア、チェニジアから独伊軍を駆逐し、スキピオ・アフリカヌスにも準（なぞら）えられた彼であったが、その勝因はひとつだけだった。

モントゴメリーは勝てると確信したときにしか動かぬのである。

聖職者の家に生まれ、酒や煙草といった嗜好品を好まず、ただひたすら軍務のみに明け暮れる堅物であった。時間と規律にやかましく、黒いベレー帽を片時も放さない。口調は丁寧かつ横柄だ。

作戦も性格そのままである。戦線整理、敵情分析、兵力集中。これら基礎中の基礎を固め、補給線を十二分に確保した後でないと攻勢には移らない。

つまりは過度なまでに慎重なのだ。ローマ将軍スキピオというよりは、魏の名将司馬懿仲達（しばいちゅうたつ）を連想させる軍人であった。

だからこそモントゴメリーはこの『カルタゴ作戦』に反対していたのである。

彼に言わせれば、上陸作戦とは奇襲がすべてだった。敵が警戒していない場所に一気に軍勢を送り込み、橋頭堡を確保したのち、本隊を揚陸させる。それが常道で危険の少ない作戦なのだ。敵陣に出血覚悟で殴り込むなど、愚の骨頂でしかない。

自らが指揮を執ったノルマンディの敗戦が、その念を強化させていた。モントゴメリーは度が過ぎるほど用心深くなっていたのだ。

彼が上陸および占拠を命ぜられた地はクラン市西岸。マレーシア半島の南西部に位置する湾港都市である。大都市クアラルンプールまで三〇キロ、そしてシンガポールへは直線距離で三三〇キロ。ここに陸軍二個師団を一気に上陸させようという計画であった。

第四三師団〝ウェイクシス〟および第五〇師団〝ノーザンブリアン〟である。

これら歩兵部隊を軸に近衛機甲師団から抽出した戦車大隊の一部を統合活用して、拠点を築くわけだ。日本陸軍はそこに二個中隊規模の戦力しか常駐させていない。部隊の集中投入という観点からいえば、占領は可能であろう。

もちろん『カルタゴ作戦』はこれだけではない。最終的に三つの作戦が同時進行する手筈になっている。史上まれに見る複合作戦だ。

このクラン強襲上陸に、ランカスター爆撃機によるシンガポール空襲。そして空挺部隊を投入してのナンカウリ島占領。これらの戦線には〝ザマ〟〝カンネー〟そして〝トレビア〟というコードネームが準備されていた。

三つのプランだが、独立しつつ有機的に結びついてもいる。一箇所欠けても全体が崩壊しかねない。それがまたモントゴメリーの心証を害していた。目的の複雑化は失敗を招き寄せるからだ。

彼が賛同したのはニコバル諸島ナンカウリ島に対する空挺作戦のみであった。

セイロンとスマトラの中間に浮かぶそこは天然の良港に恵まれており、日本軍が整備した飛行場も存在した。占領後はマレー半島反攻への拠点となる要衝だ。

占領の大義名分もある。ニコバル諸島は、インド独立を目指す叛徒チャンドラ・ボースが保有を宣言していたのだ。

形式上ながら自由インド仮政府が固有領土としたのであれば、それを正統インド政府の元へ戻してやるのが宗主国としての務めであろう。

投入予定の戦力は陸軍第一空挺師団の六〇〇〇名。パラシュートとホルサ・グライダーを駆使した立体作戦だ。駐屯する日本兵は海軍陸戦隊が約三〇〇名。戦力比は二〇対一。これならば奪取できる。あとは戦局を睨みながら、マレー半島奪回に乗り出せばよい。常道派のモントゴメリーはそう考えていた。

だが、イギリス本国、特にチャーチル首相はトロイカ方式にこだわりを見せた。三作戦はすべて同時に実施され、同時に成功を収めねばならぬと。

理由は実にシンプルだった。六隻のイラストリアス級空母から発進させたランカスター爆撃機は、占領予定のナンカウリ島飛行場へ着陸させる計画だったのだ。

またクラン強襲後の航空支援は同地の飛行場を根城に行われる予定になっている。まずシンガポールを空襲したのは、日本側航空戦力に先制パンチを浴びせ、クランおよびニコバル諸島侵攻兵団への反撃を阻止するためだ。

成功すれば、芸術的軍事行動として戦史に刻まれること確実であるが、日本とて馬鹿ではあるまい。これほど複雑精緻なプランが、机上の理屈どおり進捗するものだろうか？

モントゴメリーは大いに不審を抱いていたのである……。

「将軍！　トレビア作戦総責任者のサー・クルード・オーキンレック大将より連絡が入りましたぞ！」

そう言ったのは〈ブラック・プリンス〉艦長のフレデリック・ネス大佐だった。

彼は握りしめていた報告書をモントゴメリーに手渡してから続けた。

「第一空挺師団はわずかな犠牲だけでナンカウリ島の制圧に成功したようです。懸案だった滑走路も完全確保したとあります。さすがは〝赤い悪魔〟と恐れられるだけのことはありますな！」

パーシバル中将は顔をほころばせながら言った。

「おお。吉報ではありませんか。すでに〝カンネー〟つまりシンガポール空襲は成功しております。〝トレビア〟も順調。もう戦いの流れは大英帝国にあるとみてよいでしょう。我らが任務たる〝ザマ〟もこれで勢いづくというもの！」

モントゴメリーは口元に手をやり、しばし黙考した。初動の勢いがついているのは確かだ。ここはゴーサインを出して押しまくるべきか？

彼がセンチュリオン中戦車隊を先発させたのは被害が大規模に及ぶことを想定、いや、半ば期待していたためであった。それを理由に歩兵部隊の投入を渋るというオプションを保持するためである。

これは鬼道だ。悪魔の選択である。だが、現場指揮官は非情なる決断を下さねばならない場合もあるのだ。

後方基地に使用可能なナンカウリ島を奪取すれば、マレー半島にはいつでも上陸できる。困難な電撃上陸を強行するより、ビルマ方面から徐々に南下してくる英印軍と合流し、一歩一歩シンガポールを目指したほうが賢明だろう。モントゴメリーは本気でそう考えていたのである。

だが、蓋を開けてみると戦況は我がほうに利がある。ここでもう一手繰り出せば、掌に掴みかけている流れを、両腕で抱き留めることができるかも知れない。

「将軍。優雅に勝てる瞬間が迫りつつあります。なにとぞご決断を願います。もし躊躇なさるようでしたら、私は副官としての責任を全うせねばなりません」

パーシバルの一言が背中を押した。指揮権剝奪すら匂わせる一言に、モントゴメリーは自分が動かねばならぬときだと判断したのだった。

総司令官たる彼を擁護する発言はない。つまりは総員が全面攻撃を心待ちにしているわけだ。東洋戦線を知らぬ自分は余所者にすぎない。そう痛感させられたモントゴメリーであった。

ならば起つしかあるまい。パーシバルに任せてはおけぬ。最悪よりは悪のほうがまだマシだ。

「それが全員の意志か。よろしい。私も同じフネに乗らねばならぬ場面のようだ。では諸君。征こう。血塗られた地獄の戦線へ一緒に駆け出そうではないか。パーシバル君、歩兵部隊を波打ち際に突進させたまえ」

「アイアイ・サー！　御命令のままに！」

「それからネス艦長。さらなる支援艦砲射撃を頼みたい。その旨を艦隊司令長官に伝えてくれないか」

モントゴメリーが言った艦隊司令とはサー・アンドルー・カニンガム大将のことである。〝ザマ〟における海軍側責任者だ。

経歴も出色であった。シチリア島上陸計画で海軍部隊総指揮官となり、一九四三年秋以降はロンドンにて軍令部長を務めていた人物である。チャーチルは対日開戦において、可能なかぎりのトップメンバーを抽出していたのだった。

現在のところカニンガム提督は空母〈ユニコーン〉に将旗を掲げている。

対地攻撃にも転用可能な支援戦闘機を二一機積み、強力な通信設備を持つ艦だ。二二ノットとやや遅速だが、足の遅い輸送船と組まねばならぬ上陸作戦においては、さほど問題とはならなかった。

この〈ユニコーン〉だが、当初は航空機工作艦として設計されたフネであった。格納庫には軍用機の修理施設が併設され、予備パーツも満載状態である。つまり、前線で長期にわたって戦力を維持することを主眼とした軍艦なのだ。

カニンガムに同乗を提案されたモントゴメリーであったが、彼は〈ユニコーン〉に司令部を設置することを拒んだ。戦いはスピードであると信じる彼には、俊足の〈ブラック・プリンス〉の方が魅力的に映ったのである。また指揮系統の分散は、前線に身を置く者として必要な措置でもあった。

モントゴメリーは、さらに台詞を続けた。

「戦艦群は後方へ退避しつつあるが、前線にはまだロンドン級重巡が四隻に、軽巡が八隻もいる。彼女たちに再度念入りな地上砲撃を要請したいのだ」

ネス艦長は訝（いぶか）しげな顔で反論した。

「不必要では？　ご覧になったとおり、支援砲撃は一五分前に終了しております。敵陣は四〇円の三五・六センチ砲によって殴りつけられたのです。火力もずいぶんと弱まっておりましょう」

たしかに艦長の言い分は正しい。戦艦搭載砲の破壊力たるや凄まじい。陸兵数個師団分の火力に匹敵すると評価する向きもある。

事前準備のため、早朝から対地砲撃に投入された戦艦は四隻。〈キング・ジョージ五世〉〈デューク・オブ・ヨーク〉〈アンソン〉〈ハウ〉の面々だ。

全員が四年前に沈められた〈プリンス・オブ・ウェールズ〉の姉妹である。日本人に復讐を挑まんと、彼女たちは破壊本能を全開にしたのだった。

けれどもモントゴメリーは不安を抱いていた。ノルマンディの戦訓が教えていたのだ。たとえ戦艦搭載弾であっても敵陣の完全撃破は難しいと。

弾着観測が極端に困難であるからだ。

カモフラージュされた陣地に対する砲撃は着弾しても効力射か否かの判断ができない。上陸部隊が撃たれて初めてわかるといった案配である。

「砲兵を長年見てきた私にはわかる。支援砲火とは痩身術（ダイエット）と同じだ。始まりがあって終わりなし。重要なのは敵に頭を上げさせぬことだ。艦長。君の権限で手本を他の艦に見せてやってくれないかな。このフネは百年戦争の英雄エドワードから芳名を頂戴している。名前負けせぬ力を秘めているはずだね。連装四基八門の一三・三センチ砲は飾りではないのだろう」

虚栄心をくすぐられたのか、ネス艦長はにやりと笑い、通信長と砲術長に命令を与えたのだった。

なるほど〈黒太子（ブラック・プリンス）〉と命名されている本艦はベローナ級の一隻だった。

まだ完成して一年半しか経っていない新鋭艦だ。基準排水量は六〇〇〇トンにも満たず、全長も一四七・八二メートルとそれほど大きくない。

しかし、対空砲撃も可能な両用砲MkⅠに加え、二ポンド四連装ポムポム砲が三基、それらを誘導する二八五型および二八二型レーダーが据えられている。新世代の戦闘に対応したフネだと断言できよう。

ただしアメリカ海軍の防空巡洋艦アトランタ級と比較すれば、やや見劣りがすることも事実である。

主砲は航空機も狙えるが、人力操作に頼る点も残されているため、発射速度は毎分一〇発が精いっぱいである。また弾量も大きい。どちらかというと水上砲戦に力を注いだ火砲だと評価できた。

統括指揮用に通信システムは強化されている。手狭なことさえ我慢すれば、艦隊旗艦としても十二分に使えるバトル・クルーザーであった。

すぐに〈ブラック・プリンス〉は牙を煌めかせた。艦首と艦尾に二基ずつセットされた主砲から砲煙があがる。それに連呼するかのように、三〇〇〇メートル離れたマレーの大地が抉られていく。

たちまち後続の僚艦も射撃を開始した。破壊力は戦艦砲に及ばないが、射撃位置は海岸線付近である。防御拠点に対する細やかな狙撃が可能なのは強みだ。

派手に支援砲火を続ける旗艦の側を、上陸用舟艇〝ＬＣＡ〟が舳先を連ねて駆けていった。後方の高速客船から発進してきたのだ。景気づけに吹き鳴らされているのはバグパイプの響きらしい。

モントゴメリーは決意を新たにした。アイルランド兵伝統の音色を、ショパンの葬式行進曲に変貌させてはならぬと。

「これで第一波の上陸は成した。橋頭堡を確保できしだい、司令部を地上に移す。ネス艦長。すぐに〝ドラゴンアッシュ〟の準備をさせてくれたまえ」

それは導入されたばかりの新式回転翼機の愛称だった。アメリカ合衆国のシコルスキー社が開発し、イギリスに輸入されたR６型と呼ばれる試作機を、ウェストランド社がライセンス生産したものだ。

ウェストランドＷＳ‐Ｒ６〝ドラゴンアッシュ〟――イギリス初の軍用ヘリコプターである。

最大速度は一六〇キロ前後、航続距離四〇〇キロ弱。飛行機に比べれば情けないスペックだが、着陸地点を選ばないメリットは捨て難い。最前線への物資補給や、負傷者の搬送といった任務には役に立つ。

英国は実戦で得られたデータをもとに、さらに安定性を強化したＷＳ‐51〝ドラゴンフライ〟を開発。その販売で世界へリコプター市場のトップシェアを握ることになるのだが、それはまた別の話である。

回転翼機は艦船との相性もよい。イギリス海軍では一九四五年五月より試験運用が開始されており、郵便連絡や人員移送に重宝されていた。もちろん〈ブラック・プリンス〉にも艦尾特設甲板に一機が繋留されている。

モントゴメリーは早口で意思表示を重ねた。

「私はすぐ上陸すると言っているのだよ。回転翼機の準備を急がせたまえ」

ブリッジに詰める全員の視線が将軍へと集中された。誰しもが意味するところを摑んだのだ。モントゴメリーは戦場へ突撃しようとしている……。

「陸軍軍人として、いつまでも海軍の厄介になるわけにはいかぬ。やはり独立単位として動かねばな。上陸する兵士に過度の負担を強いるのだ。同様の境遇を味わわねば部下がついて来ない。私には戦場を軍靴で踏みしめる必要がある。ミスター・パーシバル。ぜひ君も同行してくれたまえ」

副官は途端に渋い顔をした。パーシバルは陣地確保が完了してから兵に倣(なら)って膝を濡らさねばならないと力説した。空から舞い降りるなど邪道だと。

「同じ話を繰り返すのは飽きた。いまは形ではなく、スピードを重要視せねばならないのだよ。ドラゴンアッシュを発進させるのだ。空母艦隊にも同型機が三機ずつ搭載されていたな。カニンガム提督に依頼し、あれも出撃させたまえ。以後は地上部隊との連絡と補給に使おう」

ザマ作戦の支援艦隊には空母が六隻随伴していた。

前述の〈ユニコーン〉の他に軽空母コロッサス級が五隻である。ネームシップの〈コロッサス〉に加え〈ヴェンジャンス〉〈ヴェネラブル〉〈グローリー〉〈オーシャン〉の姉妹がそれだ。日本空母でいう飛鷹級を、心もち小さくした感じのフネだと理解すればよいだろう。

最大速度は二五ノット。艦載機を四八機程度搭載できる点も〈飛鷹〉〈隼鷹〉と酷似している。ついでに防御力に難がある点もそっくりであった。

そして今回、その軽空母部隊にもドラゴンアッシュ飛行隊が搭載されていたのである。世界初の近接地上支援ヘリコプター部隊であった。

もちろん実力はいまだ未知数だ。訓練はともかく、実戦投入は初である。運用に不安を感じる軍人がいたことも確かだ。艦長フレデリック・ネス大佐もその範疇に属する男だった。

「どうかご再考ください。最前線とは安易に踏み入れてよい場所ではないのです。ドラゴンアッシュにしたところで、とても熟成された兵器とはいえません。事故が多いことはご存じのはず。士気を鼓舞するためとはいえ、あまりに危険です！」

モントゴメリー将軍は無感動かつ無表情を装いながら、こんな返答を投げつけたのだった。

「原子爆弾という優美さとはかけはなれた兵器が一人歩きをしている現在、もはや地球上に安全な場所など、どこにも存在しないのだよ……」

3　隘路突破

ホルムズ海峡とはペルシャ湾とアラビア海を遮断する天然の要害である。

その幅は狭隘だ。艦隊を派遣して出口を押さえれば、ペルシャ湾は完璧に封鎖される。石油という戦略物資の重要性が増すにつれ、産油国の玄関口であるこのホルムズ海峡は、必ずやクローズアップされていくだろう。所有権、通行権、管理権を巡り、紛争が起こるのも時間の問題に違いない。

その前兆とも言うべき小競り合いが惹起したのは一九四五年七月三〇日のことだ。宣戦布告なき日英戦争が勃発した四八時間後である――。

狭苦しいと聞いてはいたが、上空から見おろす海峡は思いの他に広く見えた。

後関磐夫一飛曹は、安定性のよい複葉機を操りながら、上空五〇〇メートルを飛行していた。その任務は索敵だ。いや、正確には敵が存在しないという事実確認が彼の役目であった。

早朝に先行出撃し、ホルムズ海峡に敵影見ずという電文を寄こしてきた永須紫朗二飛曹の観測結果を裏付けたなら、味方部隊は安心してインド洋へ脱出することができる。そのための飛行なのだ。

見敵必戦を信条とする後関にとって、単なる見張りに徹するのは骨の折れる任務であった。ましてや座乗する機体は単座である。航法、操縦、観測のすべてを単独でこなさなければならない。

負担を軽減するには高度を稼げばよい。三〇〇〇メートル付近から見おろせば、かなりの範囲を一望できる。不審船を見落とす可能性は低くなろう。

しかし、それは選べぬ選択肢であった。

脅威度の点からいえば、何処(いずこ)へか姿を消した敵艦隊よりも、最初から姿を見せぬ暗殺者に対する備えのほうがよほど重要なのだ。潜水艦を発見するには、低高度からでないと難しいのである。

「こんちくしょう！　百聞は一見にしかずだな。狭い狭いと聞いてはいたが、話が違うじゃねえか！」

　後関は風防なき操縦席(コックピット)から自棄気味に怒鳴った。誠にもっともな叫びであった。ホルムズ海峡はいちばん狭隘な部分でも差し渡しは五〇キロ。つまりは瀬戸内海の最大幅とあまり違いがないのである。

「ここを一機で哨戒せいだと。偉い人は無茶をいいやがるぜ。振り回される現場の身にもなってみいや！」

　それが時節に見合わぬ暴言であることは後関も理解していた。

できるできないの問題ではない。やる以外に進むべき道がないのが戦争というものなのだ。そこで命を張る兵士とは、死線を超越した存在にならねばならぬ。本人の意志など関係なしにである。

　だが、難儀に直面させられた本人にとっては、不幸の一言で片づけられるような問題ではない。後関がやり場のない怒りを感じていたのも当然であった。義務感や使命感だけでカバーすることのできない理不尽さが戦場には満ちているのだ。

　これが一年前、つまり日米戦争の最中(さなか)であれば、後関が抱いた葛藤は小さかったかも知れない。自己犠牲が美徳とされた時代においては、死さえ精神力で乗り越えることも可能だったろう。

だが、状況は激変した。停戦。それが兵士たちの覚悟に穴を穿ち、錆を生じさせたのである。ひとたび地獄から帰還した者のうち、そこに舞い戻ることを望む者は少数派であろう。

やはり人間は現世に執着する生命体であった。後関もまた然り。勇敢なる男ではあったが、彼もまた血と涙を流す人間だったのだ——。

中東にて〝さまよえる日本人〟と呼ばれている軍事勢力があった。〈大鳳〉〈足柄〉〈雪風〉の三隻で編成された遣欧使節艦隊である。

三隻は昨日までペルシャ湾で雪隠詰めに遭っていた。ホルムズ海峡を有力なイギリス艦隊に押さえ込まれていたのだ。

アラビア太郎こと山下太郎の手引きで重油と補給物資の積み込みは完了しており、出航自体に問題はなかったが、状況がそれを許さなかった。

英国の意図はわかっていた。東南アジアにおける軍事作戦遂行のため、邪魔者でしかない日本艦隊に背後を衝かれぬよう、封じ込める気なのであろう。

シンガポール奇襲さるる！　その一報はサウジアラビア王国のダンマム港に投錨

したばかりの〈大鳳〉にも即座に伝わった。

被害を受けたのは昭南市だけにあらず。軍用飛行場と湾港を備えたニコバル諸島ナンカウリ島は空挺部隊によって奪取され、クアラルンプール近辺のクラン市西岸にはイギリス軍地上部隊が上陸を開始したようだ。まさに多重攻撃。実に鮮やかな手口である。ジョンブルは長期間にわたり侵攻計画を練っていたのだろう。

日本本国からは一刻も早い帰還が命ぜられていた。万難を排し、スマトラ南岸の味方航空勢力圏まで帰還せよと。

だが、艦隊司令長官野村吉三郎大将も全権代表の米内光政大将もそれを渋った。シンガポール一帯が打撃を受けたとはいえ、まだ局地戦で終結するかも知れないという希望的観測もあったからだ。

ノモンハン紛争という苦い経験もそれを後押ししていた。全面戦争を避けるためなら、ここで遊兵化してもやむを得ない。米内と野村はそう判断したのだった。

だからこそ、油槽船〈じぱんぐ丸〉の喪失原因が判明したのちも、彼らはあえて動こうとしなかったのである。

七月二五日未明。遣欧使節艦隊に重油を運搬する手筈の〈じぱんぐ丸〉が、インド西岸ゴア州の沖合で消息を絶った。〈しまね丸〉〈大滝山丸〉と同様、戦時標準船のTLシリーズを改造し、タンカー兼用空母として開発された艦である。今回が初出撃だった。

東京は〈じぱんぐ丸〉喪失原因を知っていた。遭難でも事故でもタイムスリップでもない。攻撃されたのである。沈没寸前に〈じぱんぐ丸〉は緊急電を打ってきた。無警告で魚雷攻撃を受けたと……。

位置関係から判断し、イギリスの潜水艦に討たれたと考えるのがいちばん無理のない推理だったが、それを公にすることはできなかった。

日英関係が微妙な現在、たとえ相手に非があったとしても過度に刺激する行為は望ましくない。帝国政府はそう判断し、海軍に箝口令を敷いたのである。

裏の外交ルートを通じて抗議をしたものの、英国は当然これを黙殺した。それでも日本は穏便に収束させる道を選び、問題を棚上げしたのだった。

ひとつ貸しのつもりだったが、老獪な英首相チャーチルは一枚上手だった。彼は二七日早朝に、自分から〈じぱんぐ丸〉事件の顚末を記者団に公表するや、こんな談話を述べたのだった。

『日本は卑劣にも事故で沈没したタンカーを用いて、イギリスを戦火に巻き込もうとしている。これぞ日中戦争勃発のきっかけとなった盧溝橋事件の海上版である。

我々はこんな偽装工作に乗るほど愚かではないが、他にも看過できぬ問題が発覚した。日本人の遣欧使節艦隊がペルシャ湾へと押し入ったのだ。連中の狙いはサウジアラビアの属国化である。これは武力進駐そのものではないか。

海軍兵力を持たぬイヴン・サウド国王は、それを受け入れる旨をロンドンに伝えてきた。私には国王の選択を責めることはできない。露骨な砲艦脅迫外交に屈し、仕方なく開港したにすぎないのだから。彼は哀れな被害者なのだ。

我ら大英帝国は絶対に友人の危機を救わねばならぬ。アジアに秩序を取り戻さねばならぬ。話し合いの時は過ぎた。望まぬながら、自衛のためには剣を振るう他に方策なしとの結論に至ったことを、ここに報告するものである……』

それは児戯めいた詭弁であった。サウド国王とイギリスは石油取引価格を巡り、以前より不和になりつつあった。友情など微塵も存在しない。

たしかに日本艦隊の電撃的ダンマム入港は想定外だった。東洋艦隊より軽巡〈リヴァプール〉を出撃させ警戒に当たらせていたが、相手がホルムズ海峡へ突進していったときには、さすがの首相も顔色を失ったと伝えられている。

しかし、稀代の機会主義者であるチャーチルは、この事態さえも有効に活用したのだ。国益のためならば真実をねじ曲げることも厭わない。これぞ政治家である。

そもそも大英帝国とは恫喝と戦乱で世界を牛耳ってきたではないか。

あまり知られていないが、第二次欧州大戦を引き起こしたのは英国に相違ないという説まであるのだ。事実、ドイツがポーランドに侵入した際、ヒトラーに戦争を挑んだのは英仏両国のほうなのだ。あの対独宣戦布告さえなければ、欧州の惨禍は会話によって終結を向かえていたかも知れない……。


「どこにもおらん！　イギリス野郎はマレー半島を攻めるのに忙しいらしい。昨日まで戦艦一、重巡三、駆逐艦六隻の大艦隊で堰き止められていただと？　アラビアンナイト石油の山下社長は大法螺吹きじゃねえのかい！」

後関は大声で叫んだ。モチベーションを維持するために、独り言は有益らしい。彼はそれを実践しつつあったわけだ。

しかし、発した言葉は真実ではなかった。現状はともかく、二四時間前までは、そこに英国艦隊が網を張っていたのである。それを証明する報告もあった。

アラビアンナイト石油が用意した一二〇〇トン級油槽船〈信濃丸二世〉から寄せられた索敵情報である。電文にはこうあった。

『ホルムズ海峡出口付近に遊弋する英艦隊を発見。巡洋戦艦〈レナウン〉を中心とする打撃部隊なり』

同船は追尾されたが、帳簿上の船籍をサウジアラビアに変更しており、掲げた旗もそれに準ずるものであった。イギリス艦隊も問題の複雑化を恐れたのか、深追いはしてこなかった。

抜錨した遣欧使節艦隊はカタールの港町ドーハの東に待機し、状況を窺っていた。強行突破するには兵力が少なすぎた。五万トン以下という紳士協定を受諾し、砲艦外交と割り切って組んだ艦隊であったが、やはりアンバランスに過ぎたようだ。

空母〈大鳳〉は新鋭艦だが、飛行機がなければ単なる筐（はこ）である。重巡〈足柄〉と駆逐艦〈雪風〉も有力なる戦闘単位には違いないが、まさか戦艦相手に喧嘩は売れない。相手の隙を狙い、速度を生かして夜間突破を図るしかなかった。

艦載機搭載を認めないというスペイン政府の要請を墨守（ぼくしゅ）していたため、〈大鳳〉に日本製軍用機は一機も積み込まれていなかった。だが、イレギュラーな形で現地調達入手した機体ならばある。後関が操縦しているマシンがそれであった。

気忙（きぜわ）しく計器板を睨む彼は、針が中間より左に振れているメーターに気づいた。西班牙（スペイン）語だか伊太利（イタリア）語だかわからない単語が刻まれており、その下には細い油紙が張られている。それには鉛筆で〝残燃料計〟と注釈が書き込まれていた。

「なんちゅうこっちゃ。もう半分を切ったんかい。たった七六〇キロしか飛べないとはなんという欠陥機じゃ！」

後関は宛がわれたファイアットＣＲ32の操縦席で、不満を爆発させたのだった。

これはバルセロナにて部品の形で納入された機体である。チャーチルの讒言により六カ国協議が瓦解する一因ともなったいわくつきの飛行機だ。

当然ながら艦載機ではない。だが、ＣＲ32は低空低速でも安定感が得やすい二枚羽なのだ。空母機として運用するのもあながち不可能ではなかった。

急遽、日本から呼び寄せた整備員たちの必死の努力により、艦内にストックされていた彗星艦爆の着艦フックを装着することに成功したのはバルセロナを出航する前日であった。無茶は承知だが、使えるものは使わねばならない。

三〇〇〇キロ以上も飛べる零戦二一型と比較すれば、このイタリア機はたしかに短足だ。旧型機ということもあるが、要因は設計思想の違いにあった。狭いヨーロッパでは航続距離よりもスピードが重視される。それだけの話だった。

ＣＲ32の最大速度は時速三七五キロ。日進月歩の航空機業界において一二年前に開発された機がこれほど早く飛べるのは一定の評価を与えるべきだろう。セールス的にも成功し、世界各所へ輸出されている。

後関自身は直接刃を交えたことはなかったが、中国軍も少数を購入しており、抗日戦線にて運用していた。果てしなく続く内戦にも投入されているらしい。

「状況確認は終わったな。ならば長居は無用じゃ。燃料が尽きる前にさっさと母艦に戻るべし。どうもこの機は操縦桿が鈍すぎていけねえや！」

ＣＲ32は日本人向けの機体ではなかった。手元の微妙な操作でも、機体が反応するまでに微妙な遅れが生じた。スピードと個人プレーを愛するイタリア人が図面を引いたのだから、仕方がないだろう。

後関は機首を巡らせたのち、艦隊へ無電を打った。これより帰投するゆえ、永須二飛曹の機を交代に出して欲しいと。

空母〈大鳳〉に積み込まれているのは二機のＣＲ32のみ。運用はヘビーローテーションだが文句を言えるような段階ではなかった。愚痴は大空で、それも単独時に叫ぶしかない。

だからこそ後関は、大声で怒鳴りながら機を操っていたのである――。

数が少ないのは艦載機だけではなかった。

二隻以上の軍艦がチームを作れば艦隊と呼称されるわけだが、眼下に見える味方部隊は頑強なる軍事勢力には思えなかった。

旭日軍艦旗を掲げたフネは三隻のみ。先頭から駆逐艦〈雪風〉、重巡〈足柄〉、そして旗艦〈大鳳〉の順番である。物理的に輪形陣すら組めない有様だった。

「情けない風景じゃ。これでも機動部隊かいな！」

望ましくない状況を確認するかのように、後関は虚空へと怒鳴りつけた。受け入れるしかない現実がそこに展開していた。艦隊戦・対空戦・対潜水艦戦のいずれにも不向きな陣容だ。敵軍がいかなる方法で攻めてきたとしても、まともな対処などできないだろう。

悲観的な思いに囚われかけたときであった。後関は低空を飛ぶ軍用機の姿を認めたのだった。スパッツがつけられた固定脚装備の複葉機だ。主翼と胴体に日の丸が見える。先端の尖った機首は整備員泣かせの水冷エンジンであろう。

間違いなく永須二飛曹のＣＲ32だ。交代を希望したのは三〇分も前なのに、まだこんなところをウロウロしているのか？　仲間の不手際に罵声が口から飛び出しかけた後関であったが、どうやらわけがあるらしい。

永須機は海面すれすれを舐めるように飛んでいるのだ。時折、激しく旋回してもいた。あんな運動をする理由はひとつだけ。永須機は、海面下に隠れる脅威を捜し求めているのだろう。動きからみて、敵潜水艦の位置を把握しているわけではないらしいが……。

複葉機の最大の欠点として多くのパイロットが指摘するのが視界の悪さである。大きな主翼で上下を覆われているのだから当然だろう。

ＣＲ32はファイアットＡ30ＲＡ型液冷エンジンを搭載しているため、細長い機首が飛び出した恰好になっている。操縦席も機体中央よりやや後ろに位置しており、前下方向の視界はゼロに等しい。高度を稼がねば海中の敵など確認できまい。

「永須め。敵潜を一度見つけ、そして見失ったんじゃろう。上昇したくない気持ちはわかるぜ。けれど引くことも進むことと同様、勇気が必要なんじゃ！」

後関は高度六〇〇を維持したまま、目を皿にした。水面（みなも）を揺るがすわずかな反応を見定めるために。そして視力に優れた彼は、白濁色の泡をペルシャ湾に見出した。鯨やイルカの類ではない。明らかに人工的な物体だ。

浮上しつつある潜水艦に違いない。正確には潜望鏡だ。海中から盗撮魔が覗いているのだ。

「よし、見てやがれ。帳尻はあわねえだろうが、シンガポールの仇をここで討ってやろうじゃねえか！」

後関はＣＲ32を一気に急降下させた。六〇〇馬力の発動機が悲鳴のような騒音を奏で始める。永須機も、こちらの動向に気づいたのか、高度をあげて旋回を始めた。追随する気らしい。

既視感（デジャビュー）という単語が脳裏を横切る情景であった。あれは一年前だ。今回と同様、〈大鳳〉へ迫る脅威は海底から発射された魚雷だった。機銃掃射でどうにか撃破に成功し事無（ことな）きを得ていたが、まるっきりその再現に他ならない。

前回は永須に手柄を奪われた。しかし、いまは立場が逆だ。操縦桿を握る手にも自然と力が入る。操る機体は零戦から旧型イタリア機へチェンジしていたが、贅沢は言えない。精神力でカバーしなければ。そう確信する後関だった。

ＣＲ32は零戦より一回り小さく、九六式艦上戦闘機に近いサイズである。後関も永須も初心者の頃は九六艦戦で習熟訓練をやらされていた。あの要領を思い出せばよいだろう。

脆弱な複葉機だ。絶対に派手な急降下はできない。だが、空中分解を防げる限界角度を後関は会得していた。潜望鏡らしき鉄パイプは波間に隠れようとしていたが、逃がしはせぬ。

翼端の一二・七ミリ機銃が激しく自己主張を開始した。銃弾は豊富だった。ケチなスペイン人にしては珍しく、機体納入の際に大量に同梱してくれたのだ。

聞くところによると予備弾丸の都合をつけてくれたのはバルセロナで知り合った貸自動車屋の主人らしい。色々と顔が広い人物であったようだ。壊れたキューベルワーゲンを弁償させられたことは痛かったが、これで帳消しだろう。

銃撃の火矢が海面を断続的に掘削していく。

魚雷ならばともかく、敵潜撃破が難しい現実は後関にもわかっていた。とにかく爆雷を搭載した〈雪風〉が駆けつけるまで、敵を食い止めなければ。

だが、意外な効果があった。後関は知らなかったが、対潜水艦戦では機銃掃射も有効なのだ。司令塔付近の装甲には死角が多い。当たり所さえよければ小口径弾でも穴を開けられる。それが即刻、艦としての機能を失わせるであろうことは自明の理である。

後関は手応えを感じた。潜望鏡が姿を引っ込める前、放った機銃掃射がその根本を乱暴に撫でた。小規模の火花が散る瞬間がはっきり確認できた。

すぐさま〈雪風〉が全速で駆けつけてきた。その光輝めがけ一二・七センチ連装砲を矢継ぎ早に放つや、彼女はさらに距離を詰めた。艦尾の投下軌条からなにかが数珠繋ぎに転がり落ちていく。あれは新型の二式爆雷に違いない。

複数の水柱が海面に立ちのぼった。黒々とした石油の痕跡は確認できなかったが、これで奴は暫くの間は動けまい。時間を稼いだのは事実だ。

すぐ隣に位置を占めた飛行物体があった。永須紫朗二飛曹の機だ。後関は得意げに白い歯を見せてやった。相手も悟りきったかの表情で破顔する。

勝った。鬱憤は綺麗に吹き飛んだ。生への執着を満足させられた後関は、海面の波紋に向かって賢しらに叫んだのだった。

「これで生き残っていたら褒めてやるわい。文句があるなら日本まで来なよ。また相手してやるぜぃ！」

4　蜜月期の終わり

度重なる爆雷攻撃から一四時間が経過した。

合衆国太平洋艦隊所属・第六八任務潜水艦隊旗艦SS‐218〈アルバコア〉は、闇に紛れ、傷ついた体をペルシャ湾の海面へと浮かべた。

時刻は午後一一時三〇分。周囲に灯りはひとつも見えない。海面は重油流出事故でもあったかのように真っ黒だ。

「見張りは全力で船影を捜せ。なにか発見したならば即座に潜る！」

熱く叫んだのは艦隊司令のジェームズ・W・ブランチャード大佐である。現在のところ手駒として与えられている艦は〈アルバコア〉だけであり、艦隊と呼べるかどうかは微妙だったが。

「副長。レーダーの復旧はどうだ？　修理を急いでくれたまえ。あれがないと本国帰還は難しいぞ」

一九四五年夏の段階で〈アルバコア〉には対空レーダー〝SD‐5〟や水上レーダー〝SS〟が設置されていた。ともに実用の域にまで高められた新兵器である。アメリカ潜水艦の生存率を飛躍的に向上させてきたのは、こういったハイテク電波兵器であった。

だが、頭上を見あげたブランチャードは、己の発言内容がいかに場違いなものであったかを痛感したのである。

セイル式艦橋構造物の上に位置する潜望鏡（ペリスコープ）およびレーダーシステム一式は、防弾を考慮してフィン状のカバーで覆われていたが、敵機の銃弾はそれを簡単に貫いていたのだ。

「司令、こいつは駄目です。応急修理どころの話ではありません。本艦は戦闘不能状態にあると判断します。早急にオーストラリアの潜水艦基地へと戻り、パーツの総取り替えをやらなければ」

若き副長ジム・アイアランド大尉は、泣き出しそうな声で言った。部下の前で、上役が見せてはならない態度のひとつだ。

横っ面を張り倒したい気分にかられたブランチャードであったが、寸前で思いとどまった。血涙を絞りたかったのは彼も同じだったからである。

それは〈アルバコア〉自身も同様であったろう。彼女は新任艦長のヒュー・R・リコマー少佐を失ったばかりなのだから……。

本日早朝からSS-218〈アルバコア〉はペルシャ湾において日本艦隊を監視していた。

合衆国海軍の命令に基づいたうえでの配置だったが、その首脳部が望んだ行動ではない。ホルムズ海峡を通過し、ペルシャ湾で網を張っていたのは、イギリス政府の依頼(リクエスト)に応じた結果なのだ。

六カ国協議決裂以降、米英は相変わらず不和への道を突き進んでいたが、新たな大統領となったジョセフ・ケネディは、関係改善に知恵を絞っていた。

ダンケルク撤退時に駐英大使だった大統領は、イギリスに対して敵対心は持っていない。困難を乗り越えて手を組まねばならない相手だと確信してもいた。

そんな折り、チャーチル首相から懇願のメッセージが届いたのだ。

『七月下旬より東南アジアにて海軍大演習を実施するため、一時的にホルムズ海峡の監視を解かねばならなくなった。しかし、蟄居（ちっきょ）する日本空母艦隊は脅威である。そこでアメリカ潜水艦隊を派遣し、動向を逐一報告してもらいたい。万一ホルムズ海峡を突破するようなことがあれば一報を願う……』

随分と勝手な言い分であった。しかし、簡単な行為で相手から譲歩を引き出せるのであれば乗ってみるのも一興であろう。ケネディ大統領はゴーサインを下した。旧同盟国の意志を尊重せよと。

こうしてインド洋南方にて習熟訓練中であった潜水艦〈アルバコア〉は、サウジアラビア近辺まで航海する運命を課せられたわけである。

忠実に任務を遂行していた艦長リコマーとブランチャード司令だったが、彼らは唐突に不運に見舞われた。

三〇日の午前一一時だった。〈アルバコア〉は出撃してきた日本艦隊と近距離で鉢合わせしてしまったのである。潜望鏡をあげ洋上の状況を見定めようとしたとき、アイピースに巨大なシルエットが飛び込んできたのだ。

その艦影を凝視したブランチャードはすぐ真実に気づいた。見覚えのある艦だ。サイパン沖で〈アルバコア〉が雷撃した例の重装甲空母ではないか。

視界をリコマーに譲り、次の命令を下そうとした直後、衝撃音が水中排水量二四二四トンの物体を駆け巡った。上空から幾重にも銃撃が加えられたのだ。

潜望鏡の油圧系統が一気に駄目になった。海上に突き上げられていた鉄とレンズの束が凄まじい勢いで司令塔内部へと落下してきた。衝撃で床に倒れていたリコマーには逃げる暇すらなかった。哀れにも艦長は頭部を潜望鏡で強打され、意識不明の重体に陥ってしまったのだ。

急速潜航で海底へ逃げた〈アルバコア〉に今度は爆雷が投げつけられた。今度は飛び散るボルトと、なだれ込む海水を相手に苦闘を続けなければならなかった。

半死半生のリコマーに手厚い治療が施されるわけもない。悲惨にも艦長は、そのまま還らぬ人となったのだ――。

「オーストラリアか。副長はそこまで到達できると思うか？」

ブランチャードの呟きに、アイアランド大尉は不思議そうに問い返す。

「損害はレーダー設備と潜望鏡のみ。潜航も可能です。不都合はないかと」

「違うね。難問はオーストラリアが我らを受け入れてくれるかどうかだ。下手をすれば拿捕される可能性がある」

不審を極めた眼差しで説明を求める副長へと、ブランチャード大佐は言葉を続けていった。

「かつて流刑地であったオーストラリアは依然として英連邦の一角だ。そしてイギリスは我らに嘘をついたのだぞ。嘘という表現に語弊があるならば、あえて真実を明かさなかったと言おう。彼らは口を噤んだのだ。自分たちがシンガポールを攻撃する計画をな」

潜水艦隊司令は、すべてを悟ったかのように朗々と話した。

「まだわからないか。ジョンブルは我らを利用したのだよ。日本艦隊が戦闘意欲を倍増していると知れば、我々はこんなところまで来ない。だからこそシンガポール攻撃の件は伏せていたのだろう。自らの戦力を前線へ投入するために〈アルバコア〉を蓋として使うとはな……」

周囲に敵影は見あたらずとの報告が響いてきた。それを確認したブランチャード大佐は、大きく頷いてからこう命じたのだった。

「よろしい。針路を南南東へとれ。本艦はインド洋経由で太平洋戦線に復帰する。目的地はグァム島の潜水艦基地。途中で補給船と邂逅(ランデブー)を試み、燃料と食料を積み込もう。太平洋艦隊司令本部のスプルーアンス大将に手配を要請してくれ。文面は副長に一任する」

必死でメモを取るアイアランドに向かい、事実上〈アルバコア〉責任者となったブランチャードは、こう宣言したのだった。

「総員に告げよ。我々は前艦長リコマー少佐の復讐戦に着手しなければならない。つまり日本人と決着をつける運命なのだ。なおいっそう軍務に励むように。そしてもうひとつ。次なる戦争――第三次太平洋戦争においては、合衆国は単独で日本と雌雄を決せねばならなくなった。イギリスはもはや味方ではない。それを頭に叩き込んでおけ」

「それは如何なものでしょうか?」

顔を上げたアイアランド副長はおずおずと話した。

「敵はあくまでも日本人のみのはず。イギリスはその日本に対し、拳(こぶし)を振り上げているのですよ」

ブランチャード大佐は感情を炸裂させた。

「馬鹿者。日本人に刃を向けている者が常に合衆国の味方とは限らん。共同戦線を組める可能性など忘れてしまえ。米英の蜜月時代はもうピリオドが打たれたのだ。それを理解し、受け入れろ。敵の敵は味方ではない。敵の敵は不倶戴天（パブリック・エネミー・ナンバー・ワン）の強敵なのだよ！」

第五章　電撃戦半島

1　シンガポールへの道

東洋（オリエンタル）の神秘が濃厚なレベルで充満した半島（ペニンシュラ）。欧米人がマレーシアに対して抱くイメージはそれだった。

されど現実とは少しばかり乖離（かいり）している。この地は未開の大地ではない。むしろ部分的にはヨーロッパの諸都市を凌駕している点すらある。

近代化の波が押し寄せてきたのは一八世紀末のことだ。『海峡植民地』もしくは『英領マラヤ』といった旧名からもわかるように、そこに勢力圏を拡張していたのは大英帝国であり、東インド会社（カンパニー）であった。

南米とアフリカにおける侵略の歴史をみるがよい。ヨーロッパ人は自分たちこそワールドスタンダードなりと勝手に信じ込んでいる。彼らは乗り込んだ土地の文化を焼き払い、精神的同化という名の侵略を進め、支配権を確立してきたのだ。

結果として入手した大地には、すべからく欧州の香りが漂わねばならない。資金と権力にものを言わせた欧化が推し進められた。マレー半島も例外ではない。一九四五年のそこは西洋が強引に移植された空間となっていた。

ただし支配者は西洋人ではない。東洋人である。

アジアで最強の軍備を誇った日本軍は開戦劈頭イギリスを駆逐し、大東亜共栄圏というキャッチフレーズを高らかに掲げ、新たなる干渉を始めたのだった。

彼らもまた英国同様、マレーの近代化には力を注いでいた。住民の宣撫なくして支配権の確立はあり得ない。朝鮮と台湾における統治の前例が、その行動を慎重にさせていた。

日本が力を入れたのは陸橋や鉄道、そして道路網の整備である。軍の機動に役立つばかりではない。物流を活発にする効果を目論んでのことであった。インフラの整備は経済発展を促す最初の一歩だ。金回りさえよくなれば不満は自然と収まっていく。

親日国と化したタイが豊かになり、資金が盛んに流入してくるさまを体感するや、マレー住民の警戒心も次第に和らいでいった。彼らは欧米人の支配に辟易していたのである。

駐留日本軍との良好な関係は昭和一九年春まで続いた。負け戦が続き、分配から搾取の段階に移行しようとする前に世界規模の停戦が実現したのだ。これは占領軍たる日本にとっても、実質的支配地域であるマレーにとっても幸運であった。

結果として社会基盤は財産となって残った。鬱蒼(うっそう)たる密林は切り開かれ、雨期にも耐えられる舗装道はそのままの形で提供された。

マレー半島が、アジアでも屈指の経済圏に発達していった原動力は、クアラルンプールからシンガポールに達する交通路なのだ。これは疑いない事実である。

しかしながら道路整備は諸刃の剣でもあった。ヒトラーによるオーストリア合併(アンシュルス)を検分すればわかるように、優れた道には侵略者を誘引する効果があるのだ。軍の機動が容易な場所は、征服欲の対象となりやすい。

マレー半島は未開の蛮地ではなかった。実は極めて電撃戦に適したエリアだったのである――。

＊

整備された一本道において凶悪な魔獣が自己主張を開始した。独特の咆哮がゴム林に鳴り渡った。それは液冷一二気筒ガソリンエンジン〝ミーティア〟の叫びだ。六〇〇馬力の出力を誇るロールスロイス社製の航空機用発動機である。

軍用機が発進しようとしているわけではない。そのエンジンユニットは自重五〇トンを超える鋼鉄の檻に幽閉されているのだ。つまり戦車だ。傍若無人という言葉を具現化した存在は、存在感で周囲を圧倒しつつ、進撃を開始したのだった。

それは文句なしにイギリス戦車史の頂点に君臨する車輌であった。

巡航戦車〝クロムウェル〟や歩兵支援戦車〝チャーチル〟および〝マチルダ〟といった著名なマシンは、すべてこの車体を造り出すための積み上げにすぎなかった。そう表現してもあながち間違いではない。

これぞイギリス陸軍が誇るA41〝センチュリオン〟MkⅠだ。武装と防御の調和を主眼とした最新鋭中戦車である——。

それは百人隊長(センチユリオン)という名前に負けぬ力を秘めたウォーマシンであった。

製造はヴァージョンアップを繰り返しつつ、実に一九六二年まで行われた。輸出も好調であり、二一世紀初頭においてさえ第三世界の内戦で使用された記録も存在している。これだけ長期にわたって活躍した事実をみれば、センチュリオンが優れた兵器であり、魅力ある商品であったことが理解できよう。

その矛と盾には一流品が揃えられていた。

主砲は五八・三口径一七ポンド戦車砲だ。メートル換算にすれば七・六二センチ砲ということになる。

ドイツ六号戦車〝ティーガー〟の八八ミリ砲や、駆逐戦車〝ヤクトティーガー〟の一二八ミリ砲に比較すれば小振りだが、必要充分な破壊力は保持していた。

守備も分厚い。車体前面で七五ミリの傾斜装甲。砲塔前面には一五二ミリの直立鋼板だ。両方とも溶接構造が採用されており、殴られ強さに一役買っていた。

完成は一九四五年春。六月末までに六〇輛が完成し、すべて極秘裏にセイロン島へと送られた。真夏の赤道という悪環境でさえ、センチュリオンは期待どおりの動きを示した。もちろんマレーにおける電撃戦の立役者となるための布石であった。

これを推し進めたのはチャーチル本人である。最新最強の兵器を揃えて前線へと送り届けたのは、彼なりの餞だったのかもしれない。

かつて海相時代には〝陸上軍艦〟の製造を推進し、戦車の産みの親だと自称する首相であったが、運用に造詣が深かったとはいえない。現職参謀たちはセンチュリオンの投入に反対を唱えていた。

機動力に不安があったためだ。英国は北極圏に近いノルウェーから、アフリカの砂漠までを戦場にしていた。数々の戦訓から導きだされた結論は、戦車はあらゆる環境で稼動できねば意味がないというものであった。

こうしてセンチュリオンは不整地走破力を設計理念に盛り込まれることとなり、代償としてスピードが失われた。最大時速は路面でも三五キロしか出ないのだ。

燃費もいまひとつであり、航続距離も短い。ガスタンクを満タンにしても一〇〇キロ未満だ。戦闘行動における燃料のロスを考えれば、その半分程度まで落ち込むだろう。シンガポールへの道が舗装されているとはいえ、これでは支障が出る。

燃料補給が潤滑に行えるかどうかわからぬ地なのだ。そんなところで運用すべき車輌ではあるまい……。

マレー半島にバーナード・L・モントゴメリー大将が上陸し、期待どおりの電撃戦を開始するや、本国で戦況を注視していた陸軍参謀の面々は複雑な感想を抱くことになった。

ジョホールバル総攻撃を前に、生き残っていたセンチュリオンは三二輌。そこに至る二週間強の戦闘で約五割を消耗したことになる。

微妙な数字だ。覚悟せねばならぬ喪失数の範囲内と考えるべきだろうか？　ともあれチャーチル首相が自己の選択に満足したことだけは確かだった。

喪失理由の筆頭は、燃料欠乏であった。

スピードを信仰するモントゴメリーは、異常なまでの性急さで戦線を南下させていたのである。進撃ペースが速すぎ、補給が追いつかぬようになってもお構いなしだった。センチュリオン喪失の一因は、これであった。

着陸場所を選ばぬ回転翼機ドラゴンアッシュが牽引ロープでドラム缶を吊り上げ、沖合の空母から最前線までひっきりなしに往復していた。この空路補給がなければ、全車輛がマレーの密林で朽ち果てていたことだろう。

その日――一九四五年八月一五日正午。生き残りのセンチュリオンは全車がポンティアンケシルから東へ一〇キロの地点に集結していた。そこからジョホールバルまでは三〇キロ。戦略目標シンガポールは目と鼻の先だった。

　戦車部隊は近衛機甲師団第一大隊として再編成されると同時に、夜間まで休養が許されることとなった。追いかけてきた整備中隊に日暮れまで預け、給油と無限軌道（キャタピラ）の調整を行い、今夜の攻撃に備える予定だった。

　だが、その思惑は外れた。日本軍が先に仕掛けてきたのである。先発させた武装偵察中隊が、こんな緊急電を送って来たのだ。

『ジョホールバル市前面において敵新型戦車を確認。ミドルタイプ97でもミニタンク95でもない模様。恐らくは中隊規模。ウェスタンロードを北上しつつあり』

　つまりはザマ作戦における最終目的地から、強靱なる敵戦力が姿を見せたわけである。

　戦車に対抗しうるものは戦車のみだ。マレー派遣部隊総司令官モントゴメリーはそう判断し、稼動可能なセンチュリオンに迎撃指示を下したのだった——。

　なだらかな稜線の向こうから重低音が響いてきた。複数の雷が断続的に落下しているかのようだ。

　それは戦車戦が勃発したことを告げる戦場音楽であった。真実を聞き分けたモントゴメリーは副官のパーシバルへと向かい、こう宣言した。

「始まったな。思ったより早い。日本人は焦っているようだ。我らも悠然としてはおられん。こんな檻に引き籠もっていては駄目だ。私は降りるぞ」

将軍はパーシバルが制止するのも聞かず、自らドアを開けて争乱の現場へと躍り出たのだった。

座乗していたのはＡＥＣマタドール戦闘装甲指揮車だ。最前線における移動司令本部に用いられていた特殊車輌であった。総計で四一六輌も生産され、兵員輸送車としても大活躍したマシンである。

もっともマタドールが有名になったのは、アフリカ戦線で拿捕された一台が敵将ロンメルに愛用されたという逸話があるからなのだが……。

ともあれモントゴメリーとパーシバル、そして幕僚の数名は身を屈めながら丘の上を目指した。砲声はその彼方から轟いているのだ。

視界が不意に開けた。モントゴメリーは湿った泥に片膝をつきながら、双眼鏡を覗き込んだ。

モントゴメリーは軍司令部は前線に陣取る必要はないと考えていた。個人的勇気を部下に示すことと、指揮系統の維持を最優先させることは、必ずしも相容れないからだ。

ただこの場面は状況を肌で感じ取らねばならない。危険と戦果を斟酌(しんしゃく)し、総合的にモントゴメリーは判断していた。最終目的地まであと一歩なのだ。決断する脳髄と相手を殴る腕は、戦地に近いほうがリアクションが機敏になるだろう。

　もともとモントゴメリーが担当する〝ザマ作戦〟とは、近衛戦車師団がひとつの鏃となって血路を開き、第四三師団および第五〇師団が残敵を掃討しつつ後続するという野心的な計画であった。

　奇襲効果が望めるとはいえ、日本勢力圏に大部隊を上陸させるのだ。モントゴメリーのように反対論者も多かった。結果だけを掻(か)い摘(つま)んでいうと、序盤から中盤においてはおおむね成功したと評価してよいだろう。

　クラン強襲上陸を成功させた直後、チャーチル首相から勝利を祝う電報とともに、マレー派遣軍を以後〝新生第八軍(ネオ・エイス・アーミー)〟と呼称する許可証が送られてきた。

　それはモントゴメリーがアフリカで従えていた軍集団ナンバーであった。無表情のまま受諾した将軍であったが、内心では憤っていた。自分の行動が選挙の材料にされたと察知したからである。

　チャーチルはやはり手練れの政治家であった。利用できる者は部下でさえ平気で利用し尽くすのだ。英国の帰趨を決める国会総選挙——それは予定どおり一九四五年七月二九日に実施された。つまり開戦の翌日である。

大勝利の吉報に冷静さを売り物にしているイギリス国民も熱狂した。当然ながらチャーチル率いる保守党が圧勝し、単独過半数を獲得した。すると首相はさっそく挙国一致内閣を解散した。労働党党首でありながら、副首相の座に座り続けていたクレメント・アトリーを罷免するためだ。

モントゴメリーに不満はあったが、ロンドンは遠すぎる。いまは眼前の現実に目を向け、瑣事を忘れるしかなかった。凱旋したのちに言い放つ皮肉をダース単位で考えながら、モントゴメリーは作戦指揮に没頭したのだった。

稀代の戦略家である彼にはわかっていた。マレー半島を攻め取るにはスピードがすべてだと。日本軍がそこを奪取できたのも、速度にこだわった攻めを貫いたからであった。ならば採用すべき戦術は電光石火の戦車突破あるのみ。

敵は三年半の占領において、親切なことに道路網を整備してくれていた。これが決め手となった。こちらが道路を進軍するかぎり、相手もそれにつきあうしかないのだから。

また日本が残していた兵力はわずかなものであった。イギリスがシンガポール奪還に乗り出したとき、彼らはマレー半島全体にたったの一個師団しか配置していなかったのだ。

敵襲があるとすれば、インドからビルマ方面へと陸路押し寄せてくるはず。そう踏んだ日本陸軍は、北に陣を張っていたのだった。具体的にはビルマ死守を最重要課題に設定していたのである。

インパール作戦が不首尾のまま停戦が実現したため、日本は戦線を整理する必要に駆られていた。物資も兵力も不足している彼らは、防御しやすいアラカン山系の東側まで引き上げていたのだった。

主要都市マンダレーから首都ラングーンまでの間には宮崎繁三郎（みやざきしげさぶろう）中将率いる第五四師団が配置され、英印軍の侵入に備えていた。この処置により、マレー半島には牟田口廉也（むたぐちれんや）中将が率いる第一八師団が置かれるのみとなっていた。

牟田口は、インパール作戦の推進者であったが、弁舌と責任回避能力を駆使し、第一五軍司令官に居座っていたのである。要するに停戦で首が繋がったわけだ。

ちなみに第一八師団とは太平洋戦争勃発時、牟田口が師団長を務めていた部隊である。彼はこの師団を全長一一〇〇キロを超えるマレー半島の各所に分散配置していたのだ。訓練と戦時復興を兼ねての措置だったが、あまりにも無防備すぎた。

いちおうマレー連邦首都であったクアラルンプールと昭南市には主力連隊を置いていたが、侵攻した英軍に比べると非力な軍勢でしかなかった。

唯一の例外は戦車一四連隊であろう。

インパール作戦では第三三師団に属していたが、損害の多さに部隊は解散状態となり、昭南に送られたのち再編成が実施されていた。以後は第一八師団の指揮下に入り、地道な訓練を重ねていたのだ。

昭和二〇年初夏。内地から輸送されてきた新型車輛を受け取った彼らは、牟田口中将が保持する部隊では屈指の戦闘力を誇る集団に成長していた。

モントゴメリーの眼前に現れた戦車集団こそ、新生第一四連隊であった……。

日英戦車が激突したのは南にマラッカ海峡を臨む湾岸道路だ。

モントゴメリーは北側の丘に伏せたまま、特等席から戦場絵巻を見据えていた。海沿いにはゴムの木らしい林があるし、こちらには急な丘がある。つまり戦車戦が活発に実施されるのは街道上だけだ。

なかなか広い道である。よく見れば二車線であることがわかった。部分的に舗装もされている。シンガポール直前の交通路であるからか、日本陸軍も重視していたらしい。戦力と物資の移動を潤滑にする工夫に違いない。

三年半前、ここを通過していったのは日本陸軍近衛師団の銀輪部隊だった。そして今回はイギリス陸軍近衛戦車師団に属するセンチュリオンが疾走している。偶然であろうが、奇縁ともいえよう。

戦車二輛が並列して進める路上で、A41センチュリオンの一七ポンド砲が射撃音を奏でた。長槍の先から噴き出された褐色の物体は徹甲弾である。

それが九〇〇メートル離れた敵に突き刺さった。欧州戦線で猛威を奮ったドイツ陸軍の六号戦車ティーガーIでさえ撃破可能な一撃だ。守りの薄さでは定評のある日本戦車に耐えられる理屈などなかった。操縦席前面に命中した弾は車内の奥深くで破裂し、破壊エネルギーを全方位へ解き放った。

日本戦車にしては大きめの砲塔が弾かれ、空中へ持ち上がった。それが焦げた車体へと落下してきたとき、高価な一台は二束三文のスクラップと化してしまったのである。

「やったぞ。これで撃破は七輛目！　さすがは最新型センチュリオンだ！」

興奮しきった声で副官パーシバル将軍が言う。

「ドイツのティーガーやパンテルとも互角以上の勝負ができる車輛です。日本人が乗るブリキの玩具などロンドン・タイムスを引き裂くようなもの。なにしろ日本の戦車などイタリア戦車と同等か、それ以下でしかないのですから！」

復讐が成就されつつあると判断したのだろうか、副官の声は上擦っていた。モントゴメリーは戒めるかのようにこんな発言を繰り出していった。

「油断してはならん。ロンメル将軍と戦った我らに分があることは確かだが、一年のブランクは大きいぞ。また奴らに時間を与えたのも痛い。兵器開発と習熟訓練をおろそかにしてはいまい。

見たまえ。日本人も頑張っているぞ。あの戦車は確かに新型だ。主砲は砲身こそやや短いようだが、かなりの大口径に違いない。おそらくは七五ミリクラス。歩兵支援車輛ではなく、対戦車戦闘に特化したマシンではないかな」

モントゴメリーの推測を実証するかのように、日本戦車は実力を披露した。

破壊された僚車の狭間から砲塔をのぞかせた一台が、反撃の火蓋を切って落としたのだ。

小癪な一発は先頭を走るセンチュリオンの履帯に深刻なダメージを与えた。その端に位置する誘導輪にて炸裂したのだ。イギリス戦車特有のシングル・ドライピン方式履帯が引きちぎれ、たちまちその車輛は擱座してしまった。

ブレーキをかけたようだが、回転する勢いを殺しきることはできなかった。路上で横滑りしたセンチュリオンは横っ腹を日本戦車に曝した。複数の弾道が交錯し、うち一発が車体後部の機械室へ飛び込んだ。劫火が英国戦車を焼いた。センチュリオンの乗員は四名であったが、脱出する兵の姿は確認できなかった。

日本戦車はその残骸を掻き分けながら距離を詰めてくる。路面に漏れたガソリンが炎をあげていたが、それを素知らぬ顔で踏みつけていくのだ。

燃えにくいディーゼル・エンジン採用車ならではの芸当であった——。

昭南から第二陸橋（セカンド・コースウエイ）を渡り、戦場へ姿を見せたマシンこそ三式中戦車〝チヌ〟であった。

牟田口中将の命令のもと、イギリス機甲師団迎撃に動き出した戦車第一四連隊の所属車輌だ。その数は二四輌。稼動可能な総力を投入した戦闘単位だった。

昭和二〇年夏の時点において、チヌは日本陸軍が量産化できたものでは最強戦車だと評価されている。

四式中戦車〝チト〟や五式中戦車〝チリ〟といったパワーアップ版も設計されていたが、長砲身の五式七五ミリ戦車砲（なんと自動装填機能装備！）の開発が遅れに遅れ、まだ生産ラインには載せられていなかった。

チヌはモントゴメリーが看破したように、対戦車戦闘を主眼に設計されていた。前級の主力兵器であった九七式中戦車では、アメリカの中戦車M４〝シャーマン〟シリーズにまったく抵抗できなかったためである。

九七式〝チハ〟には、短砲身の五七ミリ砲や一式四七ミリ対戦車砲が搭載されていたが、チヌでは九〇式野砲を母体に再設計された三式七五ミリ戦車砲二型が積み込まれてる。使い方にもよるが、欧米の戦車にも太刀打ちできる性能を有していた。

装甲圧は最大で五〇ミリだ。やや物足りない数値だが、既存の技術や車体を勘案した結果であり、生産性を上げるための苦渋の選択でもあった。

操る戦車兵の質は高い。操縦技術と砲撃精度は神業の域にまで達していた。また優れた整備兵による破損戦車の回収と修理の腕前にも特筆すべきものがあった。

今回激突した戦場は一本道だ。戦車同士のストリートファイトである。完全勝利こそ難しいだろうが、時間は稼げるはず。出撃を命じた牟田口中将はそう確信していたのだった。

もっとも彼の選択は作戦の骨子からやや外れるものであった。第一八師団の残部隊は昭南市を要塞とし、篭城を命じられていたのである――。

日本陸軍は相も変わらず勇敢だった。西洋人の目からすれば蛮勇と評してもよいレベルである。

すでにセンチュリオンは六輛が撃破され、三輛が行動不能に追いやられていた。それに倍する戦果を稼いではいたが、こんな場所で不毛な消耗戦に巻き込まれてはたまらない。

戦況を見据えるモントゴメリーはバルセロナ平和会議の一幕を思い出していた。オブザーバーとして参加した将軍は、そこでヨーロッパ各国将官と面談する機会を得ていた。

印象的だったのは、米独ソの陸軍将校が異口同音に唱えていた台詞である。彼らはこんな希望を述べていた。もし機会があるならば、是非とも日本陸軍を、それも一個大隊を指揮してみたいと。

モントゴメリーも同意見であった。禁欲的で粘り強く、命令を盲信し、恐怖とは無縁の存在。兵卒としては極上の部類に入るだろう。そんな連中が目の前に迫っているのだ。沈着冷静なるモントゴメリーでさえ、ともすれば恐慌に陥りかねぬ場面であった。自らをコントロールすることに長けていた彼は、自己暗示にも似た台詞を呟き、周囲の空気を落ち着かせようと試みた。

「我らはクランに上陸して二週間でここまで来た。だが、マレー半島を占領したとは言えない。単なる点の移動だ。だからこそ立て籠もることの可能な都市を、シンガポールを奪い取らねばならない。それでこそ短期決戦、早期和平というプロセスが実現するのだ。そのためにもここで疲弊するわけにはいかん」

パーシバルが意気込んで尋ねる。

「自信がおありなようですな！　なにか秘策でも？」

「私を誰だと思っているのかね。こうなることはすべて予測していたよ。マタドール戦闘装甲指揮車を降りる前に対策も講じてある。もう来る頃合だが……」

タイミングは完璧であった。太陽が傾きかけた西の空に、なにかが姿を現した。

最初は胡麻粒のように見えた物体は、すぐ視直径を拡大させた。接近しつつあるのだ。それは南洋の鳥でも固定翼機でもなかった。頭上に回転する翼を持った異形の飛行物体だった。

「ドラゴンアッシュですな！」

「そうだ。我が軍自慢の軍用ヘリコプターだ。早手回しで戦闘出動を要請しておいて正解だった」

四機の軍用ヘリはモントゴメリーたちの頭上を通過し、真一文字に湾岸道路へと飛んだ。その機首下面には鉄パイプのような物体が特設されている。

黎明期の回転翼機には、弾着観測や敵情視察、そして燃料弾薬や負傷者といった物資搬送の役割を求められていたが、イギリス軍はこれにもうひとつ加味したのだ。攻撃である。

棒状の代物はブローニング七・七ミリ機銃であった。旧式ながら軽量で信頼性は高い。ウェストランドWS-R6〝ドラゴンアッシュ〟に搭載されるにはぴったりであった。ただし、搭載弾数は一機あたり五〇発と少ない。機体そのものが小さく、武装も自衛の意味合いが濃いのだ。ここは納得するしかなかった。

しかし、モントゴメリーはあえてそれを地上掃討戦に投入したのである。嚆矢的ながらも対戦車武装ヘリコプターが誕生した瞬間であった。

日本戦車は数珠繋ぎになり、街道上でひしめき合っていた。その頭上から降り注いできたのは海軍戦闘機にも標準採用されていた機銃弾だ。

空中砲台に変身したドラゴンアッシュは、静止状態（ホバリング）しつつ、攻撃を強行したのである。

新型の日本戦車は前面にはかなりの装甲を準備していたようだが、やはり直上は弱かった。焼けた銃弾に貫かれるや、炎上こそしなかったが、たちまち動きを止めてしまったのだ。対空装備を所持せぬ彼らは、単に討ち取られるだけの鉄塊に成り下がってしまった。

四機の回転翼機は順繰りに攻撃を続け、残る敵勢を大混乱に陥れた。やがてセンチュリオン戦車が追い打ちをかけるや、日本戦車隊は戦闘単位としての体裁を保つことさえ不可能となった。

「素晴らしい！　ソ連からの亡命博士シコルスキー氏は素晴らしい発明を世に送り出してくれた。これで戦車は戦艦と同様、時代遅れの代物となりましょう！」

副官パーシバルの声に、モントゴメリーは淡々とした調子で反論した。

「その意見には半分しか賛同できない。ヘリコプターは制空権下でなければ容易に撃墜されよう。肝心なのは使い道とタイミングだ。戦車の付加価値は今後半世紀は潰えまいよ。もっとも戦艦に関しては君の言葉は正しい。あれはもう黄昏を迎えた兵器だ。活躍できるのはこの戦争が最後となろう。回転翼機の運用母体として使うにも高価すぎようからな……」

モントゴメリーは指先をマラッカ海峡の彼方へと向けた。

そこには古城の趣を感じさせる物体が四隻も浮いていた。距離はかなりあるが、シルエットで友軍艦隊だとわかる。

「ラムゼイの水上砲戦部隊だ。ドラゴンアッシュはあれから発進してきたのだよ。シンガポール痛撃任務艦隊からな。我らも急がねば。ミスター・パーシバル。すぐセンチュリオン戦車隊を前進させせよ。シンガポールへの第二陸橋を爆破される前に、なんとしても奪取するのだ」

モントゴメリーの脳裏にはノルマンディの悪夢が甦っていた。第一目標であったペヌーヴェル橋の制圧に失敗したことが敗戦の始まりであった。

同じ過失を繰り返すわけにはいかん。ＡＥＣマタドール戦闘装甲指揮車へと戻りながら、将軍は静かなる闘志を燃やしていたのだった——。

2　海峡燃ゆ

「主砲発射準備急げ。目標は東洋のジブラルタルだぞ」

戦艦〈ハウ〉の艦橋に干涸(ひから)びた声が鳴った。

それはシンガポール痛撃任務艦隊——暗号名『ネオＺ部隊』の司令長官サー・バートラム・ラムゼイ大将の怒号だ。今年で六二歳になる老提督は戦場の空気に酔い潰れていたのである。

「了解(アイ・サー)しました。距離二万四〇〇〇で射撃に入ります。モードは交互打方にて固定。発射用意！」

艦長を務めるダドリー・エルガー大佐が恰幅のよい腹から声を絞り出した。

艦首のAおよびB砲塔、艦尾のC砲塔はすでに仰角を形成しており、目標選定も終了している。

「後続艦より連絡が入りました。いずれも発射許可を要請しています！」

ラムゼイは右舷後方に視線を振り向けた。そこには〈ハウ〉と同型のフォルムを有する戦艦が三隻、単縦陣で海面を切り裂いていくのが見えた。

先頭から順に〈アンソン〉〈デューク・オブ・ヨーク〉〈キング・ジョージ五世(フィフス)〉の面々だ。いずれも殿(しんがり)のキング・ジョージ五世級に属する新鋭艦である。三五・六センチ主砲を一〇門も構える強力なフネだった。

艦隊速力は二二ノット。最大戦速は二八ノットだが、現在は波がやや荒く、このスピードを維持するのが限界だった。艦首にシアを施していないため、盛大に海水をかぶっているのが印象的だ。

だが、満載排水量で四万四〇〇〇トンにも迫る大型艦である。多少の波濤で砲撃精度が乱れるわけもない。天候や環境には左右されず、常に安定した射撃ができるのも戦艦の存在意義なのだ。

それを動かす水兵も全員が血に飢えていた。相手を殴る瞬間を心待ちにしているのだ。溢れる戦意がある限り、此度の戦いに負けはあるまい。ラムゼイ大将はそう考えていた。

彼は掛け値なしに歴戦の勇士である。第一次大戦には海峡艦隊司令官を務め、対ナチス戦が勃発したときは現役を引退していたが、チャーチルの要望で復帰していた。その後の戦歴も堂々たるものだ。ダンケルクからの撤退作戦〝ダイナモ〟を成功させ、北アフリカおよびシシリー島上陸戦にも参加していた。

しかし、不幸にもノルマンディで黒星をつけてしまった。その失点を挽回すべく、ラムゼイは対日戦争における最前線配置をチャーチルに直訴し、受け入れられたというわけであった。

ラムゼイもモントゴメリーやパーシバルと同様、負け犬の烙印を押された男だ。だが、腐ったまま終わるわけにはいかん。ラムゼイは年齢に似合わぬ闘志を燃やしつつ、艦橋に仁王立ちとなっていた。

「司令。戦闘準備完了いたしました。どうか攻撃命令を頂戴したく思います」

熟練した執事(バトラー)のような慇懃さで告げるエルガー艦長に向かい、ラムゼイは覇気を発する役目を自分が背負っていることに気づいた。彼は頷き、大声で命じた。

「よろしい。発射(ファイア)だ。黄色人種どもに我らの怒りを教唆してやるのだ。口で言ってわからぬ輩など、もはや殴りつけるより他に教育の手立てなし！」

途端に〈ハウ〉は鋭利な牙を剝き出しにした。砲撃を始めたのはAおよびC砲塔の右中砲と、B砲塔の右砲だった。

真の大砲屋ならば全門斉射(サルボー)の命令を下したいところだが、諸事情がそれを拒んでいたのである――。

キング・ジョージ五世級戦艦には、四五口径三五・六センチ砲MkⅦが搭載されていたが、そのレイアウトは独特なものであった。四連装砲塔が二基、二連装砲塔を一基。合計一〇門である。

本当は四連装砲塔を三基備えたかったが、防御強化と全体重量の兼ね合いという問題があった。また前級の戦艦〈ネルソン〉〈ロドネー〉の運用実績より、艦首側に大型砲を集中させるのは射撃精度の悪化を招くこともわかっていた。

奇抜な軍艦を建造することでも有名なイギリス海軍であるが、今回ばかりは安全策を採ったのである。この決断は大難を中難に抑える効果をもたらした。四連装砲塔は技術的な歪みが生じていたらしく、運用で無理が続発していたのだ。

ドイツ戦艦〈ビスマルク〉追跡戦に投入されたネームシップ〈キング・ジョージ五世〉は、二基の四連装砲塔がいずれも故障してしまい、安定して攻撃を加えられたのは二連装のB砲塔だけという有様だった。

古巣のシンガポールを攻撃するにあたり、ラムゼイは各砲塔に一発ずつ射撃させよと厳命していたのである。わずか三門だけの砲火であるが、長期にわたって攻撃態勢を維持するには最善と思われた。万一、日本艦隊が顔を出したとき、こちらの射撃が不調では話にならないからだ。

茜色の照りを見せた島の随所から、土砂と砲煙が噴き上がった。

約三〇秒の間合いを置いて同様の災禍が発生する。それはシンガポール痛撃任務艦隊に属するフネの発射速度を意味していた。

一分あたり二発。主砲弾にしては早いほうだ。炸薬量を定値の七割に抑えているためか、各艦の射撃は順調らしい。

シンガポールに駐留している日本軍だが、反撃を仕掛けてくる素振りはなかった。

だが、エルガー艦長は不安げだ。何度も見張りに敵反応を確認させている。

「落ち着くのだ。エルガー大佐。相手が黙り込んでいるのは、これまでの戦略爆撃が功を奏しているからに違いあるまい。懸案だった例の巨砲も沈黙を保っているではないか」

「そう思いたいのですが、どうも私には気になるのです。まさかとは思いますが、日本軍は死んだふりをしているのでは？　引きよせるだけ引きよせ、我々が設置した要塞砲を放つ気では？」

エルガーが言ったのはシンガポールに英軍が残していった土産だ。〝ハッシュ・ハッシュ・クルーザー〟こと大型軽巡洋艦〈フューリアス〉に備えてあった四五七ミリ単装砲である。

イギリスは賢明にも空母改造と同時に不要となった主砲をシンガポールへ送り、要塞砲としてリサイクルしたわけであった。ちなみに〈フューリアス〉は現在本国にて練習空母として余生を送っている。

前回のシンガポール攻防戦では、射撃角度の問題から使用するチャンスがなく、接収される前に爆破処分を済ませたと聞くが、本当のところは不明だ。あれがいつ火を噴くかはわからない。

軍艦は地上砲とは撃ち合うべからずという鉄則があるのだ。重巡と駆逐艦部隊をあえて艦隊後方八〇〇〇メートルにて待機させていたのは、生贄にされる危険性を少しでも減らすためであった。

「モントゴメリー将軍からの依頼とはいえ、搭載していた弾着観測機をプレゼントしたのは痛かったですね。ドラゴンアッシュが残っていれば砲撃の神髄を見せつけてやれたのに。たとえ要塞砲が顔を見せても、即時に潰せたのに！」

砲術の専門家エルガーが悔しそうに言った。ラムゼイは大佐に疑問をぶつける。

「九三〇型着弾観測レーダーだけでは駄目なのかね？　本艦には新式射撃指揮装置APCT MkXも装備されているのだろう。組み合わせれば、完璧な砲撃ができると聞いたが」

「それはあくまで敵艦を標的とした場合の話です。地上を撃つ場合はまったく条件が異なります。旧支配地域だけのことはあり、要所が判明していることが救いです。さもなければ軍事的に意味のない場所だけを叩くことになりかねません」

苛立ちを隠そうとしていた艦長だが、それは無意味な演技に終始した。彼は気忙（きぜわ）しげに尋ねたのだ。対空捜索レーダーに反応はないのかと。

あからさまなまでの保守性を見せるイギリス戦艦だが、レーダーに関しては先進的であった。水上・対空捜索だけではなく、主砲および対空射撃管制用、弾着観測のそれを準備したフネまである。

一隻あたりの設置平均は一一・二基だ。多目的複合レーダーの開発が間に合わなかったという現実はさておいても、相当な力であることは確実だろう。

レーダー管理部門からの返事は、そっけないものだった。周囲一三〇キロ内外に未確認飛行物体なし。エルガー艦長は苛立たしげに早口で言った。

「早く日が暮れて欲しいものです。カニンガム提督が約束した航空支援が潤滑とはいえない以上、空襲の危険がつきまといます。新鋭機とはいえあれだけでは敵機を阻止できません」

上空には確認済みの友軍機(フレンドリー)が四機、弧を描きながら戦闘隊形を整えていた。ニューフェイスの艦上戦闘機ホーカー〝シーフユーリー〟である。数こそ少ないものの、最高速度七〇〇キロオーバーの俊英だった。発進元は上陸作戦の初期から応援に従事していた六隻の護衛空母艦隊である。

空母〈ユニコーン〉を旗艦とする機動部隊だ。彼女たちは勇敢にもマラッカ海峡の中部まで駒を進め、数機単位で警戒を担当してくれていたのだ。

上陸開始プラス一五日。マレー半島の制空権は微妙なものであった。

ナンカウリ島制圧作戦〝トレビア〟が成功した直後から、アヴロ・ランカスターB MkⅠは空爆に猛威を奮った。補充機も続々と同地飛行場へ送られ、最大二三〇機が運用されたほどだ。

護衛機が不足していたため、爆撃は夜間に限られた。闇にまぎれてドイツ各都市を焼いたランカスターと乗員にとって、それは手慣れた任務であった。

事前調査も万全であり、日本の防御拠点は判明していた。スマトラとマレー半島に位置する滑走路や物資集積基地は連夜の空爆でねじ伏せたはず。そう考えるのが自然だった。

だが、異論もある。あまりに脆すぎると。敵は空襲を想定し、被害分散の措置を講じていたのではないか？　日本陸海軍航空隊の動きが不活発だったのは確かである。これを輝かしい戦果とみるか？　それとも卑劣なる罠だと想定すべきか？

イギリスは希望的観測も込めて前者だと判定した。シンガポールさえ攻め落とせば戦争は終わる。彼らは本気でそう信じていたのである。だからこそ東南アジアへ投入した手持ちの空母のうち、半数を温存にも似た任務にあてていたのだ。

カニンガム率いる軽空母六隻の艦隊は、シンガポールへ突入する戦艦群の支援を命ぜられていたが、ソマーヴィルの主力空母部隊は、反対に戦場から遠ざかりつつあった。逆襲を受けた場合に備え、全滅を避けるための処置であった。

英国人の優柔不断さが垣間見える事例ではあろう……。

「日没まで切れ目なしに一ダースの戦闘機が上空掩護に飛来する約束だった。だがどんどん減っていくな。ローテーションが苦しいのだろうが、手筈を守らねば艦隊が危ういぞ」

ラムゼイはそう呟いたが、まだ危機的な状況だとは思っていなかった。これまで大規模な艦隊空襲体験がなかったためであろう。

彼が率いる『ネオZ部隊』は、言うまでもなく三年半前の『Z部隊』から名前を受け継いでいた。いまは亡きトム・フィリップスが従えていた部隊である。戦艦〈プリンス・オブ・ウェールズ〉および巡洋戦艦〈レパルス〉。そして駆逐艦四隻からなる東洋艦隊の主力だった。

二隻の主力艦は日本海軍が繰り出してきた陸攻の生贄に供されたわけだが、その主たる原因は護衛戦力が少なすぎた点に求められた。だからこそ今回は重巡、軽巡五隻に駆逐艦一二隻という部隊を準備しているのだ。むざむざ殴られるような事態にはなるまい。むしろ敵機が出てきたなら、返り討ちにしてみせる。

キング・ジョージ五世級の四艦は、姉妹のうち唯一沈められた〈プリンス・オブ・ウェールズ〉の復讐に燃えていたのだった。

状況が激変したのは、その直後であった。

「対空レーダーに未確認機を補足しました！　味方識別反応なし。方位北東。距離一五〇キロ前後。急速接近中！」

戦艦〈ハウ〉の首脳陣は海図に顔を寄せた。エルガーが場違いに明るい声で、

「相手はシンガポールを横断する恰好で来ます。こんな悪条件でキャッチに成功するとは、やはり英国技術陣の実力は凄い。これなら開発中の新型爆弾も近い将来に実現することでしょう」

ラムゼイは、そうした艦長の言葉を受け流し、疑問点だけを炙り出そうとした。

「そこまで盲信してよいかどうかは不明だぞ。巨大爆撃機の集団かもしれぬ。相手が大きければ質の低い日本製のレーダーでさえ探知できるだろう。そうならばシンガポールの途上にある友軍戦車部隊を襲う可能性は薄い。

標的は我らだ。艦長、主砲を一時封印せよ。針路反転だ。後方に残してある護衛部隊と大至急合流する。僚艦にもその旨を伝えるのだ」

事態はまずい方向へと転がりつつある。経験豊富なラムゼイは戦場の匂いでそう直感していた。

悪い直感はすぐに現実に変貌した。高速双発機がシンガポール島を舐めるような高度で飛来し、真一文字に突っこんできたのだ。その数四〇以上！

艦隊からのデータを受信したシーフューリー戦闘機が、高速を生かして迎撃へと向かう。二〇ミリ機銃を四挺装備した重武装機だ。被弾した日本機は揚力を奪われ、奈落の底へと転げ落ちていく。

だが、彼らは爆撃針路を変えようとはしなかった。四機のシーフューリーが周囲を飛び回り、反復攻撃を強行していたが、何機墜とされようとも意に介さず、編隊を組んだまま高度を下げてくる。間違いない。雷撃隊だ。

「取舵一五度だ。急げ！　横っ腹を敵機に向けるな。全艦対空戦闘態勢。二七五型レーダー連動射撃用意。準備できしだい発射だ！」

艦長がプロとしての命令を矢継ぎ早に下す。ＨＡＣＳ・MkⅥと呼ばれる対空射撃専用の発射管理システムが、五〇口径一三三ミリ連装両用砲MkＩに息吹を吹き込む。

このMkＩは救援に駆けつけてくるダイドー級重巡の主砲にも用いられている火砲だった。〈ハウ〉は副砲を全廃しており、かわりにMkＩを八基据えつけている。

対空兵器はそれだけでない。イギリス海軍自慢の八連装および六連装ポンポン砲を合計一二基所有していた。機銃は言うまでもなく満載状態だ。四隻のキング・ジョージ五世級戦艦は、活火山となって鋼鉄の飛礫(つぶて)を放つ。妹でもあり姉でもある艦の無念を晴らすために。だが、上空へ迫り来る相手は〈プリンス・オブ・ウェールズ〉を沈めた一式陸攻(ベティ)や九六式中攻(ネル)ではなかった。より小型かつ高速な新型であった。

低空で数機が砕かれたが、相手はまだ二〇機以上もカウントできる勢力だ。厳然たる脅威を有したまま距離を詰めてくる敵機だが、エンジンと同じサイズにまでスリムになった細い胴体がやけに印象的だった。

「銀河(フランシス)だ！　日本人がギャラクシーと呼んでいるマシンだぞ！」

事情通の誰かが叫んだ。ごく少数が対米戦争末期に投入された新鋭機だ。ラムゼイは相手を凝視した。そのボディは緑と茶色の斑(まだら)模様に塗られているのが判明した。ジャングルに隠蔽する際の常套迷彩だ。やはり日本は密林奥地に戦力を温存していたのだ。

爆弾倉を開くや、銀色に光る円柱が落下してきた。軍艦にとって、もっとも畏怖すべき魚雷であった。猛進してくる雷跡が明瞭に見えた。二本は咄嗟の操舵でかわしたものの、反対舷から迫り来る一発を避けることはできなかった。

大音響とともに、旗艦〈ハウ〉は激しく振動したのである。

「日本人の魚雷は当たるではないか！」

ラムゼイは無意味にそう叫んだが、奇しくもそれは戦艦〈プリンス・オブ・ウェールズ〉が被弾したあの日あの時、東洋艦隊司令フィリップス提督が口にした台詞と同一であった……。

着弾後、異変が生じているのがわかった。早くも艦が傾斜している。

もともとキング・ジョージ五世級は水中防御に難ありと判断されていたフネだ。当時のトレンドであり費用対効果の点で有利と思われた傾斜装甲を捨て、あっさり旧態依然の垂直装甲に戻していたことが裏目に出たのである。

命中魚雷は左舷中央に突き刺さった一本だけだったが、〈ハウ〉はそれで戦意を砕かれてしまった。一八世紀におけるイギリス海軍最高の提督リチャード・ハウの芳名を頂戴した彼女だが、いまや艦齢以上に老けて見えた。

悲報は続いた。三番艦が同様の被害を受けたというのである。

視線を泳がせるや、〈デューク・オブ・ヨーク〉から黒煙が巻き起こっていた。被雷で火災を生じたらしい。航海自体は可能なようだが、もう戦力としては疑問符がつく。

怒りが全方位へ向けられていくことを痛感したラムゼイだった。提督は拳を固く握りしめたまま、年齢に似合わぬ熱さでこう命じたのだった。

「艦長、カニンガムに緊急電を打ってくれ。ネオZ部隊は日本機の攻撃を受けた。上空直衛機が不足。大至急増派を求む。正当な理由なくして支援が得られぬ場合、我らの砲門は貴艦隊に向けられることになる。そう心得られたし！」

3　コストパフォーマンス

正当な理由ならばあった。

支援空母艦隊を率いるサー・アンドルー・カニンガム大将は、約束の履行に力を傾けていたのだが、押し寄せる状況がそれを許さなかったのである。

カニンガムの艦隊もまた、日本海軍機の空襲を受けていたのだ――。

将旗を〈ユニコーン〉に掲げる彼はネオZ部隊の防空掩護を任されていた。クラン沖合にまで思い切って足を伸ばしていたのは、たとえ一メートルでも戦地へと近づき、航空機の行動時間を確保しようとした決意の表れだ。

カニンガムが侵入したマラッカ海峡の制海権は、実質的に英軍にあった。シンガポール奇襲に懲りたのか、日本海軍は艦隊を北上させており、迎撃に出向いてきたのは少数の伊号潜水艦のみであった。

そしてロイヤルネイビーはドイツUボートとの死闘により、世界でもっとも対潜作戦のノウハウを積んでいる海軍だった。音波探知機アスディック、投射式爆雷のヘッジホッグなど精練された新兵器が投入されるや、日本海軍潜水艦は次々に討たれていった。

空もまたイギリスが支配していた。ランカスター爆撃機の猛攻により、日本機は活動拠点を失ったようだ。行動は極端に制限されたと見え、艦隊が空襲という危機に曝されることはなかった。少なくとも昨日までは……。

カニンガムには〈ユニコーン〉に加え、コロッサス級空母五隻が与えられていた。稼動可能機は一六〇を数えている。

満載数は二五〇機だが、半月におよぶ地上支援出撃で未帰還機が続出し、定数割れを起こしていた。〈ユニコーン〉には優れた航空機修理設備が準備されており、また補充機も飛来していたのだが、損傷に追いつかぬのが実情だ。

だが、依然として有力な航空兵力と言える。新鋭艦戦シーフューリーが三二機、スピットファイアの艦載機版であるシーファイアが八八機、そして艦上攻撃機バラクーダが四〇機。

カニンガムはこれらの戦力を遣り繰りしながら、防空任務に邁進していたのだ。シンガポール痛撃任務部隊だけでなく、己の艦隊の上空警戒も怠るわけにはいかない。いっそ前進し、ラムゼイ艦隊に合流するという手も考えたが、過度な集中は一網打尽にされる恐れが強かった。

苦しい中からシーフューリーを定期的に発進させ、戦艦部隊の支援にあてていたのだが、日没直前にそれは不可能となった。

高空から突如姿を現した日本機が、逆落としを開始したためである――。

英国艦隊は索敵に手を抜いていたわけではない。むしろ逆だ。彼らは日本空母の概算位置まで摑み、その報告に基づいてシンガポール攻撃にゴーサインを下していたのだ。

貴重な情報は潜水艦(サブマリン)よりもたらされたものであった。手空きとなった地中海から第一〇潜水艦隊(ファイティング・テンス)の大部分をセイロンへと移動させ、マラッカ海峡経由でフィリピン海周辺を哨戒させていたのだ。

その結果、ボルネオとフィリピンの中央に位置するタウィタウィ泊地に日本空母五隻が集結していると判明した。シンガポールまで直線で二〇〇〇キロだ。足の長い日本海軍機なら飛べぬ間合いではないが、往復は無理だ。帰艦できない以上は地上基地に降りるしかないが、それも難しい。

マレーとスマトラの飛行場は大半が機能を停止したままだ。そしてボルネオ島上空には台風が接近中だった。その滑走路は使用困難であると推測された。

これなら艦載機の大空襲はないと見てよい。日本海軍独特の機種である陸上攻撃機が襲来する可能性はあったが、ゲリラ的攻撃の域を出ないだろう。

カニンガムは、作戦会議の場でそう発言していたのだった。昨日、八月一四日の定時報告で日本空母に出撃の兆候ありとの一報が舞い込んだあとも、タッチの差で勝てると睨んだのだった。

だが、現実は想像とは異なる様相を呈したのである。カニンガム艦隊はいきなりの奇襲を食らったのだ。

正確には直前に警報だけは発せられた。やや旧式の部類に入る二七九型対空警戒レーダーが迫り来る機影を捉えていたのだ。艦隊直上四〇〇〇に敵機あり。五〇機強の編隊と思われる！

見張りも同様の報告をもたらしたが、迎撃機に連絡する暇などなかった。間髪を入れず、水冷式エンジンを装着した単発の爆撃機が逆落としを開始したからだ。

イギリス海軍は大規模な艦隊空襲を受けた経験に乏しく、対策も万全とは評することができないレベルだった。レーダーを軸にした警戒機器こそ所有していたが、情報を有機的に結びつけることができていなかった。合衆国太平洋艦隊が構築していた防空システムとは雲泥の差が生じていた。個艦の砲火と回避能力に頼って敵機を撃破しようとする方式は、実のところ日本海軍のそれに近い。

ともあれ〈ユニコーン〉は全対空火器を撃ちっぱなしにし、脅威に対応するしかなかった。彗星艦爆（ジュディ）と思われる最初の一機は砕いた。だが、次の機が投下した対艦爆弾が後部エレベータを直撃し、二層式格納庫の奥深くにて炸裂した。

これで〈ユニコーン〉の命運は決まった。

艦尾部に航空機収容の開口部を設けてはいたが、風通しは万全とはいえなかった。火焔は艦内にて燻り、それが蒸気タービンの息吹を停めた。船足は完全にストップしてしまった。

僚艦も同様の被害を蒙っていた。今年の六月に完成したばかりの〈オーシャン〉

が痛打され、やはり炎上していた。隣の〈ヴェンジャンス〉もブリッジを直撃されたらしく、艦橋構造物が半分がた吹き飛んでいた。

所詮コロッサス級は、短期完成と安価建造だけを追求した艦であった。コストパフォーマンスに富んだ設計思想を貫くことは別に悪くない。実用空母がイラストリアス級の六隻だけでは海軍国の名が廃ろう。予備として運用できる空母艦隊を急速に欲したのも無理からぬ話ではあった。

現場でも重宝されていたわけだが、生存性低下という代償は避けられなかった。イギリスはかつて巡洋戦艦で同様の苦い経験をしていたが、教訓は生かされなかったようだ。攻撃力強化のしわ寄せは防御面へ押しつけられた。

驚くべきことにコロッサス級は装甲が皆無だった。速度と建造日数を稼ぐため、割り切った措置を講じた結果だが、やはり実戦的な艦とは言えなかった。

損害の責任を負わされるべきはカニンガムではない。こんな空母を前線に投入した上層部であろう。

高角砲を満載した軽巡〈アリシューザ〉〈オーロラ〉〈アポロ〉といった友軍艦が加勢をしてくれたが、結局は多勢に無勢だ。不和となった合衆国からVT信管の供与を断られたため、対空戦闘の精度において褒められる数値は残せなかった。

頼みの綱は上空で陣を張る一一機のシーファイア戦闘機だったが、日本機は裸の攻撃隊を送りつけたりはしなかった。二九機の彗星艦爆は、二一機の護衛戦闘機を従えていたのである。

それは零式艦上戦闘機をそのまま巨大にしたかのようなマシンであった。一年の停戦期間を利用して製造した新型機であった。

4　飛び石

カニンガムの護衛空母部隊を見事に痛撃したのは帝国海軍の空母戦隊だ。

将旗を空母〈雲龍〉のマストに高々と掲げ、同型艦である〈天城〉〈葛城〉を従えたまま南シナ海を西進する航空艦隊である。

正式名称『第二機動艦隊』に属する空母はこれだけではない。

今回の作戦にあたっては城島高次中将の『第一機動艦隊』からも援軍を得ていた。歴戦空母〈瑞鶴〉〈翔鶴〉の二隻である。

高速戦艦の生き残りである〈金剛〉〈榛名〉、そして航空巡洋艦〈利根〉〈筑摩〉に駆逐艦九隻を従え、艦隊速力二九ノットで戦場へ直走る様は、往年の真珠湾攻撃艦隊を彷彿とさせる迫力に満ちていた。

そして艨艟たちを仕切る親玉こそ、真珠湾を焼いた張本人であった。

南雲忠一中将その人である――。

英軍マレーに上陸す！　その一報に日本陸海軍は驚愕した。同地は警戒が甘く、戦時態勢がまったく整っていなかったためである。

奇襲を受けた日本に対策などあろうはずもない。残された作戦はひとつのみだ。俗にいう戦略的転進である。

イギリス軍は戦車を、それも新型を先頭に南下してくる。寡兵で防衛線を築いたところで突破されるのがオチだろう。それならば相手が襲いかかる場所を推理し、一点集中で迎え撃つしかない。

敵の標的は考えるまでもなかった。昭南ことシンガポールである。

第一五軍司令官の牟田口中将は、マレー全土に分散配置しておいた第一八師団の将兵に命令を下した。現地守備を放棄して昭南市へ自力で帰還すべし。戦略物資は米一粒、油一滴も残すべからず。指揮本部に使用可能な建造物は燃やし、重火器は放棄する際に破壊せよ。そして敵軍との交戦は可能な限りこれを避けよと。

対英戦争の初期段階において大規模な陸上会戦が生じなかったのは、この指示のためであった。

迫り来るイギリス戦車隊に矢も楯もたまらず、時間稼ぎと称して三式中戦車部隊を差し向けたことは予定外であったが、結果的にはさしてマイナス要因とはならなかった。牟田口は、なにもしないことによって最大の貢献を成したのである。

転進は陸に限った話ではなかった。海空の両面でも実施されていた。

イギリス艦隊がマラッカ海峡を通過してくるのは明白であり、こちらが機動部隊をシンガポールにとどめておくことは危険だった。どのみち港湾設備は破壊されているのだ。定期的な夜間空襲が続く以上、ここに居座る意味は薄い。

航空兵力も同様だ。ナンカウリ島から出撃してくる重爆ランカスターは圧倒的であり、マレーとスマトラの航空基地は根こそぎ使用不能に追い込まれていた。修復は可能だが、やはり纏まった兵力として再起動させるためには、いちど引いて編成をやり直すのが最善だ。

陸攻隊はインドシナ周辺と台湾に重点配置されており、被害は皆無だった。その早期投入も叫ばれたが、やはり包括的同時攻撃でなければ被害が無視できない域に達しよう。

一年の停戦で航空機部隊の再建はおおむね完了し、パイロットたちの習熟訓練も一定のレベルに達していた。真珠湾奇襲時の職人軍団とまではいかないが、南太平洋海戦の頃と匹敵するまでには腕をあげていた。

だからこそ大事に使わねばならない。もう搭乗員に予備はいないのだ。特攻などもっての外である。

航空兵力の逐次投入が自滅にしか繋がらぬことを思えば、一撃必殺を狙うのみ。そのためには後退もやむを得ない。先手を取られた以上、選択肢が少ないのは自明の理であった……。

戦争は結果がすべて。過程など、どうでもよい。

撤退というオプションを掴み、シンガポールとマラッカ海峡をがら空きにしたのは事実だが、見返りは充分にあった。イギリス艦隊は必ずやここに侵入してくる。

そう確信した日本海軍は小規模の監視所をマレーとスマトラの沿岸ぞいに多数配置して、肉眼による索敵を実施していたのだ。

ニューギニアやガダルカナル戦線において米豪軍が沿岸警備隊（コースト・ウオッチャー）を用い、成果をあげていた事例に倣ったのである。

やがて英国艦隊が姿を現した。水上砲戦部隊と空母戦隊に分かれた大集団だ。

シンガポール総攻撃が近いことを察知した連合艦隊司令長官小澤治三郎中将は、とうとう航空総攻撃を指示したのだった。

死んだふりという恥ずかしい真似を強要されていた飛行戦隊は、ようやく鎖から解放され、敵艦へと進撃するや、華々しい戦果を手にした。

艦砲射撃を繰り返す戦艦部隊を痛撃し、また敵空母六隻を撃沈するという戦果をあげたのだ。前者は陸上爆撃機〝銀河〟で構成された第五〇一および七〇八航空隊の功績であり、後者は南雲の第六〇一航空隊の手柄だった。

銀河隊もまたあらゆる手段を駆使し、残存する機をインドシナの飛行場へと集結させていた。南雲部隊の一斉攻撃に同調するかたちで攻撃を強行したわけだ。

敵は、この手口にひっかかった。結果として英艦隊の連携を阻止し、各個撃破に成功したのだ。やはり堪え忍んだ後の同時攻撃は有効だった。

敵正規空母六隻撃破という信じがたい戦果を聞き届けた南雲中将だったが、彼は慎重にも報告に疑いの目を向けた。

敵艦は数発の命中弾で沈んでいるではないか。英艦がこれほど脆弱なわけがない。相手は本当に正規空母なのか？　かつて俺がインド洋で屠った〈ハーミズ〉のような小型艦ではないのか？

さすがに将である。経験に後押しされたカンは鋭かった。相手は護衛軽空母艦隊だったのだ。

過大な戦果報告を行った搭乗員を責めるわけにもいかない。コロッサス級空母はサイズこそ小振りだが、外見は正規空母そのものに見えるのだから。

南雲中将は明日以降の戦いに備え、インド洋からスマトラ沖に向かい、重点的に艦上偵察機〝彩雲〟を飛ばした。

ここで流れに乗って敵主力を潰さなければならぬ。取りこぼしたなら、悪夢のミッドウェーをなぞる結果になるかも知れない――。

それは杞憂だった。

ソマーヴィル率いるイラストリアス級正規空母の六隻、すなわち〝シンガポール支隊〟は、すでに戦場から遠ざかっていたのである。具体的には中東方面へと西進していた。後顧の憂いを断つためだった。

八月二日。サウジアラビアの諜報員から連絡が入った。ペルシャ湾に事実上閉塞しておいた大型空母〈大鳳(タイホウ)〉の姿が消えたと。

ホルムズ海峡にはアメリカ潜水艦隊が網を張っており、英国東洋艦隊は安心してシンガポール奪回に専念できるはずだった。しかし、太平洋艦隊からの定時連絡は途絶え、やがてこちらの問いかけに無視を決め込むようになった。

合衆国はもはや友邦ではなかった。米英の仲は壊れた冷凍庫以上に氷結していた。

米潜〈アルバコア〉は日本空母艦載機と交戦し、その出撃もキャッチしていたのだが、彼らはあえてイギリスに通達しなかったのだ。

後ろから艦隊を突かれたら大事だ。ソマーヴィル提督は全力で〈大鳳〉を捜索し、これを潰すことを命じたのであった――。

不幸にもソマーヴィルの努力は実を結ばなかった。

結局のところ、彼の艦隊は遊兵と化してしまったのだった。日本空母〈大鳳〉は意外すぎる方面から戦線復帰を試みていたのである。

三隻の遣欧使節艦隊は、まず東経六〇度線にのって南下し、赤道を越えたあとに東進を始めたのだ。セイロン島南方一五〇〇キロを通過するためである。イギリス機の航続距離から推して、そこまで攻撃隊は到達できないと判断できたのだ。

燃料節約のため一二ノットしか出せず、しかも対潜警戒をしつつの航海だ。奇蹟的にスマトラ沖二〇〇キロまで到達できたが、日付は八月一五日となっていた……。

しかしながら、不意に現れた空母〈大鳳〉は戦略的に重要な役割を果たした。

大戦果をあげた南雲中将であったが、当初は攻撃隊の発艦を躊躇していた。全速で西進したものの、イギリス艦隊までの距離は一四〇〇キロもあるのだ。

新鋭艦載機による戦爆連合攻撃隊は二二〇〇キロ程度を飛べるが、これでは帰還が覚束ない。近場の飛行場に降ろそうにも、英空軍の爆撃で軍用空港はダメージを受けている。この間合いでは搭乗員に自殺を強いるも同然だ。

南雲は待機を指示していたものの、頼もしき友軍の存在を確認するや、すべての迷いを捨て、攻撃隊を出撃させたのである。

すぐ南方に着艦できる母艦が出現したのだ。これで片道攻撃にはならぬ。搭乗員たちの士気は天を衝く勢いで上昇した。

戦場へと帰投したばかりの〈大鳳〉には洋上補給基地としての役割が求められたのだった……。

なんという馬鹿でかい戦闘機だろう。零戦の二割増しはあるぞ。まるで九七艦攻なみではないか。

＊

永須紫朗二飛曹は母艦〈大鳳〉へ着艦する味方戦闘機を見おろしつつ、そうした感想を抱いていたのだった。

航空母艦の内部は広いようで狭い。継戦能力を高めるためには搭載機数を増やすのが最高だ。よって艦載機とは小型軽量を心がけるべきである。

だが、彗星艦爆に続いて母艦に足をおろす艦戦は、そうした常道に真っ向から刃向かうサイズだ。なにをどうすればあれだけの図体になるのだろう?

疑問を痛感する永須だったが、その大型機は低速で抜群の安定性を見せつけた。

優雅な素振りで着艦していく様子は、かなりの腕前を持つパイロットが操縦桿を握っていることを示していよう。巨艦〈大鳳〉はアプローチがしやすいが、それを差し引いても、訓練が行きとどいた精強部隊であることは瞭然としていた。

この機体こそ三菱が送り出してきた新型艦上戦闘機〝烈風(れっぷう)〟であった。

烈風こそが零戦の正式後継機だ。

優美なフォルムを見ればそれがわかる。二〇〇〇馬力のMk９Ａ〝ハ四三-一一〟型発動機を搭載し、最大時速六二八キロを発揮可能な大型艦戦なのだ。

高度六〇〇〇メートルまで六分七秒。二〇ミリ機銃四挺装備。それでいて航続性能も高く、小回りもきく。あらゆる点で零戦の一歩先にある軍用機であった。

もちろん歪みもある。格闘性能と高速を両立させるため、翼面荷重を抑えられるだけ抑えた結果、巨大な翼が必須となってしまった。小型空母では運用できぬほど大柄なのはそのためだ。

搭載エンジンの選定を巡ってのトラブルもあったが、空襲なき停戦状態は烈風を実用化させるには充分すぎる環境であった。

極初期生産型の三〇機が昭和二〇年六月頭に揃い、第六〇一航空隊へと優先配備された。当時のそれは最高の技倆を持つ母艦搭載部隊だった。

運用の目途がつくや、すぐさま南雲中将率いる第二機動艦隊へと送られ、こうして実戦に投入されたというわけであった。

烈風は彗星艦爆とチームを組み、英国軽空母部隊を強襲した。敵の艦戦シーファイアを一蹴し、腹を減らした状態で〈大鳳〉へ帰着したわけである。

徐々に夕闇が迫る海面を、たった三隻の機動部隊が進撃していく。

空母〈大鳳〉、重巡〈足柄〉、駆逐艦〈雪風〉だ。遣欧使節艦隊の面々はいずれも健在である。

よくここまで到達できたものじゃわい。高空から艨艟を眺める後関磐夫一飛曹はそんな感慨に身を委ねていた。彼もまた烈風に視線を奪われていたのだ。

「ふん。でかい艦戦じゃねえか。あれに乗って闘いたいもんじゃ。広い太平洋じゃこのファイアットCR32など玩具でしかないからのう！」

後関は相変わらず独り言を楽しんでいた。戦闘機乗りとして、見てくれが無骨なマシンの操縦桿を握りたいと思うのは、自然の欲求であろう。

羨望の眼差しを送る後関の側へ、永須のファイアットが接近してきた。二飛曹は指で北北西を指し示している。進撃針路を示しているに違いない。

「わかっとる。早く昭南へ行かねば日が暮れると言いたいんじゃろうが！」

二人が発進したのは、昭南から寄せられた緊急電に基づいての行動だった。

第一八師団の牟田口中将から、平文で発せられたＳＯＳ――それに対応するためである。

『昭南全域に渡り、オートジャイロと思しき英軍の回転翼機が乱舞中。指揮系統を分断され、反撃の目途たたず。航空支援を要請するものなり……』

日没まではあと二時間半。そしてシンガポールまでは六〇〇キロ。ファイアットは時代遅れな航空機だが、回転翼機となら勝負ができる。

艦隊司令長官野村大将と全権代表の米内大将、そして艦長の菊池大佐から指示を受けた二人のパイロットは、味方の危機を救うべく再び空の人となった。発進後に友軍機が着艦してきたのは、予想外のできごとであった。

「昭南までは二時間で行ける距離だ。ぎりぎりで間に合う。ここで戦果をあげれば、あの機体を融通してもらえるかもしれんぜ。いっちょ気合い入れていくか！」

後関は慣れたファイアットの出力をあげるや、戦場へと疾走していった。

5　二者択一

橋は遠すぎたのだろうか？

アーサー・E・パーシバル中将には第二陸橋を目の前にして停止を命じたモント

ゴメリー将軍の心情がよく理解できていた。手を伸ばせばそこにシンガポールがあるのだが、突進を命じるには勇気が必要な場面だ。

ジョホールバルとシンガポールを隔てるジョホール水道。そこに横たわっているのが懸案の第二陸橋だ。初代の陸橋は三年前にパーシバル自身の命令で爆破されていた。日本軍の侵攻を押し止めるには他に手立てがなかったのだ。

現在のそれは同じ場所に再建されたものである。悔しいが前の陸橋よりも一段と立派に思えてならない。日本人はこうした建築物構築にも意外な才能を持ち合わせているらしい。

守りは薄そうに思える。生き残りのセンチュリオン中戦車は一九輛。まずまずの戦力だ。強引に押し渡る手もあったが、相手も油断はしていまい。自爆装置くらい仕掛けていよう。

しかし、歩兵や工兵の到着は待っていられない。第四三師団と第五〇師団もシンガポールへの道を南下しているはずだが、センチュリオンの進軍ペースに合わせることは不可能だった。また両師団だが、ともに露骨な妨害に遭っていた。後方から日本軍のゲリラ攻撃を受け、進軍が停止していたのだ――。

二人の英将には与り知らぬことであったが、歩兵部隊を背後から襲い、足止めをしているのは宮崎繁三郎中将が長（おさ）を務める第五四師団であった。ノモンハン、中国大陸、そしてインパール。宮崎はこれら各戦線において戦術的勝利を何度も収めている不敗の将だ。一六〇センチに満たぬ短軀ながらも、闘志と知恵は日本陸軍随一だった。

ラングーンに陣営を張り、インド方面からの敵襲に備えていた宮崎であったが、シンガポール救援の命令を受けるや、全力で南下を開始したのだ。

『困難な場所から楽な地へは遅く行け。楽な地から困難な場所には早く行け』

宮崎は自らに課したそのポリシーに従おうとしたが、多くの帝国陸軍部隊がそうであるように、第五四師団もやはり機械化されていない。急速なる移動には困難がともなう。

だが、実はこんなこともあろうかと、宮崎は足を確保していたのだ。銀輪部隊が答えだ。

つまりは自転車であった。地球環境に優しいローテクな代物だが、それ故に効果的でもある。道路網さえ整っていれば、かなりの速度で移動できるのだ。

第五四師団はこれでジットラを突破し、マレー半島西側の湾岸道路沿いに南下を開始した。それは四年前に第五師団主力が通った道でもあった。

上陸してきた英軍は、モントゴメリーが自覚していたように『点の移動』でしかない。後詰めを置いていない以上、宮崎の進撃を遮るものは存在しなかった。道路網を整備しておいたことが、軍の移動を潤滑にする効果をもたらしたのだ。

八月一五日。ジョホールバルに隣接する街であるポンチャンケチルまで到達した宮崎部隊は、乱れた息を整えることもせず、攻撃に移ったのである。

モントゴメリー将軍が待ち望んだ後続歩兵部隊はこうして思わぬ追撃を食らい、足止めを余儀なくされていたのだ――。

「私は戦場の空気を吸うことを欲する。副官、君も来たまえ」

そう言うや、モントゴメリーはマタドール戦闘装甲指揮車から外へ歩み出た。

車は木陰に停車しており、巧みにカモフラージュされている。発見されることはなかろう。周囲は徐々に日が落ち始めている。パーシバルが目を細めるや、水道を挟んだ向こう側に約束の地が見えた。シンガポール島だった。

ラムゼイ率いる戦艦部隊の砲撃を受け、島は至るところから火焔をあげていた。

一際激しく燃え盛っているのは、重油集積基地であろうか。

「戦艦部隊とも満足に連絡がつかない。空襲で被害を受けたことは確からしいが、もはや積極的な支援は望めまいな」

モントゴメリーは寂しげに続けた。

「航空艦隊もだ。空母にも支援要請は出したが、上空には味方機の姿は見えない。きっと自己防衛だけで手いっぱいなのだろう。夜半にランカスター爆撃隊が空襲をしてくれるそうだが、過剰な期待は禁物だな」

パーシバルも早口で将軍に応じた。

「日本軍が息を潜めていることは想像しておりましたが、やはり絶妙なタイミングで反攻をしかけてきましたな。海戦は残念な結果に終わりそうです。けれども地上は違うでしょう。我々陸軍は負けておりません。日本戦車隊は完全に撃破しましたし、こうしてシンガポールまでもう一息のところまで来ているではありませんか。肝心の制空権もこちらにあるのです！」

副官は上空の回転翼機を指さした。回転翼機のドラゴンアッシュが二機、低速で旋回に移っている。

「明朝までには歩兵も追随してくることでしょう。いっそこのまま一気に島へと雪崩れ込み……」

モントゴメリーが片手をあげた。もう話すなという合図である。自助努力で考えることを放棄していたパーシバルはそれに従った。

「東洋の真珠を奪還し、すぐさま講和を打診する。アメリカの影に脅えている日本ならば必ず乗ってくるはず。それが首相の戦略だった。私にはそれを遂行する責務があるが、さりとて部下を無駄に死に追いやれもしない……」

「不吉なことを。敗北したかのような発言は差し控えください。部下が浮き足立ちますぞ」

「敗北したかのような、ではない。負けだ。すでに負けているのだ。それを認識したまえ。この作戦はシンガポール奪取まで日本軍の反撃がないことを前提に企画されていた。相手が殴りかかってきた瞬間に敗北は確定したのだよ。

副司令。ドラゴンアッシュを呼び戻してくれたまえ。我らは機会を捉え、沖合のフネに戻るとしよう。部下たちに捕虜となる運命を課すのは忍びないが、もう他に手がないのだ」

敵前逃亡にも等しい台詞を聞くや、パーシバルは怒りの感情が渦巻くのを抑えきれなかった。計算高い相手だとは聞いていたが、ここまで杓子定規かつ諦めのよい男だとは思わなかった。

だが、副官もまた退避という選択に魅力を感じていたことも事実だった。屈辱の連続であった虜囚の日々。あれをもう一度体験するくらいなら、いっそ死んだほうがマシなくらいだ。

「ドラゴンアッシュも限界に近い。弾はすでに切れ、燃料も底をついているだろう。放置すれば不時着を余儀なくされるか、それとも撃ち落とされるか……」

撃ち落とされた。

不意に天空を裂いて飛来したのは二機の戦闘機だった。水冷複葉という時代遅れのマシンだ。

欧州軍人なら見覚えのある機体だった。陰気なダークグリーンに塗られ、翼には太陽の紋章が描かれていたが、シルエットはスペイン内乱で活躍したイタリア戦闘機に酷似しているではないか。

「ファイアットだぞ！　どうして日本人が！」

パーシバルの質問が虚しく響くなか、相手は翼端から火弾を連打し、低速の目標に射撃を加えた。たちまちドラゴンアッシュは回転翼をもぎ取られ、揚力を喪失したのである。

真上から鉄塊が降ってきた。パーシバルは必死で地面を転がり、厄災を避けた。

背後に鈍い落下音が響いたが、爆発はしない。おそらくガソリンタンクが空っぽに近かったのだろう。

だが、ふり向いたパーシバルは最凶最悪の風景を目にしたのだった。

なんと司令官モントゴメリー将軍の上半身が、墜落してきたドラゴンアッシュによって踏み潰されていたのである。

確認できたのは腰から下だけだ。生死を確かめるまでもなかった。ロンメル総統の永遠のライバルであり、イギリス陸軍史上屈指の将校は、味方機の残骸によって、あっけなく五七歳の生涯を終えたのであった。

パーシバルは自分の進む路を失った。どうしてよいかわからなかった。副官から自動的に司令官へと位が上がったのは理解できたが、自分と軍を何処へ導くべきかは見当もつかない。進むか？　引くか？　不毛なる二者択一だった。

ふと見るとファイアット戦闘機はジョホール水道へ姿を消そうとしていた。狭隘な海に新しい獲物でも見つけたのか。それとも脅威に追われているのか。

双眼鏡を構えたパーシバルは、そこに友軍艦のシルエットを発見したのだった。

あれはキング・ジョージ五世級戦艦ではないか。間違いない！

最期の言葉を発する暇も与えられなかったモントゴメリーの亡骸（なきがら）を放置し、彼はマタドール戦闘装甲指揮車に戻った。ドアをこじ開けるや、通信士に叫ぶ。

「センチュリオン全車に通達。大至急、第二陸橋を渡れ。シンガポール島にて戦線を錯綜させ、敵機の攻撃を阻害するのだ。接近する味方戦艦にも連絡。海軍の艦砲をもって敵に降伏を迫る。威嚇砲撃を依頼してくれ！」

6　戦艦咆哮

パーシバル将軍の観察眼は間違っていなかった。

ジョホール水道に現れたのはサー・バートラム・ラムゼイ大将が率いる戦艦戦隊であった。

しかし、数時間前の戦力を有していたわけではない。三次にわたる日本陸攻機の波状攻撃を受けた結果、『ネオZ部隊』はげっそりと痩せ細っていた。

すでに〈デューク・オブ・ヨーク〉と〈アンソン〉は海面下だ。

長女である〈キング・ジョージ五世（フィフス）〉も舵をやられ、海面に虚しく弧を描くだけの存在となっていた。やがて処分命令が下され、駆逐艦の魚雷が舷側に叩き込まれていった……。

旗艦〈ハウ〉も無傷ではない。命中魚雷一を浴び、艦内の重油と海水を等価交換させられていた。

火災は起きなかったが、艦尾側のC砲塔は旋回不能に陥っている。砲戦力は六割になっていた。機械室が浸水したため、速度も一二ノットが限界だった。

艦の命が尽きかけていることはエルガー艦長にもラムゼイ大将にもわかっていた。そして本艦と同様、祖国がこの戦争を失いかけている現実もラムゼイには理解できていたのだった。

だからこそラムゼイはロンドン級重巡部隊および駆逐艦に命じたのである。本艦を追随するに及ばず。各個に脱出し、セイロンへ帰投すべしと。

英国騎士の末裔は最後まで任務遂行に邁進した。いざとなれば〈ハウ〉ごとシンガポールに乗り上げ、地上砲台と化して日本軍を撃つ。その覚悟だった。

しかもである。まだ機能を有していた二七七型対空兼水上警戒レーダーが絶好の標的を捉えたのだ。戦艦二、空母一、駆逐艦多数からなる艦隊がジョホール水道を東から接近中。距離三万八〇〇〇と。

相手はまだこちらに気づいていないようだ。先頭に二隻の戦艦を配置し、間を開けて空母を走らせている。見目麗（みめうるわ）しい単縦陣であった。〈ハウ〉の存在を知っていたら、あわてふためき空母を退却させたことだろう。

周囲は闇が勢力を拡張中であり、燃えるシンガポールからの煤煙で極端に視界は遮られていた。また〈ハウ〉はシンガポールの日本陸軍を掃討するため、可能なかぎり陸地沿いを走っていた。レーダーとて万能ではない。こうした場所では乱反射が生じ、満足な観測結果が得られぬことも多い。

大戦艦の死に場所としては、打ってつけの状況が整いつつあるようだ。地獄への道連れは多いほうがよいに決まっている。ラムゼイは叫んだ。

「主砲砲撃準備。目標は敵戦艦。ジョンブルの心意気を東洋の恐るべき後輩に刻みつけてやれ！」

最大射程三万五二四四メートルの三五・六センチ砲が仰角を刻んでいく。四連装A砲塔と二連装B砲塔。これらの大筒は、銀食器のフォークを想像させる律儀さで平行に並べられた。二七四型射撃指揮レーダーとリンクさせれば、一万九〇〇〇メートル前後から命中精度の高い射撃が期待できる。

またキング・ジョージ五世級の主砲射撃方位盤は、新機軸であるスタビライザー方式を導入しており、艦の横揺れにも強かった。

発射命令を待ちきれなかったのか、六門の主砲が一斉に封印を切った。彼我距離は二万三〇〇〇だが、もう理想値にこだわり続ける場面ではない。

六発の砲弾は敵先頭艦の彼方に落下した。すべて遠弾だ。初弾命中は無理だとしても、せめて夾叉（きょうさ）して欲しかったところだ。

三〇秒の間合いの後、再び〈ハウ〉は吠えた。

その光が敵艦の視線を吸引したらしい。相手はすぐ反撃の烽火をあげた。二隻の巨大戦艦が赤黒い舌を宙へ突き上げる。

光があった。音があとから襲来した。〈ハウ〉は一二本の水柱で挟まれた。そのうち一発が右舷艦首の数メートル先に落下し、盛大なエネルギーを放出した。それに〈ハウ〉の舷側装甲板は耐えきれず、盛大な歪みが生じた。

意外にも、この一撃が致命傷となった。自重一九〇〇〇トンもある四連装A砲塔のターレットが歪み、旋回不能となってしまったのだ。

「至近弾でこの有様か。もう勝てんな。我らは戦ってはいかん相手に喧嘩を売ってしまったらしい。こうなればあの空母だけがターゲットだ。砲撃のチャンスは一度か二度だろうが、致命傷を与えられるかもしれん。エルガー大佐。どうか頼む」

最後の命令であることを自覚したのか、艦長は覚悟を決めたかのように落ち着いた声で命じた。

「B砲塔は標的変更。敵空母のみを狙い撃て。距離は二万九〇〇〇。弾種は徹甲。レーダー連動モードの発動を許可する！」

この場面で〈ハウ〉は意地を見せた。たった二発の主砲弾であったが、その片方が砲戦距離にまで接近してきた生意気な空母の飛行甲板に突き刺さったのだ。

だが――相手は黒煙を吐いたものの、炎上する素振りさえ見せないではないか。

「日本海軍も学習したようだ。ミッドウェー海戦の悲劇を繰り返す気はないらしい。連中は装甲空母を完成させていたのだろう。しかし主砲弾にも耐えられるとは随分桁違いの怪物を準備したものだ。極端から極端へ走りたがる国民と聞いたが、本当らしいな……」

それがラムゼイが発した最後の台詞だった。直後〈ハウ〉は三発の直撃弾を受け、船体の中央をねじ切られてしまったのである。

ここにキング・ジョージ五世級戦艦は、そのすべてがマレーの海に沈んだ。

四姉妹は次女である〈プリンス・オブ・ウェールズ〉の跡を追ったのである……。

7　夢の跡

友軍戦艦〈ハウ〉が吹き飛ぶ瞬間を目撃したのは、マタドール戦闘装甲指揮車が第二陸橋（セカンド・コースウエイ）を渡り終えた直後のことだった。

パーシバル将軍は、ここにすべてが終わったことを悟った。シンガポールへ強引に攻め入り、敵味方の混戦状態を築きあげ、時間を稼ぐ。急追してくる手筈の二個歩兵師団が島へ上がれば、まだまだ混沌を作り出せる。戦艦〈ハウ〉はそのための駒となってくれる筈だった。

しかし、これほどあっさり沈められたのでは話にならない。捨て身の起死回生を企んでいたパーシバルにとって、出鼻を挫かれるとはまさにこのことであった。

厄災はとどまるところを知らなかった。出現した日本戦艦は副砲を激しく打ち鳴らすや、陸橋を木っ端微塵に爆砕したのである。

通行中だったセンチュリオン中戦車が、もんどりうって海中へ落下していった。まだ渡り終えた車輛はたった四台だったのに。マレー半島との連絡線であり、歩兵部隊を上陸させる希望の綱であった陸橋は、遂に切断されたのである。

打つ手を失い、マタドール戦闘装甲指揮車に背中を預けたパーシバルの視線に、必要以上の威武を感じさせる戦艦二隻が侵入してきた。同型艦であることは一目でわかる。三連装の巨砲を三基九門備えた魔神のようなフネだ。

間違いあるまい。日本海軍が誇る超戦艦〈大和(ヤマト)〉〈武蔵(ムサシ)〉の姉妹であろう。

その後に続く同サイズの巨大空母は、〈ハウ〉が放った直撃弾を弾き返し、悠然とした様で進軍を続けている。

悔しいが貫禄負けであった。世界のどこで披露してもベストワンを狙えるだけの洋上戦力が、そこに現出していた。やがて先頭を征く巨艦のマストに、明滅信号が灯った。英文だ。それはこんな文が綴られていた

『英軍司令官に告ぐ。即時全面無条件降伏を勧告する。イエスかノーか?』

それはアーサー・E・パーシバル中将に発せられた一言ではなかったろう。おそらくは戦艦〈ハウ〉の生存兵に対する通達であったはずだ。

しかしパーシバルは、このメッセージで戦闘意欲を根こそぎ喪失させられた。かつて降伏を強要される場において、敵将山下奉文(やましたともゆき)中将から突きつけられたそれと同一だったからだ。もはや身の振り方はひとつしかなかった。

望まぬ地位に望まぬ形で昇進してしまった彼は、戦闘装甲指揮車に戻り、車内の

司令部要員を退出させると、車内から鍵をかけた。

　そこから響いてきたノイズは、低く籠もったピストルの激発音であった――。

＊

　七面鳥撃ち。それは心には痛く響いた。

　永須紫朗二飛曹は愛機となったファイアットＣＲ32を操り、視界に存在する異形の回転翼機を撃ち落としていた。

　無抵抗に近い相手に銃口は向けたくなかった。戦闘機搭乗員として一方的な狼藉は避けたかった。しかし、相手も軍用機なのだ。情けをかけるわけにはいかない。これが戦争だ。仕方がない。

（オートジャイロに似た回転翼機は、混乱した戦場では使いやすい。対地支援にも最適だろう。だが、兵器とは投入する場所を間違えると、悲惨な結果を招くのだ。悪いが授業料だと思ってくれ……）

　やがて空から英軍機は一掃された。夕焼けが進む大空に残ったのは寂寥感のみであった。すぐに後関一飛曹の操る機体も詰め寄ってきた。

よかった。兄ぃも無事だったようだ。

飛行帽をかぶった後関が操縦席で拳をつきあげているのが見えた。単純に戦果に酔っているらしい。回転翼機四機と交戦、これを殲滅。迎撃戦は成功したと言えるだろう。

しかし、憂悩すべきことはあった。どこに降りるかという切迫した問題だ。なにしろ航続距離ぎりぎりの場所から飛んできたのだ。残燃料は零に等しい。あと五分と飛べないだろう。

セレター軍港には飛行場が併設されていたが、この混乱下では着陸など無理だ。素直に不時着水し、海水浴を決め込むしかないのだろうか？

覚悟を決めて、ジョホール水道へ機首を向けた永須だったが、彼は眼下に絶好の着陸ポイントを見出したのだった。

いや、正確には着艦ポイントと表現すべきだろう。

それは大型空母だった。〈大鳳〉を見慣れていた永須の目をもってしても、巨軀としか表現しようのない艨艟であった。前方に戦艦〈大和〉〈武蔵〉を先行させ、低速にて進撃中だ。

後関もすぐに気づいたらしい。味方機であることを知らしめるため、翼を左右に大きく振りながら高度を下げていく。永須もそれに続いた。右舷中央に煙突一体型の島型艦橋が確認できる。そのトップに翻っているのは中将旗だ。しかも見覚えがある紋所だった。

「あれは小澤中将の旗印！　こいつは恐れ入ったぞ。ＧＦ長官じきじきのお出ましとは！」

すぐ着艦許可を示す旗旒信号がマストにあがった。回収の意志を向こうが示してくれたのだ。遠慮することもあるまい。

さっそく後関機が着艦フックを降ろし、旋回に入った。改めて観察すると、この空母は艦尾着艦標識が砕けており、表示灯の一部も機能していないらしい。

だが、必要以上に巨大な艦だ。兄ぃや自分の技倆ならば楽々着艦できる。永須はそう確信しつつ、最終アプローチに入ったのである……。

無事着艦したファイアットを整備員たちに引き渡すや、後関が叫んだ。

「こりゃ凄い空母じゃのう。着艦と発進が同時にできるほど広いぜよ。こんな代物があるなんて聞いちゃいねえぜ。なんというフネかいな？」

知らぬのも無理はない。軍艦建造は国家機密に属しており、搭乗員とて母艦名を熟知しているわけではないのだ。続いて着艦した永須は、戦友へと駆け寄った。

「第一一〇号艦でしょう。大和級三番艦〈信濃〉ですよ。横須賀で空母改装に着手したと聞いていましたが、やはり完成していたのですね。船体も機関も同一である以上、速度も同じはず。あそこに見えている〈大和〉〈武蔵〉と艦隊を組ませるには最適でしょう。巨大戦艦ならびに空母から成る機動部隊。まさに相互補完を現出させる艦隊というわけです」

ブラウンとグレーで迷彩塗装が施されている装甲甲板を踏みしめながら、後関が言った。

「お前も気づいたろう。小澤長官の中将旗が上がっとるぜ。つまりはこいつが連合艦隊旗艦かよ。指揮官先頭を志す人ならではの行動じゃ。取りあえずは着艦の挨拶にでも行こうぜい。ヨーロッパの風に吹かれてきた男の話なら、きっと耳を傾けてくれようぜ！」

その瞬間であった。実に嫌な音が上空から響いてきた。甲高い飛翔音だ。あれは艦爆が急降下する際に特有の……。

直後、艦首方向でなにかが爆裂した。

爆風が竜巻の要領で巻き起こった。バルセロナからずっと命運をともにしていたファイアットＣＲ32が、二機とも粉々になって吹き飛んだ。その周囲にいた整備員の面々も、たちまち命を削り取られた。

振り仰ぐ勇気を持ち合わせていた永須は、首をねじ曲げて上空を睨んだ。

そこには蛇のような外見を持つ凶器が浮いていた。単発軍用機だ。胴体には星のマークが見える。後関がひっくり返ったまま、大声で叫んだ。

「なんじゃと！　ありゃアメ公じゃねえかよ！」

8　悪夢再び

「第一二索敵飛行隊(VS12)より吉報が入りました。シンガポールにて停泊中の日本空母を確認。空爆に成功。甲板上の航空機を破壊。火災発生の模様！」

陽気なアメリカンが一斉に凱歌を挙げるや、ブリッジはワールドシリーズの野球場を連想させる空間に変貌した。久しぶりの大勝利に全員が我を忘れた。

艦長からしてそうだ。スチュアート・Ｓ・マーリ大佐が弾んだ声で言う。

「ボス！　我らは完全な勝利を手中に収めつつあります。索敵に出たＳＢ２Ｃヘルダイバー爆撃機が先走ったようですが、ここはひとつ現場の判断を優先して戴きませんと！」

まるで脅迫だな。太平洋艦隊司令長官レイモンド・スプルーアンスはそう感じていた。大将は総旗艦となった航空母艦において、醒めた目線で状況を看破している数少ない男の一人だった。

スプルーアンスはＣＶＢ‐41〈ミッドウェー〉という鉄の城に居座り、前線まで身を運んでいたのだ――。

勝利の戦場名を戴いた空母に対し、合衆国海軍が抱いた期待には並々ならぬものがあった。正規空母の艦種記号はＣＶであるが、大型空母であることを示すＣＶＢというランクを特別に作ったほどである。

また褒め称えられるだけの性能も有していた。第六一任務部隊に配属された〈ミッドウェー〉は世界最大クラスの航空母艦なのだ。

全長二九五・二メートル。基準排水量は四万五〇〇〇トン。戦艦〈アイオワ〉と同一の機関を採用しており、この肥満体が三三ノットで走るのだ。これらは合衆国の建艦技術力を実証する数字だった。

すぐ後には同型艦も続いていた。予定を三ヶ月も前倒しして完成したフネである。

CVB‐42〈フランクリン・D・ルーズベルト〉だ。四月に病没した前大統領から名前を頂戴した二号艦だった。

空母二隻で艦載機は二三〇機強。これを高速戦艦〈アイオワ〉〈ニュージャージー〉〈ミズーリ〉の三隻がガードしており、さらに重巡および防空軽巡八、駆逐艦一九が取り囲んでいる。外周部先端にはピケット艦も配備されていた。

考え得る限りの安全策が講じられていたが、結局は戦闘艦隊である。危険はつきものだ。最高司令官が前線まで出張(でば)る必要などあるのか。そうした批判もあった。

しかし、スプルーアンスは現場第一主義であった。最前線でなければ戦争が読めないと常日頃から明言していたし、安心して代役を任せられる部下にも恵まれていなかった。一九四五年夏の段階で信頼がおける空母艦隊の運用経験者は、ごく少数しか現役にとどまっていなかった。

これから対日戦争宣戦というイベントを開始するのだ。用心はいくらしても足りない。部下の暴走を防ぐためには自分が手綱を握る必要がある。

そう判断したからこそスプルーアンスは〈ミッドウェー〉に将旗を掲げ、ジャワ島西端の沖合一〇五キロの海面に押し出していたのである。

「このまま艦隊位置を確保し、翌朝の総攻撃に備えましょう。それとも北上してはどうでしょうか。搭乗員の負担を軽くすることもまた我らの務めですし」

仏頂面を崩そうとしないスプルーアンスに向かい、マーリ艦長は続けた。

「イギリス人が勝手にシンガポールを叩いたようですが、獲物はまだまだあります。偵察情報では例のヤマト級戦艦らしきフネの姿も確認できています。ジャップは我々を発見しておりません。仮に夜戦になったとしても、こちらには実用度の高い水上砲戦レーダーがあります。日本艦隊恐るるに足らず。戦果拡大のチャンスをお見逃しなく！」

セールストークばかりを連発する艦長を無視し、スプルーアンスは陰気とも思える口調で言った。

「現場のパイロットを責める気などないが、日米戦争は中途半端な形で始まってしまったな。本当の開戦は明日。予定より六時間以上も早いのは困りものだ。真珠湾（リメンバー・パールハーバー）を思い出せ。我らは宣戦布告なき攻撃を行った日本軍を騙し討ちだと非難したではないか。それと同様の運命が今度は我らに課せられるのかもな」

一気に意気消沈した〈ミッドウェー〉のブリッジにスプルーアンスの託宣めいた台詞が流れた。

「我々は陽動部隊であることを忘れてはならない。敵の目を南方に引きつけているうちに本命が動き出すのだから。私が強く現役復帰を願ったブル・ハルゼー提督が、エセックス級空母一〇隻を引き連れて東京湾へと進軍中だ。ドーリットル隊の栄光をなぞるために。そして三六年前の雪辱を果たすために……」

誰も反論ができなかった。真実という冷水を浴びせられたためであった。

「針路を東南へ向けよ。我が艦隊は母艦の安全を優先し、敵機の稼動半径より脱出する。これまでが幸運だった。それを感謝しつつ、爾後の策を練るのだ……」

スプルーアンスは夕闇が勢力を盛り返す飛行甲板に出るや、ゆっくりと艦尾方向へ歩き始めた。

それは自分に課している日課の散歩である。どんな時にでも決めたことは守る。それが信念だった。綻びは常に小さな場所から始まるのだ。

彼は太平洋艦隊司令長官という自分の立場をもてあましていた。海軍軍人として望みうる最高のポジションだったが、時期が悪すぎた。敵と規定された存在もまた憎みきれない相手だった。前の戦争から日本に反感は持っていたが、それは停戦で決着をつけねばならぬことであろう。

なによりバルセロナの一件がある。スプルーアンスには日本海軍に借りがあったのだ。海没したカタリナ飛行艇から彼を救助してくれたのは、アドミラル・ヨナイとその部下なのだから。

今回の行動は恩を仇で返すことに他ならない。大英帝国と交戦中の日本海軍を、横合いから力任せに殴りつける。そのためのアジア巡礼なのだ。

わだかまりは残るが、いま考えても仕方のない現実であった。自らと相手の威信を貶めないためには、敵に敬意を払いつつ、打擲(ちょうちゃく)するしかあるまい。

スプルーアンスは完璧なる職業軍人(プロフェッショナル・ソルジャー)だった。文民統制(シビリアンコントロール)を標榜するからには、行政組織が下した命令には従うのみ。たとえそれが副大統領マッカーサーの極めて個人的な意向を受けての行動だったとしても、である。

彼は軍人として、国家の負託に応える決意を固めていた。

対日戦争スコアを『〇勝一敗一分(ゼロワンワン)』から『一勝一敗一分(スリーワン)』にするために。

一九四五年八月一五日未明。ここに第三次太平洋戦争開始のゴングは打ち鳴らされたのだ――。

9　牙を抜かれた虎

海上を西進する航空母艦の群れ。

持てる者の底力と驕りが凝縮した物体が払暁の海面を切り裂いていく。この勢いを食い止められるものは世界の海に存在しないだろう。それだけの威圧感を秘めた大艦隊であった。

主力空母数は実に一〇隻。胎内に詰め込まれた航空機は九〇〇機を超えている。小国ならば半日で焦土に変える力を秘めた暴力装置だ。

攻めも強力だが、守りはそれ以上である。ガードにあたる護衛艦の数は四八隻。対空レーダーと連動した両用砲と機銃を振りかざし、日本機の来襲に備えている。まさに現代の密集方陣（ファランクス）だ。

加えて全艦が健脚の持ち主である。速力三二ノットを下回るフネは、母港に置き去りにされていた。この艦隊編成は、新しく艦隊司令長官に就任した人物の意志が色濃く反映された結果だった。

一撃離脱（ヒット・アンド・アウェイ）。今回の軍事行動はそれに尽きる。

この戦いは戦果を求めてのものではない。あくまで示威行動だ。敵と味方の視線を南方戦線から吸い上げるための作戦なのだ。

なによりもフィリピンという呪われた地に拘泥する副大統領に、釘を刺す必要があった。そのための首都再空襲なのだ。

浮気が本気になってはいかん。火傷をする前にさっさと任務を果たし、帰還することが求められていた。旧友であり、旧部下であり、今や上官となったレイモンド・スプルーアンス海軍大将も、そう望んでいる。

東京（トーキョー）にジャックナイフを突きつけよと命ぜられた海軍提督――ウィリアム・F・ハルゼー大将は、そうした現状を正しく理解していたのである……。

甲板に居並ぶ航空機の咆哮が、右舷中央に設けられた島型艦橋（アイランド）の内部にまで響いてくる。

この艦は第六二任務部隊旗艦〈エセックス〉。CV-9というナンバーを振り当てられた新鋭空母だ。同型艦の妹たちを九隻も従え、太平洋を西へと直走（ひたはし）っている。

旧敵をいま現在の敵とするために。

その参謀長アーレイ・A・バーク大佐は、二二〇〇馬力を超えるエンジンたちの断きに負けぬよう、大声で上官に報告を開始する。

「司令。第二次攻撃隊、出撃準備完了しました。御命令を頂戴できれば、すぐさま発進可能ですよ！」

語気が少々荒くなっているのは自覚できていた。だが相手には、あるはずの覇気が見あたらないのだ。ブリッジの雰囲気は沈みがちである。ここは自分が起爆剤となって士気を高めねば。

「攻撃隊βグループは現地時間午前七時五分、ヨコスカ軍港を攻撃予定です。そして首都を襲う攻撃隊αグループは、その二五分後にトーキョーに到達していなければなりません。このタイムラグは、迎撃機を横須賀上空に吸引させる役割を期待してのものです。時刻表から逆算しますと、我々に残された時間は四五分。二二〇機もの艦載機を発進させるにはギリギリです」

勘定に間違いはない。彼は朝霧の立ちこめる海面を見据えた。

そこには第三艦隊に属する第六二任務部隊が迫力に満ちた偉容を曝していた。

堂々たる機動部隊だ。〈エセックス〉を柱とし、同型艦九隻が付き従っている。

まず目を惹くのがα隊だ。〈エセックス〉〈ホーネットⅡ〉〈ヨークタウンⅡ〉〈バンカーヒル〉〈ワスプⅡ〉〈レキシントンⅡ〉。全艦が一年前のマリアナ沖海戦にも出撃したベテランだった。

　それぞれ三隻ずつのチームに分かれ、周囲を護衛艦によって十重二十重(とえはたえ)に囲まれている。絵に描いたような輪形陣であった。

　少し距離を開けた海域に、さらにもうひとつ輪形陣があった。β隊の〈タイコンデロガ〉〈ハンコック〉〈フランクリン〉〈イントレピッド〉だ。

　この一〇隻がエセックス級の全戦力である。当初は一九四五年暮れまでに一七隻が就役する予定であり、予算的には実に三二隻もの建造が認められていたが、全世界同時停戦により、その大半がキャンセルされていたのである。

「α隊は練度が高い部隊です。いざとなれば三〇分で相当数の発進が可能でしょう。ですが攻撃は集中させないと意味がありません。群れているからこそ攻めも守りも効果を発揮できるのです。日本側も戦闘機を発進させてくるでしょう。予測値では一二〇機内外。奇襲ではなく強襲になることから、被害予測率は約三五％。つまり八〇機内外は食われる計算です。一秒でも発進が遅れるたびに、パイロットがそれだけ死ぬことになります！」

　催促と忠告の境目を行き来するような発言だった。しかし第六二任務部隊を仕切る人物は、さほど口調を変えずにこう述べたのだった。

「さすがは〝三一（サーティ・ワン）〟ノット・バークだ。何事も素早いな。だが攻撃隊を出すのは少し待て。ここは予定を変えてでも、事態の推移を見守りたい」

まるで老人の繰り言だ。ハルゼーはニューポート・ニューズ造船所（シップビルディング）&乾（ドライ）ドック社の副社長から現役復帰したわけだが、闘志を偽りの平和に置き忘れてきたらしい。バーク大佐はそう思い、心中で舌打ちをするのだった。

バークは第二次太平洋戦争において大活躍した実戦派提督の一人であった。

元来は駆逐艦乗りだ。一九四三年一月に駆逐隊責任者となった彼は、同年三月のビラ・スターンモア海戦、一一月にはエンプレス・オーガスタ湾海戦（日本側呼称ブーゲンヒル島海戦）などに参加し、戦没艦を出すことなく任務を果たしていた。最もめざましい戦果として記録されているのがセント・ジョージ岬海戦である。

一九四三年一一月二五日に惹起した夜間雷撃戦に、バークは第二三駆逐隊司令官として参戦。レーダーを活用した魚雷戦を挑み、駆逐艦〈巻波（まきなみ）〉〈大波（おおなみ）〉〈夕霧（ゆうぎり）〉の三隻を屠っていた。

その際、出撃命令を出した男こそハルゼー本人だったのだ。現場における自由裁量権を大幅に認めてくれたお陰で、バークは思いどおりの作戦を実施できた。彼は五隻の第二三駆逐隊をあえて割り、自在に日本艦隊を翻弄したのである。

功績が認められたバークは、次にマーク・A・ミッチャー中将の空母艦隊にて、参謀長の重責を担うよう命じられた。その人事もまたハルゼーの意向が反映されたものであった。第一線部隊を切望していたバークにとり、ハルゼーは神格化すべき上官であった。

それがどうだ。第二次太平洋戦争が停戦となったあと、わずか一年に満たぬ時間を民間で過ごしただけでハルゼーは犬歯を抜かれてしまった。軍人は軍服を脱ぐと、老化が一気に進むらしい。

バーク参謀長は、自分をこの任務につけた太平洋艦隊司令長官を恨みたい気分であった。腑抜けのハルゼーに付き従うのは御免だった。これでは老人介護も同様ではないか。

そんな参謀長の心情を知らぬハルゼーは、淡々とした語調で尋ねた。

「艦長。ひとつ確認しておきたい。レイから……いや、レイモンド・スプルーアンス大将から通達はないのだな？　総旗艦〈ミッドウェー〉に座乗し、シンガポールを空爆したスプルーアンス提督から、命令変更の指示はないのだね？」

艦長チャールズ・B・マクベイ大佐は、ハルゼーの言葉に機械的に返答した。

「ありません。昨日午後に受信した通達以後、新しい電報は入電しておりません」

バークは昨日の最終命令を咀嚼していた。あの歴史的な一文をである。

『マッキンレー登れ〇八一五』

それは攻撃決定を意味するゴーサインだ。第六二任務部隊は手順に従い、首都に対する軍事行動を実施せよとの指示であった。

ハルゼーは命令どおり第一次攻撃隊として戦爆連合二一八機を放ったが、第二次攻撃隊の発進には待ったをかけ続けていたのだ。バークがその真偽を問い糾す。

「司令。あなたは三年前、ドゥーリットル隊の日本初空襲を成功に導いた御方ではありませんか。その栄誉と功績を盤石なものとする機会が、目の前に転がっているのですぞ。第三次太平洋戦争の幕はすでにシンガポールで開けたのです。本命たる我らの攻撃部隊が敵の首都を再攻撃すれば、それだけで日本国民に厭戦気分を蔓延させられましょう。どうして攻撃を手控えようとなさるのですか」

意気込むバークに対し、ハルゼーは冷静さを崩さずに告げた。

「答えは簡単だ。欲をかきすぎ、すべてを御破算にはしたくないのだ。若い君にはわかるまいが、人間この歳になると守りに入ってしまう。この考えを口にすることさえ恥とは思わぬ。

バーク参謀長。君は我らこそが本命の攻撃隊と言ったが、俺はそうした意見には賛同できない。本命はやはり空母〈ミッドウェー〉と〈フランクリン・D・ルーズベルト〉を率いるスプルーアンス大将の第六一任務部隊なのだ」

駄目だな。この戦いは人事面ですでに敗北している。バークはそう判断せざるを得なかった。過去の実績がものを言い、機動部隊の指揮官に再就任したわけだが、このハルゼーは過去のハルゼーではない。保身に奔る俗物だ。

バークは言葉を選びつつ、反論した。

「お言葉を返すようですが、私はスプルーアンス大将から直々にうかがいました。空母一〇隻を揃え、トーキョーを攻めるハルゼー艦隊こそ大本命であると！」

「それが若さであり青さだ。スプルーアンス大将の真意は別にある。俺にはそれがわかるのだ」

ハルゼーは朝焼けに顔の半分だけを照らしながら、こう語った。

「海軍とは素晴らしい戦争装置だ。軍隊としては理想の形態とも言える。なにしろ軍艦同士で殴り合うのなら、一般市民に迷惑をかけることがない。それに乗るのはプロの軍人ばかりだからな。やたらに非戦闘員を巻き添えにしたがる陸軍とは一線を画している。

さて、今回の軍事行動であるが、俺はこう考えているのだ。アメリカが勝利を収めるには、その精神の極限に挑むしかないと。海軍が純粋なる軍隊として機能する以外にないとな」

訝しがるバークに対し、ハルゼーは解答を述べた。

「この戦いは長く続かん。平和を享受している合衆国市民は、もはや戦争に飽きているのだ。大統領といえども納税者の顔色を窺いながら政策を決めねばならぬいま、長期持久戦は世論が許さんだろう」

バークは驚いた。偉大なる戦術家として名声を勝ち得ていたハルゼーが、なんと戦略的思想を口にしたではないか。

「しかしな。世論とは日本にも存在する。どれだけ報道管制を敷こうとも、第二次太平洋戦争で苦しい状況に陥ったことは隠しようがあるまい。諜報員の話では厭戦気分も生まれているそうだ。これを利用せぬ手はない。

イギリスが先に攻撃を仕掛けたことにより、我々は火事場泥棒に近い立場に追いやられている。ここは日本に恨みが残らない方法で勝たねばならん。そのためにも本土への無差別爆撃は再考の余地がある」

「しかし既定方針を覆すわけには！」

「俺には現地裁量権が認められておるのだ。敵国空襲は実施するが、標的は軍事施設に限る。一般市民を巻き込む行為は避けたい。そうでなければ……」

ハルゼー大将は小さく息をはき出してから、忌々しげにこう続けたのだった。

「この争乱は一〇〇年戦争になる。太平洋は恨みの海と化し、日米関係は修復不能なまでの傷を負う。日本人を鏖殺（おうさつ）すれば話は別かもしれないが」

空母〈エセックス〉のブリッジは急に静まりかえった。

最終兵器たる反応爆弾の存在を知る者はまだ少なかったが、噂だけは一人歩きを始めていたのである。あれをまとめて叩き込めば、日本本土を焼け野原にすることも可能だろう……。

ハルゼーはまるで独り言のように続けた。

「この戦争、すなわち第三次太平洋戦争はつまらん理由で始まった。参謀長、それがなにかわかるか？」

バークは反射的に答えた。

「復讐です。日本との二度の戦乱で合衆国は二度とも決定的勝利を収められませんでした。トーキョー湾で大白色艦隊（グレート・ホワイト・フリート）の戦艦群が叩き潰された第一次太平洋戦争。パールハーバーの騙し討ちで始まり、不発に終わったサイパン奪回作戦で終了した第二次太平洋戦争。これらは負の遺産として合衆国史に刻まれています。これを払拭するには勝利あるのみ。『〇勝一敗一分』から『一勝一敗一分』にしなければ国民は政府を見限るでしょう」

「ミスター・バーク。俺は君の若さが羨ましいよ。真実を知る者として、君の言う理屈を受け入れるわけにはいかんが、耳に心地よい台詞であることは確かだな」

ハルゼーはなぜか寂しげな声だった。

「残念だが此度の対日戦争が意味するところはひとつだけだ。M・O・N・E・Y。金のためだよ。最低の開戦理由だな。前回の対日戦争は投下資本の回収が終わる前に停戦してしまった。今回はそれを完遂せねばならん。

植民地経済が崩壊することが目に見えている現在、英仏の国力は確実に衰える。ここで力を発揮すれば、合衆国は地球の平和と富を守るリーダーたり得る。ホワイトハウスはそう踏んだのだろう。フィリピン偏執狂の副大統領は鼻息が荒い。立案している奪還作戦の準備に入れと息巻いている。陸軍を派遣するのであれば、現役復帰してもよいそうだ」

バークの脳裏にダグラス・マッカーサーの表情が浮かんだ。共和党から民主党に鞍替えし、ジョセフ・ケネディ大統領の副大統領候補（ランニングメイト）として確固たるポジションを手に入れた男だ。

ハルゼーは苦々しい表情を見せた。

「俺は個人としては開戦に反対だ。しかし公人として、そして会社を仕切る経済人としては賛成してやってもいい。盟友スプルーアンスとの約束もあるからな。なによりも勝てばいいのだ。勝てばすべてが清算できる。国民に甘い夢を見させてやることもまた、軍人としての義務かもしれない。復讐だと？　国家と国民を同一視してはいかん。子供めいた意趣返しはなにも生むまい。旧約聖書を読め。神は安易な報復を禁じておられるぞ」

ハルゼーの独白は淀みなく続いた。

「いずれにせよ、俺は無駄に若者を散らせたくない。味方も敵もな。三五％という被害予測値を聞いて決意は固まった。命令だ。第二次攻撃隊は出動を見合わせよ。軍需施設たる横須賀軍港さえ破壊すれば、戦略的意味は達成できる。いまは戦力を維持したまま南方戦線に赴くことを考えねばなるまい。

スプルーアンス大将をアシストし、油田地帯に居座る日本艦隊を撃破する。それだけで戦争は終わるのだ。ここで航空戦力を摩耗させるわけにはいかん」

ハルゼーには現状が見えているのか、いないのか、バークにはわかりかねた。

対航空機用迷彩塗装から大灰色艦隊と呼ばれている第六二任務部隊だが、一大海上戦力であるのは確かだった。戦艦こそ組み込まれていないが、空母一〇に巡洋艦一八、駆逐艦三九という数は、大概の軍事勢力を打破できよう。

南進は決定事項だ。しかし、その前に横須賀、呉、佐世保といった艦隊集結基地を空襲し、日本海軍の後方支援能力を奪わねばならない。首都圏空襲はその第一歩だった。

「日本人も愚かではない。再び米英を同時に相手にしたならば、襲いかかる運命が如何なるものかは理解できていよう。艦隊が滅びれば、和睦を請うしかなくなる。それこそが狙いだ」

そう言ったハルゼーは不意に司令長官席から立ち上がり、視線を東へと移した。その遙か先にはハワイが、そして彼方には本土西海岸が位置している。艦隊責任者は寂しそうに語った。

「この戦争だが、俺には敵がよくわからんのだ。太平洋の西に浮かぶ島国が相手なのか、それとも東の果てに位置する祖国を牛耳る連中なのか……」

その刹那であった。海鳴りのような低い響きが右手から聞こえてきた。バークは素早く目線を走らせる。実に嫌な光景がそこに現出していた。

大きな水柱が僚艦〈バンカーヒル〉の側面に立ち昇っていたのだ。

距離は一五〇〇メートル。爆風と波紋が旗艦〈エセックス〉まで押し寄せてきた。硝煙の匂いがブリッジへと侵入を開始する。それに反応したのか、ハルゼー提督は前触れなしに声を荒げたのであった。

「よし！　これで状況は単純化したぞ。敵は決まった。ジャップだ！　連中を殺し尽くせ！　バーク参謀長。第二次攻撃隊のＳＢ２Ｃヘルダイバーの装備を変更せよ。対潜爆弾だ。ジャップは水面下から襲ってきたに違いないぞ。絶対に連中を生かして帰すな！　クソッ！　ピケットラインの駆逐艦部隊はなにをしていたんだ。必ず敵潜を沈めろ。軍法会議にかけられたくなければ是が非でも結果を出せ！」

そこで吠えていたのは数分前までの日和見的な老人ではなかった。

待ち望んだ戦場の雰囲気に触れ、急に若返った軍人の姿がそこにあった。

バーク参謀長は納得し、そして確信した。ハルゼーと名乗る人物こそ、徹頭徹尾、戦争愛好家（ウォーモンガー）なのだと……。

第六章　本土再空襲

1　超弩級大本営

日本海軍は昭和一九年六月から二〇年八月までの休戦期間中、自己批判を繰り返してきた。

ミッドウェー海戦の事後処理を見分すればわかるように、彼らは敗北原因の糾明に手を抜きすぎていた。負けいくさを次に生かすという柔軟な発想に欠けていた。だからこそ同じ失敗を繰り返したのだ。

一四ヶ月という冷却期間は、軍人たちの脳を沈静化させるに充分だった。彼らは反省を怠るという体質までも反省の対象としたのである。

その覚悟は実った。マリアナ諸島、特にサイパンが失陥する寸前に終戦を迎えたためか、帝国海軍は自らの過失に気づくのが比較的早かった。

情報だ。その収集と分析において大きな遅れを取っていた過去を率直に認め、対策に乗り出していた。管理には、まず集中が肝心だ。それも政権と直に話をするためには、東京に近いほうが望ましい。

日本の脳髄である帝都に肉薄し、軍用飛行場と工廠があり、東から押し寄せる夷狄に対応できる場所といえば、もう三浦半島の横須賀しかなかった。

四大鎮守府の筆頭である。本土上陸を阻止するためにも、最後の最後まで指揮系統は維持せねばならない。それを可能とするのは地下施設のみであろう。

これは海軍関係者も認識していた。彼らが横須賀の要塞化に着手したのは驚愕すべき時期だ。なんと昭和一〇年のことなのだ。

当初は空襲に備え、主要病院や工廠の施設を部分的に地下壕へ退避させるというレベルの話だったが、昭和一三年に鎮守府の地下工事が開始されるや、一気に規模が拡大された。特に昭和一九年夏の停戦以後は、狂気じみたペースアップを命じられていた。

逗子や葉山をはじめ、各地には地下工場も建造された。総面積は三浦半島全体で二万坪にも迫る勢いだった。次なる一戦に備え、軍用機を柱とする決戦兵器が増産体制に入っていた。

また横須賀の夏島(なつしま)と横浜の野島(のじま)には一〇〇機単位の航空機が収容できる地下格納庫も設けられた。部分的ながらも、工廠から格納庫へダイレクトに納品できる連絡通路さえ建造されていた。

そして、こうした兵器の管理運行を一任されるべき海軍首脳部――特に連合艦隊(GF)司令部であるが、彼らは三浦市油壺(あぶらつぼ)の地下に本陣を構えていたのだった。

横須賀軍港から一五キロほど離れたそこは、相模(さがみ)湾に面する寂れた漁港である。

その地下にGF司令部が詰めていた理由はふたつある。

まず横須賀が高名すぎる事実が問題だった。もしも第三次太平洋戦争が勃発したなら、真っ先にターゲットにされるのは目に見えている。地下壕とて特殊爆弾の直撃を受けたならば無事ですむ保証はない。その点、この寒村ならば狙われる心配は無用だろう。

そしてもうひとつ。油壺の隣にある諸磯(もろいそ)は、第一挺身攻撃隊・第一突撃隊の集結場所となっていたのだ。決戦兵器〝蛟龍(こうりゅう)〟の発進基地に……。

＊

「蛟龍第八六号祖鳥（そと）少尉艇より入電あり！」

　ゆったりとした室内に怒号が響いた。通信参謀補佐の声だ。上擦った調子で彼は続ける。

『我レ、ろは三九海域ニオイテ米機動部隊ト遭遇ス。エセックス級ト思ワレル空母ヲ雷撃。魚雷一命中確実。効果甚大ト認ム』

　歓声が室内を支配した。それを制するかのように渋みがかった重低音が地下壕にこだまする。

「ろは三九海域？　海図を出せ。具体的にどこか知らねばならん。急ぎたまえ」

　声の主は大西瀧治郎（おおにしたきじろう）である。GF長官に就任した小澤治三郎の後任として、軍令部次長に任命された海軍中将だった。

「まったく勝手なことをしおって！　索敵と哨戒の区別もつかぬのか。祖鳥少尉とやらは一人で開戦の責任がとれるとでも思っているのか。これでアメリカは本気で動いてくるぞ」

大西の発言は真実であった。だからこそ司令部の空気は重苦しいものに変化したのである。

（これがいわゆる平和ボケか。かつての切れ者も、一年の停戦で覚悟が鈍ったようだな。先が思いやられるよ……）

そう考えたのは小園安名大佐だった。厚木航空隊司令を拝命していた軍人だが、同時に横須賀鎮守府参謀も兼ねていたため、三浦市油壺の秘密司令部に身を置いていたのである。

昭和二〇年八月一六日。現在時刻午前五時五〇分。小園は一睡もしていなかった。彼だけではない。ここに集結した海軍軍人たちは、昨夜から休息を許されぬ境遇に叩き込まれていたのだ。

本日未明。合衆国政府は、バルセロナ講和会議にて締結された日米停戦議定書の破棄を宣言し、対日戦争再開を一方的に通達してきたのである……。

帝国海軍が受けた心理的ダメージは大きかった。七月二八日に勃発した対英戦争という難題に、ようやく目途をつけたばかりだったのだ。

シンガポール前面でモントゴメリー将軍を討ち滅ぼし、〈大和〉〈武蔵〉〈信濃〉

の三姉妹が英国戦艦部隊を食い散らかした。これでチャーチルは嫌でも講和の座卓につかねばならなくなる。そう確信できる戦果があがった矢先であった。

第三次太平洋戦争が始まったのは……。

当然だが、日本政府はアメリカとの再対決など望んではいなかった。棚ぼた式に転がり込んできた講和という福音を享受した彼らは、いかにして安寧の時を長引かせるかに心血を注いでいたのである。

イギリスがマレー半島に殴り込んできた際、日本政府が最も恐れたのはアメリカが暴挙に同調する可能性だった。それだけは断じて避けなければならない。外務省は陸海軍に留意を求めた。

しかし、である。衝突は目立たぬ場所で惹起してしまった。合衆国はそれを大義名分にして開戦に踏み切ったのだった。

戦場はペルシャ湾であった。哨戒中の米潜水艦SS－218〈アルバコア〉が、日本空母〈大鳳〉の艦載機によって銃撃を食らい、戦死者まで出す被害を受けた。アメリカはこの一点を楯に取り、正当な開戦理由たりえると声高に主張。対日武力報復に踏み切ったという寸法であった。

問題は、唐突な宣戦布告が正規の手続きに従ったものではなかったことだ。アメリカ大使館からは書状が届けられたが、それは抽象的な表現に終始しており、行間を読まなければ開戦宣言には受け取れぬような代物だった。ありていに言えばメモと称するのが妥当な怪文書だったのだ。

この非常事態に外務省は面目を失った。大慌てでワシントンと連絡を取ろうとしたものの、対米チャンネルは既にすべてが閉じられていた。どうやら外務省は創設以来、未来永劫にわたって無能かつ不運な組織であるらしい……。

小園は憤っていた。ねじ曲げられていく現状と、現状を変えられぬ己にである。

（大西中将も落ちぶれたものだ。元航空屋のくせに敵空母の位置すら目途がつかんとはなんたること。こんな奴が上にいる限り、勝てる戦争にも勝てない！）

心で毒づいたが、小園の思惑は独善的なものでもあった。敵艦隊の位置データは、彼自身にも即答は不能なのだ。帝国海軍は符丁を一新していたのである。

第二次太平洋戦争まで主力として運用されていた〝D暗号〟は廃止され、陸軍式の無限乱数タイプを採用した〝D暗号二式〟へと切り替えられていた。

それにともない、海域指定様式もすべて見直されていた。大西にわからなかったのも当然ではあった。

小園は溜息をついて明るい室内を見つめた。まだ珍しい蛍光灯が卓上を照らしている。自然光に極めて近い発色だ。ともすればここが地下である事実を忘れてしまいそうだった。

彼が顔を出していた場所は地下二〇メートルに位置する空間だ。司令部機能だけに限っても三五〇坪を超えており、なお拡張工事は継続されていた。総面積は誰にも把握できていない。

三浦半島全域に点在する地下施設を利用して、複数の有線回路を確保したため、連絡に不都合はない。外地および内地の随所に命令が下せるそこは、こう呼称されていた。超弩級大本営と……。

(ふん。なにが超弩級だ。その昔ドレッドノート型の大本営でもあったと言うのか。そもそもGF長官が日本にいない現在、ここが大本営である道理などなかろう!)

小園は感じた不満を舌に乗せぬよう必死になっていた。歯に衣着せぬ行為を美徳であると考えていた彼は、現状が歯がゆくて仕方なかった。

誰かが卓上に海図を広げた。東日本太平洋沿岸からウェーク島までを記した詳細なものだ。すぐさま朱色の円が一角に描かれていく。

「東京から七五〇キロの場所だな。具体的には東経一四八度線のあたりだ。つまりアメリカ軍機の行動半径ギリギリ。航空母艦がいても疑問ではない間合いだ。蛟龍の乗員が間違えた可能性はなかろう」

大西はそう言うや、祖鳥少尉艇との連絡を確保せよと命じた。しかしながら返事は渋いものであった。

「第八六号との連絡は途絶状態。短波による呼びかけにも応答ありません」

軍令部次長は顔を歪めながら告げた。

「潜航中かな。もっと敵情が欲しいのだが……」

違う。小園は思った。潜ったのではない。沈んだのだ。そうに決まっている。

(夜ならいざ知らず、いまは払暁ではないか。雷撃を強行した潜水艦が無事ですむ筈がない。まして蛟龍は大して深度のとれぬ小型艦なのだからな。

特殊潜行艇に索敵任務を負わせるというのは小澤長官の発案らしい。特攻兵器として使用しなかったのは英断だろうが、やはり本土決戦用の沿岸潜水艦として温存するのが適切ではなかったか？　戦果をあげた祖鳥少尉には悪いが、必ずしも魚雷攻撃をする必要はなかったのだ。これで敵は警戒態勢を固めるだろう。報告だけにしておいてくれたなら、俺の厚木空で一気に討ち滅ぼせたものを！)

またもや独善的な指向に脳裏を満たされた小園は、しかめ面(つら)の大西へと進言を開始したのだった。

「次長。米空母がここまで来た理由はひとつ。帝都空襲。それに尽きます。各方面航空隊に緊急警報を発して下さい。加えて陸軍航空隊にも連絡を願います！」

大西は一瞬だけ眉を歪めたが、すぐ了承の意を示した。小園の横須賀鎮守府参謀としての肩書きが役立った場面だった。後は待機中の補佐役に頷くだけでよかった。若い一飛曹がたちまち電話に走る。

以後は綾瀬(あやせ)で頑張る飛行長の山田九七郎(やまだくしちろう)少佐が万事うまくやる。ならばこそ俺は俺の仕事をせねばならん。小園は深呼吸をするや、大胆極まりない発言を開始したのだった。

「それから是が非でも攻撃隊の発進命令を頂戴したい。私の三〇二航空隊は二四時間態勢で出撃準備を整えております。稼動機数は戦爆連合一九五機です。全力出撃を敢行すれば米空母艦隊を討ち取ってご覧にいれます！」

しかし、返事はにべもないものだった。

「それは駄目だ。軍令部次長たる自分にその権限はない。命令は連合艦隊司令長官小澤中将が下される。連絡の復活を待つのだ」

「おわかりでしょう！　いまは緊急事態なのです！　GF首脳陣が南洋へ出払って

いる現在、この司令部は機能しておりません。しかも総旗艦〈信濃〉は被弾したというではありませんか。小澤長官御自身が負傷されたとの未確認情報まで聞こえておりますぞ。〈雲龍〉の南雲中将が急報を送ってきたそうですな！」

大西の顔が曇った瞬間を小園は見逃さなかった。彼は一気にたたみかけた。

「これだから駄目なのだ。超弩級大本営だかなんだか知りませんが、責任者が常駐していない場所など司令部とは呼べますまい。指揮官先頭は帝国海軍の伝統なれど、臨機応変を忘れた軍人に、はたして勝者たる資格がありましょうや！　古色蒼然な浪花節で近代戦争が闘えましょうや！」

暴言に近い申し出であったが、大西は柳に風といった調子でそれを払いのけた。

「合衆国が戦闘行動を開始したという確実な報告はまだない。こちらから刺激するのは絶対に避けなければならん。最初の一発は相手に撃たせないと」

甘い。甘すぎる御仁だ。この期に及んで、まだ戯言を口にしている奴に指揮権がある現実が面映(おもは)ゆかった。大西はなおも続ける。

「昭南を攻撃したのはあくまでも大英帝国である。対米戦争はまだ始まっていない。わしはそう信じたいのだよ。自衛戦闘以外はこれを認めぬ。君も独断で動かぬように頼む」

「ですが！　それでは帝都は焼け野原になってしまいます。此度のいくさは絶滅戦争に移行する可能性すら秘めているのです！　最初の一発を撃たせれば、即敗北を意味するかもしれません！」

原子爆弾や反応兵器という表現が新聞を賑わすようになってから、すでに久しい。マッチ軸ほどのサイズの弾頭で街が消し飛ぶという表現は大げさにしても、常識を覆す最終兵器が現出しようとしている事実だけは動かせない。世界列強はその開発に躍起になっているのだ。

大西が小声で反論を始める。

「反応弾か。あれはまだ空想上の兵器だ。完成したとしても巨大すぎて重爆にさえ搭載できぬと聞いているが……」

「ええ。最初は巨大な物体となりましょう。ですが小型化が始まることは必定です。発明の歴史を見れば、ダウンサイジングは常道なのですから。考えてもらいたい。もしも艦載機搭載型の小型反応兵器が量産されていたらどうなります？　いやいや。昭和一七年四月の帝都初空襲を思い返すだけでも結構。米海軍はＢ25を空母から発進させるという荒技を見せたではありませんか！」

周囲の幕僚たちも同調し始めた。あと一歩だ。小園は強引な主張を続けた。

「そもそも我らは既に〝最初の一発〟とやらを放ってしまったのです。特殊潜行艇蛟龍第八六号は、索敵任務から逸脱し、攻撃という選択に到りました。時間の針を逆戻しにすることはできません。後はとことんやるだけでしょう！」

大西は押し黙った。目尻と指先、そして両膝が小刻みに震えている。小園には上官の心理が手に取るようにわかった。責任者たる現実に畏怖を感じているのだ。

無理もあるまい。アメリカという国家の底力を思い知らされた現在、開戦発令には無限に近い度胸が必要だ。武者震いして当たり前だった。それを思えば戦死した山本五十六(やまもといそろく)元帥は肝が据わっていたわけである……。

そんな頃合だった。いきなり伝令が飛び込んできた。通信兵は大声で報告を開始する。

「観音崎(かんのんざき)電探基地より通信。未確認飛行物体多数、帝都方面へと接近中。距離八〇。機数不明。されど小型機集団のもよう！」

小園は専門家として鋭く状況を分析した。

「分散して来ましたな。それも超低空です。まずはこっちの電探基地を潰し、本命の攻撃隊を迎え入れる手筈でしょう。時間もよく考えてあります。夜明けと同時に空襲を開始できる場所を占めるつもりです。

アメリカは行き当たりばったりではなく、練りに練った奇襲計画に基づき、意図的な侵略を開始したのです。次長！　我らは反撃せねばなりません。今なら敵空母の護衛は少ないはず。さあ御命令を！」

地下という密室に充満した雰囲気が小園の味方をした。大西瀧治郎は遂に折れたのである。

「わかった。怨敵を討ち滅ぼせ」

会心の表情を浮かべている筈の自分に苦笑しつつ、小園大佐は黒電話を掴んだ。交換手を通さず、暗記している番号を回すや、受話器へと話しかける。

「俺だ。厚木空だな。大至急、副長の菅原中佐を呼べ……おう、貴様か。小園だ。攻撃目標は敵空母艦隊。こちらでも確認した。全力でやれ。手筈どおりにな！」

2　新世代艦隊防空戦

敵本土空襲。

それは完全な奇襲が成功しないかぎり、攻め手も相当な被害を覚悟しなければならぬ戦闘行動である。軍事作戦では殴るほうが常に有利だが、優劣が覆される実例もあるのだ。

一九四〇年の初夏から晩秋にかけて、それは現実化した。英都ロンドンはドイツ空軍（ルフトヴァッフェ）による連日連夜の空襲を受けたにもかかわらず、しぶとく生き残った。根負けしたのは侵略者のほうであった。

英国本土航空決戦（バトル・オブ・ブリテン）で凱歌をあげたチャーチルだが、勝因は明確だ。敵編隊の動向をいち早く掴み、迎撃ポイントに戦闘機隊を誘導できたこと。それに尽きる。

こんな芸当を可能としたのがレーダーと呼ばれる電波の目だった。受け身の兵器として蔑まれた過去もあったが、持ち得た利便性が判明すると同時に、列強は開発に予算を投入し始めたのだ。

日本もだ。電波探知機という和名のもと、実用性向上に躍起になっていた。

その動向はアメリカ太平洋艦隊も把握していた。日本本土、特に首都方面に張り巡らしてある警戒網は油断できない。合衆国は富める国ではあるが飛行機は無尽蔵ではない。なにより前線までの距離が問題となる。

ドーバー海峡を横断すればよかったヒトラーとは違い、日本近海まで空母を運行させねばならぬリスクがあった。

だからこそレーダーサイトと周辺施設は優先攻撃目標とされたのである……。

＊

「攻撃隊βグループ指揮官オリオン中佐より通信です。暗号符丁〝フジフジフジ〟を受信。三浦半島における日本拠点への空爆に成功したもよう！」

大捷を約束する報告に戦闘指揮所は沸いたが、参謀長バーク大佐は渋面を崩さなかった。戦火拡大のチャンスを逃した焦りのほうが強かった。

（本当なら、いまごろは首都空襲成功の吉報をワシントンに打電できていた。指揮官が臆病だと、補佐役は苦労させられる。あと一歩踏み込んで下されば、まだ手の打ちようがあるのに。ボスはさっき覚醒したようにも思えたが、あれは幻にすぎなかったのか？）

バークは恨めしげな視線を司令官へと向けたが、ハルゼーはそれに一切気づかず、戦況表示ボードを凝視したまま尋ねた。

「戦果はいい。問題は被害だよ。ジャップの邀撃機は出てきたか？　こっちは何機食われたのだ？」

返事はすぐにもたらされた。

「残念ながら奇襲効果は薄かったもようです。敵は五〇機強の戦闘機を上げておりました。雷電(ジャック)や零戦(ジーク)が主力ですが、隼(オスカー)と飛燕(トニー)も確認できたようです。護衛戦闘機隊はこれと交戦。約半数を撃墜した模様。現在、攻撃隊は帰途にあり……」

「流石はボートF4U〝コルセア〟ですな！」

バーク大佐は通信参謀を遮ってから続けた。

「訓練と整備が行き届いた新鋭機ならジャップなど物の数ではないことが証明されましたぞ。これに乗じα隊も出撃させましょう。現在はチップを積み上げるべき時だと思います！」

バークは日本人蔑視論者ではなかった。これまで意図的にジャップという表現を廃し、敵(エネミイ)という単語を使ってきた。

そんな封印を自ら解いたのは『キル・ジャップス！』というキャッチフレーズを愛用していた提督を焚きつけるために他ならなかったが、ハルゼーの返事は芳しくなかった。第六二任務部隊指揮官はこう告げるにとどまったのである。

「その前に損害が気になる。交信が途絶えた機数はどのくらいになる？」

両耳に黒いレシーバーを装着した船務長が告げた。CICの監督責任者だ。

「所在が確認できない機体は約五〇機。すでにβ隊は退避に入っておりますから、これ以上増えはしないはずですが……」

ハルゼーは小さく頷いた。その表情は柔和で、本当に満足げだ。

参謀長のバークには上官の顔が緩んだ理由もわかった。攻撃隊が無事帰還する率が増えたことを確信したからに違いあるまい。

旗艦〈エセックス〉を筆頭に、αグループに所属する六隻の母艦からは一二〇機の戦闘機隊が出撃を終えていた。

これは上空直衛任務機(CAP)ではない。帰投するβグループ飛行集団をつけ狙う送り狼を艦隊に接近させぬように、ハルゼーが送り出した用心棒なのだ。その内の四割は超最新鋭機である。辛うじて間に合ったニューフェイスであった。

(緩降下投弾も可能な戦闘爆撃機がこれほど揃っているのに、それらを防御のみに使うとは贅沢にもほどがあろう。空襲を受けたとしても、輪形陣と対空砲火で防ぎきれるはずだが……)

忸怩たる思いを抱いていたバークに、ハルゼーはこう尋ねてきた。

「出撃二一八機のうち、五〇機が脱落か。ミスター・バーク。被害率はどのくらいだね?」

参謀長は得意の暗算で結果を弾き出す。

「約二二・八％です。これは想定の範囲内。いまからでも遅くありません。第二次攻撃隊を！　第一波がレーダーサイトを潰したなら、次は奇襲が成功しましょう。被害は軽減され、戦果は拡大しますぞ」

「いや。五〇機という被害は楽観的数字だろうよ。なにより第二波のほうが第一波よりも損害を蒙ることは、過去の戦史が証明しておる。攻撃隊収容後、我らは針路反転する。この基本方針に変更はない」

「それならレーダーサイトを潰した意味がありません！　一撃で引き上げるのなら最初から湾港設備を重点的に狙うべきでした！」

不遜な言い分であることは自覚できていた。部下の態度に敏感なハルゼーは、不機嫌そうな声でこう返してきたのだった。

「参謀長、熟慮したまえ。ジャップのレーダーサイトを潰すのは意味ある行為だ。絶好の示威行動になるではないか。連中はこれで自覚する。首都圏の防空システムが不完全だったという現実を。我らがその気になればトーキョーを燃やし尽くせることをな」

バークを片手で制したハルゼーは〈エセックス〉艦長に向き直り、こう尋ねた。

「マクベイ大佐。敵潜はどうなったのだ。先ほど撃沈した一隻だけとは思えんぞ。

ジャップとドイツは旧同盟国の関係だ。もし群狼戦法（ウルフパック）を導入していたなら、状況は厄介になる。僚艦〈バンカーヒル〉の足を奪った奴らだ。同じ悲劇を繰り返してはならん。さらに対潜警戒を厳にするのだ！」

*

幸か不幸か、ハルゼーの想像は外れていた。

死亡したヒトラーの後継者、すなわちドイツ第三帝国新総統のエルヴィン・ロンメルは、日独伊三国軍事同盟の解体を宣言しており、一切の対外軍事援助を禁じていたのだ。

つまりUボート活用の妙を見せたドイツ海軍自慢の美技——群狼戦法（ウルフパック）は、東洋には伝授されていなかった。日本海軍は、別方向から潜水艦隊の活用法を見出そうと画策していた。

行き着いたのが索敵だった。本土へと接近する敵艦隊をキャッチするための早期警戒網が解答だった。それまで簡便な対空砲を設けた漁船が、この任務に携わっていたが、犠牲が大きすぎたため中止となっていた。昭和二〇年夏に代役として活躍していたのは、新開発された小型潜水艦だった。

これが蛟龍だ。

日本海軍は甲標的と呼ばれる特殊潜行艇の開発と運用に力をいれてきた。蛟龍はその最終進化型とでも表現すべき優れた艦であった。

乗員五名。活動可能日数五日。全長二六・二メートル。全没排水量わずか六〇トン弱という豆潜水艦であるが、性能は悪くない。

まずは水上速力八ノットで一八〇〇キロ前後を航行できるのが強みだった。蓄電池だけに頼っていた甲標的と違い、これだけ動ければ運用に幅が出る。蛟龍を哨戒艦として運用し、乗員の技倆向上に努めよと命じたのはGF長官小澤治三郎中将だったが、これはけだし英断であった。

艦首には四五センチ魚雷発射管を二発備えており、一定の攻撃戦力としても期待できた。沿岸用の潜水艦としては望ましき性能を備えていたと評価できる。構造も各部で簡略化されており、大量生産にも適していた。帝国海軍はこれを八月下旬までに二五〇隻用意すべく動いていたが、完成したのは半数程度であった。とりわけ特製の四五センチ魚雷の納品が遅れがちなのが頭痛の種であった。

ハルゼー艦隊が遭遇したのは、横須賀沖合を放射状に散開して進む一二隻の蛟龍哨戒隊の一隻だった。

乗員訓練を兼ね、三浦市油壺の地下基地から発信した第八六号祖鳥正好少尉艇である。彼は西進する米機動部隊を発見するや、エセックス型空母を海面下から狙撃したのだ……。

誤解する向きも多いため明記しておくが、蛟龍は絶対に特攻兵器ではない。生還を大前提としたフネであった。

しかし、被害が大きかった事実も否めない。現に祖鳥艇も〈バンカーヒル〉に魚雷一を命中させた直後、三桁にもおよぶ対潜爆弾を投げ込まれ、海の藻屑と消えてしまったのだから。

＊

「ピケット駆逐艦〈アンソニー〉より緊急警報！　敵機大編隊。戦爆連合八〇機。本隊へと向かう！」

ＣＩＣ内部に鳴り響いた非常警報にバークは思わず表情を歪めた。

「こいつは送り狼じゃありません。連中はこちらの位置を把握し、的確に攻撃隊を送り込んで来たのです」

参謀長の報告に、ハルゼーも同調して語った。

「ジャップの潜水艦は撃沈寸前に短波を発していたな。それが敵機を呼んだわけか。やはり油断のならん連中だよ。対空戦闘準備は完了しているな？」

「もちろんです。上空警戒機は一一五機。あと一二分で発進を終えます。どうせ連中は空母しか狙ってきませんから、戦闘機誘導所（FDS）にはその旨を強く申し伝えておきました」

満足できる対応のはずだが、ハルゼーは不服そうな視線で円形の航空機表示板を睨みつけ、低い声でこう呟いた。

「繰り返すぞ。ジャップは本当に油断がならない相手だ。それを忘れるな。たしかにセオリーを墨守するのが連中の癖だが、この一年で宗旨替えをしていないという保証はない！」

再びの入電。ＤＤ－５１５〈アンソニー〉からだ。

艦隊前面一八〇キロの海域に単騎進出し、レーダーで敵機発見を試みる駆逐艦である。敵機発見の続報かと思いきや、今度のそれは悲鳴だった。

『本艦は日本軍機の集中攻撃により、直撃弾二発が前甲板にて炸裂。大火災発生。消火不能と判断。自力航行不能。以後、任務続行は不可能！』

バークは無気味な焦燥感を抱いていた。見逃しても大勢に差し支えない小型艦をなぜ狙うのだ？

その解答は、猪武者として知られていた海軍提督から発せられたのだった。

「ジャップは手口をチェンジしたようだぞ。まずは外堀を埋め、重要目標の空母を裸にするつもりなのだ。被害を少なくして勝利する路を模索したのだろう。

ここは敵本土に隣接する海域ではないか。第二波、第三波が襲来するのは当然である。第一波はまずこちらの防御力を奪うつもりなのだろう。対空戦闘準備を急げ。ジャップは二〇分で来るぞ！」

＊

ハルゼーの予測はことごとくが的中した。

それから一八分後に姿を見せた日本海軍機は、戦闘機が四一に爆撃機三七という軍勢だった。

第六二任務部隊は手持ちの全戦闘機を空に上げた。ハルゼーは高角測定用ＳＭレーダーで日本機の高度と方位を摑んだのち、常に優位な位置からこれを襲撃させたのだった。

機械的に誘導されたコルセア戦闘機は、翼に仕込まれた六挺もの一二・七ミリ機銃を稼動させ、襲来した日本機を食いまくった。しかし、そのすべてを押し止めることは無理だった。いつの世もそうだが、完璧な防空網の形成など不可能に近い。果敢に間隙を衝いて攻め寄せた日本機が複数存在したのだ。

後にシスティマティック・バトルと呼ばれた防空戦闘が開始された。ＶＴ信管がフル装備された高角砲弾が高空にて炸裂する。その鏃を指向させていくのは両用砲射撃管制レーダーMk12に、高度測定レーダーMk22だ。

射撃方位盤Mk37に載せられているそれらは満足ゆく成果を残した。特に海面すれすれを飛来する雷撃機は、多数が投弾する暇もなく撃破されていった。

しかし、第六二任務部隊も無傷とはいかない。ハルゼーの読みどおり、日本機は無理をせず、攻撃が容易な艦隊外周の駆逐艦に狙いを絞ってきたのだ。

攻撃されたフネの多くはフレッチャー級駆逐艦だった。新型ながら、やはり小型ゆえに防御は薄い。たちまち二隻が沈められ、一隻が行動不能に追いやられた。

これが進化発達型のギアリング級であったなら、被害は少なかっただろう。後甲板の魚雷発射管を全廃し、対空火器を増設したタイプだ。残念なことにエセックス級空母と同様、予期しない停戦がギアリング級の命脈を絶ってしまった。その建造計画は、大半が白紙に戻されていたのである。

輪形陣外縁の駆逐艦は必死に抵抗したが、敵機の技倆と意地がそれを上回った。一年以上のブランクこそ生じていたものの、日本海軍はやはり無謀かつ勇敢なままであった……。

また各空母のCICは極度に混乱していた。

敵襲とタイミングを合わせるかのようにβ攻撃隊が帰投してきたのが痛かった。空襲を受けなかった四隻の母艦に着艦するよう命じてあったが、自主的に防空戦に参加する者も多く、機数の上ではアメリカ側が圧倒的優勢となった。

ここで問題となったのが迎撃機誘導システムである。アメリカ海軍のそれは万能と評価される向きもあるが、やはり限度はあった。

CIC内部に縦に設置されたガラス板に、敵味方の機位を書き込んでいく仕掛けだが、結局は手作業である。機数が増えれば対応不能となるのは当然だった。

　実は、この欠点は以前から指摘されていた。輪形陣の分散や、旗艦にて監督する迎撃機の数を限定し、他空母へ振り分けるといった対策が検討されていたが、確固たる結論は出ていないのが現状だった。

　β攻撃隊の帰投組が加勢してくれたのは実に頼もしかったが、戦闘機誘導所（FDS）にとってはありがた迷惑な話であった。

　戦場における管理監督がさらに複雑化したためである……。

＊

「本艦直上に大型機！　急降下開始！　来る！　来るッ！」

　空母〈エセックス〉のブリッジに絶叫が響いた。すべての対空火器が頭上の敵機に向かって吠える。艦橋周辺に増設されているボフォース四〇ミリ四連装機銃も、全門が狂ったように弾をはき出し続けていた。

　それをハルゼーの怒号が後押しした。

「くそったれめが。最終防衛ラインを突破してくるとは腕のいい奴だぜ！　しかし、すぐに敏腕パイロットだったと言われるようにしてやる！」

横でそれを聞いていたアーレイ・バークは、戦場の空気に触れたハルゼーが覇気を取り戻した現実に感謝していた。ボスは戦略家たろうとしているが、まだ戦術家としての色彩も忘れてはいないのだ。

両名はCICからブリッジの防空指揮所へと戻っていた。やはり艦単位の指揮はここのほうが執りやすい。双眼鏡を覗いていたバークは、観察結果を口にする。

「ハルゼー司令！　あれは銀河(フランシス)に違いありません。一式陸攻(ベティ)の後継機！　新型の双発雷撃機です！」

一年の停戦期間の間も合衆国は情報収集の努力は怠らなかった。彼らは日本国内に諜報員を送り込み、開発中の艦船および軍用機を調べ上げていたのだ。特に大陸戦線から撤退した帰還兵には、中華系アメリカ人が多数紛れ込んでいた……。

太平洋艦隊は脅威を分類する必要上、新型機にもコード・ネームをつけている。フランシスは陸上攻撃機という日本独自の機体であり、ことさら要注意対象に指定されていた。ハルゼーは迫る敵機を凝視して叫ぶ。

「雷撃機だと。事前情報に間違いがあったな。魚雷を抱いたマシンがあんな角度で降下してくるわけがない！」

バークは脳内で勘案した。爆撃機には、すべからく急降下性能が付加されていなければならんと主張したのは故ヒトラー総統だが、日本人もその真似をしたのか。それとも、まさかとは思うが体当たりを強行する気か！

「敵機投弾を確認！　同時に引き起こしにかかりましたッ！」

最悪の想像が外れたことを耳にしたバークは、ここに事実を悟った。なんということだ。銀河は多目的機であったわけか！

落ち着いたハルゼーの声がブリッジに鳴り渡る。

「ふん。勇敢だが技倆が追いついていない。敵弾が細長く見えるだろう。あれなら当たらんのだ！」

歴戦の空母乗りならではの鋭い観察眼であった。銀河が放った一撃は、旗艦〈エセックス〉の艦尾から五〇メートルの海面に突き刺さり、派手な水煙を上げただけであった。敵失を喜ぶ声が周囲に満ちたが、それはハルゼーの新たな怒号によって遮断された。

「油断するな！　また来るぞ！」

司令の言うとおりであった。投弾後の引き起こしが完了すれば一目散に脱出するのが急降下爆撃機のセオリーであろうに、敵機は針路を〈エセックス〉へと向けているのだ。

時速五〇〇キロという信じがたい速度で突っ込んできた大型双発機は、スマートな機首を上げながら〈エセックス〉の上を舐めるように飛び去った。それと同時に衝撃が断続的に艦を襲う。なにかが飛行甲板に打ち込まれたのだ。

バークは甲板に視線を投げ、そして仰天した。チーク材が横張りされた木造飛行甲板に、大穴がいくつも開いているではないか。まるでミシンで乱雑に縫われた雑巾だ。これではとても艦載機発着艦は覚束ない……。

前方に飛び去った銀河は、艦首に特設された四〇ミリ機関砲によって撃破され、もんどりうって海面に墜落したが、航空機運用能力を奪うという重要な目的は果たしたわけである。

「ちくしょうめ！　あれはジャップの機銃掃射機だったわけか。この弾痕からして二〇ミリじゃない。もっとでかい弾だ！」

ハルゼー提督はなおも苛立たしげに叫ぶ。

「しかし、わからんな。連中はどうやって撃ったのだ？　俺の目には敵機は上昇に転じようとしていたように思えたが。薄汚いジャップ野郎め。またトリックを使いおったな！」

確かにトリックは存在した。

＊

空技廠が送り出した陸上爆撃機〝銀河〟は、真の意味で多目的機だった。雷撃、急降下、水平爆撃の三役をこなすだけではない。電探と機銃を増設するや、夜間戦闘機としても運用可能な万能機だったのだ。

空母を撃った仕掛けは単純なものだ。陸攻銀河の爆弾倉後方に設置された一門の機関砲である。口径三〇ミリ。エンテ翼機として名高い一八試局地戦闘機〝震電(しんでん)〟の主兵装として用意されていた火砲を転用したものである。

それこそが斜銃(ななめじゅう)だった。厚木航空隊司令の小園安名大佐が心血を注いで開発した新兵器だ。

昭和一八年四月。第二五一航空隊司令としてラバウル基地に進出していた小園は、B17対策として死角から狙撃する戦法を思いついた。敵の下部後方から攻撃すれば安全かつ効果的なはずだ。

もともと小園自身も戦闘機乗りであり、主張には説得力があった。方々に自説を説き、夜間戦闘機〝月光〟という形でそれを実現させたのである。

斜銃装備の月光が戦果を上げはじめるや、小園はますます自信を抱いた。

内地に帰還した後も、夜間戦闘機には斜銃が必須であると主張し、それを下向きに装着すれば、対地掃射ならびに対艦攻撃にも役立つと叫んだのである。

七・七ミリや二〇ミリ機銃では撃ってもタカが知れている。しかし、三〇ミリの焼夷徹甲弾なら、かなりのダメージを与えられるはずだ。急降下爆撃の駄賃として敵艦を狙撃すれば、相手に損害を与える可能性は倍増する。やるべし！

小園の持論は〝銀河〟にて結実した。空母〈エセックス〉の飛行甲板を破壊したのは、彼の執念だったと言えるだろう……。

＊

バーク参謀長は、乳白色の煙をあげる木造飛行甲板を恨めしげに眺めつつ、損害と応急修理に関する報告書を一読した。

飛行甲板だが、穴さえ塞げば発進は可能らしい。ただし制動索の半数が切断されたため、着艦には難があるとの説明だった。加えて右舷側カタパルト破損。これは応急修理は不能。第一格納庫にて駐機中だったコルセア四機が全損。ヘルダイバー三機が中破。戦死二九名。甲板復旧には三時間が必要……。

要点を掻い摘んでハルゼーに進言すると、艦隊司令官は渋面のまま、こう呟いたのだった。

「三時間か。その間ジャップが飛来しない保証はないな。僚艦の被害は？」

「沈没したのは駆逐艦〈アンソニー〉〈サッチャー〉〈エリソン〉のみです。またサムナー級の〈ボリー〉が航行不能状態にあるようです」

「空母は全艦無事なのか？」

「ノー・サー。〈バンカーヒル〉が直撃弾一発を艦首に受けました。速度はさらに落ち、一九ノットが限界との連絡が入っております」

ハルゼーは深みのある表情を見せ、大きく溜息をついた。なにやら悲壮な決意を固めたようにも思える様子であった。

「仕方がない。そんな鈍足では逃げられん。損切りをやるべき場面だ。〈バンカーヒル〉を艦隊から離脱させる。駆逐艦六隻を警戒につけろ。それと上空直衛もな。ローテーションを組んで護衛をさせるように」

バークは顔を強張らせた。ハルゼーはここに〈バンカーヒル〉を置き去りにするつもりなのだ！

「それはあまりに無情です。私にはとてもベストの策とは思えません！」

「俺も同感だ。ベストの選択は〈バンカーヒル〉に総員退去を命じたあと、駆逐艦の魚雷で自沈させることだろうぜ。幸か不幸か天候は悪化しつつある。ジャップの第二波攻撃が空振りに終わる可能性だってある。〈バンカーヒル〉も運さえあれば生還できよう」

　毒舌を制しようとしたバーク大佐だったが、ハルゼーは語気を荒げて続けたのであった。

「いいか！　俺には任務がある。このかけがえのない機動部隊と貴様たちを次の戦場へ引きずっていくという任務がな！　そのためなら恨まれても構わない。一隻を助けようとして全滅することだけは避けなければならん。ミスター・バーク。君に逃走経路の選択を命じる。αおよびβ艦隊は三一ノットでハワイ方面へと脱出するから、経済コースを提示してくれたまえ」

「ハワイ方面ですと？　まさか帰投されるのですか？　日本本土を空襲しつつ南下を続け、スプルーアンス提督の第六一任務部隊と合流するというプランはどうなるのですか！」

「参謀長。以下の事実を認識したまえ。我らはすでに任務を果たした。日本本土に実弾を落とし、両国が戦争状態にあると宣言したではないか。これで目標は終えたも同然なのだ。

そして確認もしたぞ。日本が戦時態勢に入り、我らを待ち受けていたという事実をな。強行偵察艦隊としては満点に近い成果だ。あとは被害を最低限に抑えることを考えねばならん」

真意を捉えかねる発言であったが、艦隊が危機的状況に置かれているのは認めざるをえない。

バークは決意した。生き延びた後で絶対にハルゼーの本音を問い糾してやると。

「イエス・サー！　アーレイ・バークは、これより輪形陣の組み直しと航路設定の任につきます！」

第七章　複合戦線

1　旗艦空母

「長官がお目覚めになられたぞ！　無事だ！　ご無事だ！」

若い二等水兵が甲高い声でそう叫びながら、灰褐色の通路を全速で駆けてきた。

永須紫朗二飛曹は、まだ男の子と称したほうが適切と思われる相手を押し止め、真意を糾す。

「おい、本当か？　小澤治三郎中将が、間違いなく意識を回復されたのか？」

相手は肩で息をしながら答えた。

「絶対です。軍医長から直接聞きました。意識も非常にはっきりしておられます。すぐ通信室に伝え、全艦に放送せよとの指示を受けました！」

「よかったじゃねえか。一時はどうなることかと思ったが、やっと話のわかる御仁が出てきてくれたわい。永須よぅ。ワシらの言うことが嘘じゃないと信じてくれるのは長官だけじゃ。さっそく直談判に行こうぜよ！」

一方的にそう言ったのは後関磐夫一飛曹である。永須の同僚であり、兄貴格だ。口と手は悪いが、飛行機を操らせれば腕のたつ軍人だった。

後関は少年めいた二水に向かい、病室へ案内しろと命じたが、相手はにべもなく首を横に振った。

「駄目です。まだ長官は絶対安静なのです」

「危急の事態なんじゃい。どうしてもお耳に入れねばならんことがある。つべこべ言っとらんと、さっさと案内せんか！」

後関は相手の襟首を摑んだ。下手をすれば、殴り飛ばしてしまいそうな勢いだ。永須二飛曹は二等水兵と後関の間に割って入り、短く尋ねた。

「君の名前は？」

「荒錦です。荒錦二水であります」

「では、荒錦二水よ。よく聞くのだ。俺たちは飛行機乗りだ。この艦に降りた直後に嫌なモノを見た。戦の流れを左右しかねない重大事項を目撃してしまったのだ。もし真実が長官のお耳に入るまでに時間を要したなら、帝国は滅ぶかも知れない。

もちろん貴様にも咎は及ぶ。下手をすれば軍法会議ものだろう。俺も兄ぃも物覚えはいい。貴様の名前を忘れたりはしない……」

暴力と脅迫に少年兵が耐えられるわけもなかった。荒錦二水は通信室へ出向いたあと、すぐ医務室に案内すると言ってくれた。素直すぎる反応に永須は少しばかりの安堵感と、そこはかとない罪悪感を同時に覚えたのだった。

永須と後関は、あまりにも広すぎる第一一〇号艦こと〈信濃〉に辟易していたのである――。

状況は、悪化の一途を辿っていた。運命の悪戯で〈信濃〉に着艦していた後関と永須だが、このフネは五体満足ではなかったのだ。

まず砲戦距離に飛び込んできたイギリス戦艦〈ハウ〉の猛射を受け、艦尾を痛打されていた。起倒式飛行機収納クレーンが吹き飛び、左舷後部の第八機銃群が全滅していた。

護衛に従事する戦艦〈大和〉〈武蔵〉が敵艦を屠り、一服したのも束の間だった。

今度は日没直前の空襲で直撃弾を受け、手痛い損害を蒙ってしまった。

被弾自体は大したことはない。新鋭の装甲空母として〈大鳳〉と同列に置かれる

〈信濃〉は、敵の急降下が投擲した対艦爆弾を楽々と弾いた。飛行甲板の八二％を覆う七五ミリＮＶＮＣ甲鈑は、伊達ではなかったのである。

だが、破片と爆風は凄まじかった。生身の人間に耐えられるレベルを超えていた。永須たちが座乗していたファイアットＣＲ32は木っ端微塵に砕け散った。遠路遥々ヨーロッパから運んできたイタリア機は、二機とも命脈を絶たれたのだ。

損害はそれだけではない。さらなる一撃が〈信濃〉の中央を襲った。

新型と思われる敵機が低空で侵入するや、翼端に抱えていた噴進弾を発射したのである。

標的は巨大な島型艦橋だった。電探装備の信号マストと雨水カバー装備の煙突が根本から崩れ、頭頂部は赤々と炎上した。応急班が消火に努めたものの、配置員は全滅に近い有様だった。

艦長阿部俊雄大佐をはじめ、首脳陣の大半が戦死した。陣頭指揮のため座乗していたＧＦ長官小澤中将もまた頭部に重傷を負い、意識不明となってしまった。

被弾後一二時間が経過したにもかかわらず、横須賀の超弩級大本営と連絡がつかなかったのは指揮系統が瀕死状態だったからだ。護衛として同行していた〈大和〉〈武蔵〉の姉妹にも、なす術（すべ）はなかった。

混乱した状況に輪をかけたのが、襲来した敵機の目撃情報であった。その翼には大きな星のマークが描かれていたというのだ。

そう主張したのが後関と永須であった。彼らは誰彼かまわずに摑まえて叫んだ。敵機の翼に刻まれていたのは断じて円形紋章(ラウンデル)ではなかった。絶対に英軍機ではない。アメリカ野郎だと。

歯がゆいことに彼らの主張は受け入れられなかった。極度に混乱した〈信濃〉では敵機のマーキングなど些末な情報として扱われてしまったのである。

二人は一睡もせず、指揮官代行を求めて艦内を歩き回ったが、見出せないままにやがて夜が明けた。巨艦は〈大鳳〉で慣れていたとはいえ、〈信濃〉は勝手が違いすぎた。

まるっきり迷路である。迷子になり途方に暮れていた後関と永須は、艦内通路を走ってきた少年兵に気づいたというわけであった……。

仕官用病室は中甲板の左舷側に位置していた。

当然だが個室だ。こちらの言い分に耳を貸してくれそうな人物は、ベッドの上で半身を起こしていた。小澤治三郎——現連合艦隊司令長官である。

常に海上に身を置いてきた実戦派の提督として、現場の水兵から厚く信頼されている軍人であった。また陸軍とも良好な関係を築くべく、心を砕いていた男でもあった。

指揮官先頭をモットーとする上官を永須二飛曹が嫌うわけもない。彼は緊張した面持ちの後関一飛曹と一緒に、丁寧な敬礼で病床の提督に相まみえたのである。

長官は重傷だった。頭には包帯が幾重にも巻かれており、右目だけ露出している。一歩間違えればミイラ男だ。軍医長安間（やすま）孝正（たかまさ）少佐は面会を許そうとしなかったが、こちらの名前を聞いた小澤中将が、是非に会わせろと言い張ったのだった。

永須と後関は、マリアナ沖で〈大鳳〉の危機を救った戦闘機乗りだ。ならば話を聞かぬわけにもいくまいと……。

「すると襲来した敵機は米軍機だったというのか。にわかには信じがたい話だ」

小澤中将は言葉を詰まらせながら続けた。

「俺も艦橋から見た。噴進弾を発射してきたのはアヴェンジャーでもヘルダイバーでもなかった。イギリスの新型機だと思ったが、被弾の衝撃で気を失ってしまったからな……」

「噴進弾の前に急降下爆撃の洗礼を受けたでっしゃろ。あれにもアメ公のでっかい白星が刻まれておりやしたぞ！」

後関が永須を押しのけるようにして話した。小澤長官は片眼でこちらを凝視してから呟く。

「機種はなんだ？　バルセロナ講和会議で米英の空母を視察してきたお前たちだ。現役搭乗員としての意見を聞かせてくれんか」

後関は口籠もった。直情人間ゆえ、論理だった説明は苦手なのだ。兄ぃの代役を果たさねばならぬと実感した永須二飛曹は一礼してから話し始めた。

「最初に急降下爆撃を強行した相手は明白です。カーチスのSB2Cヘルダイバーでしょう。恐らく強行偵察機。太平洋艦隊はミッドウェー海戦より前の段階で艦爆を索敵機として運用していたと聞きます。その流れを汲むモノに相違ありません。私も星条旗の紋様をまざまざと目視しました。

問題は〈信濃〉の艦橋を痛撃した相手です。あれは私にもわかりません。かなりの大型機でしたから、艦攻か艦爆だとは思いますが」

「馬鹿いえ。あんな高速で突っ走れるのは戦闘機だけだぜよ！」

後関の否定論にも永須は屈しなかった。

「兄ぃ。それは違う。戦闘機にしては巨大すぎたじゃないか。〈大鳳〉に着艦してきた烈風でさえ、あんなサイズではなかった」

「ならば多目的機だな」

ぽつりと呟いたのは小澤長官だった。

「艦攻と艦爆のいいとこ取りを模索した複合タイプだ。我々も艦上攻撃機〝流星〟という機体を造りあげている。それと同系列の飛行機だろう。空母搭載機は種類を抑えたほうが運用や整備が楽になるからな。どの国も考えることは一緒か。間合いを開けなかったところから推して、そいつも米軍機である可能性が高い」

小澤長官は軽く咳き込んだあと、こう話した。

「英空母は陸攻隊が叩いたと報告があった。やはりイギリスが相手ではないのだな。どうにかシンガポールを死守し、チャーチルに講和を強要できるだけの戦果を手に入れたつもりだったが、徒労に終わったようだ。

君たちの目撃情報が本当だとしたら状況は最悪に近い。合衆国はもういちど対日戦争を始めるつもりだ。第三次太平洋戦争をな……」

中将のままGF長官となった男は、なおも包帯の下から重低音を響かせた。

「さっき耳にしたが、今朝未明に我らは第二機動艦隊と合流したらしいな。報告がまだ入らぬが、誰か見た者はおらぬのか」

後ろで鯱張っていた荒錦二水が、一歩前に出てから進言した。

「先ほど〈信濃〉に接近してきた友軍空母を目撃しました。数は五隻。艦名まではわかりませんが、旭日軍艦旗がはためいておりました！」

「ふむ。〈雲龍〉〈天城〉〈葛城〉に城島中将の〈瑞鶴〉〈翔鶴〉か。命令を伝えてくれ。輪形陣を組ませて北上だ。いまは戦線の整理と、敵を見極めることを優先しなければ。俺はこのザマだ。指揮権を第二機動艦隊の南雲忠一中将に渡す。奴ならば万事無難にこなすだろう。その旨を〈雲龍〉に伝えてくれ」

小澤が言い終わると同時に、病室のドアが勢いよく開け放たれた。

転がり込んで来たのは、連絡板を握りしめた若い中尉だった。通信士官らしい。

彼は室温を急激に下落させる一言を叫んだのだ。

「長官、一大事です！　本土が……横須賀が米軍機に空爆されましたッ！」

永須二飛曹は見た。小澤長官が残された片眼を閉じる瞬間を。そこに光ったのは無念の涙に違いあるまい。

「落ち着いて状況を報告せよ。海軍士官たる者、いかなる場合も冷静さを失うな」

「は……はいっ。超弩級大本営からの緊急電です。名義は軍令部次長の大西瀧治郎中将。電文は以下のとおりであります」

中尉は深呼吸してから朗読を開始した。

『本日八月一六日未明。三浦半島全域に敵機襲来す。迎撃戦闘機隊は奮戦するも、各電探基地は集中攻撃を受け、いずれも機能停止状態。敵編隊は千葉県沖合七五〇キロの海域より飛来せり。発進元は空母一〇隻からなるアメリカ機動部隊。

我がほうも反撃す。哨戒潜水艦蛟龍の奮戦と厚木航空隊の総力をあげた空襲により、敵空母二隻を撃破。駆逐艦三を撃沈。米艦隊は西方へ逃走中のもよう。なおも第二波攻撃隊を準備中。南洋に進出中の全空母艦隊はすみやかに小笠原方面へと急行し、航空決戦に備えられたし！』

報告終了とともに、病室はあらまほしき静寂さを取り戻した。やがて永須二飛曹は、無念という表現を突き詰めたかのような声を耳にしたのだった。

「我々はアメリカを敵に回すというあやまちを繰り返してしまったのか。また陛下と国民に負担を押しつけてしまうのだろうな……」

小澤中将は、そう言うなり口を噤んだが、やがて勢い込んだ調子を取り戻した。怪我人とは思えぬほどの音量で彼は命じたのだ。

「ひとたび始まったからには勝つことを考えねばならぬ。南雲中将に伝えよ。超弩級大本営からの命令に従い、索敵を敢行しつつ北東に針路をとれと！」

通信士官が病室から走り去った直後、入れ替わるように別の将校が入室してきた。相手の顔を見るなり、小澤は妙に嬉しげな声をあげた。

「おお、荒木君か。無事だったか」

後でわかったのだが、彼は〈信濃〉通信長の荒木勲中佐だった。被弾時は通信室にいたため、運良く難を逃れたらしい。首脳陣では数少ない生き残りだ。

荒木中佐は一礼してから用向きを述べた。

「遣欧使節艦隊旗艦〈大鳳〉より入電しました。全権代表米内光政大将からです」

通信長は甲高い声で朗読を開始したのだった。

『午前八時。本艦は米軍機と思われる敵機大集団の空襲を受けた。直撃弾一発。損傷軽微。現在もなお対空戦闘を継続しつつ、スンダ海峡方面へ進撃中。されど上空直衛機の懐寒し。余剰戦闘機あれば派遣されたし！』

「なんじゃと！」

大仰な叫びをあげたのは後関一飛曹だった。彼は小澤に直訴を始めたのだった。

「長官。ありゃあワシたちの母艦なんですわ。どうかワシと永須に戦闘機を貸してくだされ！　可能なら烈風とかいう巨大な奴を！」

永須紫朗二飛曹は小さく息をつきながら思った。今日は、長いながい一日になりそうだと……。

2　112対3

戦争とは数がすべて。これは普遍の真理だ。

あえてそれに逆らう者は即座に敗北者たる運命を課せられよう。一点豪華主義や個別優越を突き詰めたところで、結局は稼働率が高く、交換品が豊かな陣営が有利となるのは自明の理だ。

しかしながら、戦場には偶然という要素が散見されるのも確かだった。

強固なる意志が生還という果実をもぎ取った例も皆無とはいえない。それが戦史の興味深いところである――。

遣欧使節艦隊。それはバルセロナ講和会議に顔を見せていた水上戦力だった。

主力は空母〈信濃〉。これを重巡〈足柄〉と駆逐艦〈雪風〉がガードしていた。

三隻の機動部隊とは正直寂しすぎるが、排水量の規約（ルール）を破るわけにはいかなかった。

平和会議が決裂したあと、艦隊司令長官野村吉三郎大将は帰国を命じた。しかし海路は順調とはいえなかった。イギリスが横槍を入れてきたのだ。

スエズ運河通行拒絶に油槽船との邂逅妨害。露骨な挑発だった。

前者は喜望峰ルートを選択することで回避し、後者はサウジアラビアで山下太郎が社長を務める日本アラビアンナイト石油株式会社の協力を得て、どうにか窮地を脱することができた。日英開戦という最悪の事態も、インド洋南部を強行突破することで、イギリス東洋艦隊を出し抜いていた。

どうにかジャワ島の沖合にまで帰着した頃合だった。〈大鳳〉はいきなり実戦に巻き込まれたのだ。

第二機動艦隊が英空母を叩くために発進させた攻撃隊――それを着艦させよとの指示を受けたのである。〈大鳳〉は洋上補給空母としての役割を求められたのだ。

着艦してきたのは艦上爆撃機〝彗星〟二九機に、最新艦上戦闘機〝烈風〟二一機である。南雲忠一中将が指揮する〈雲龍〉から発進し、見事にイギリス空母を撃破した攻撃隊だった。

当時、〈大鳳〉は欧州から帰還したばかりであり、武器のストックは零だった。航空機ガソリンはサウジアラビアで精製済みのものを頂戴したが、機銃弾に予備がないのが痛かった。だからこそ難儀していたのだ。

　昭和二〇年八月一六日、午前一〇時三二分。米軍機の集団が飛来したとき、烈風は満足な防空戦闘を演じられずにいたのである——。

「おもーかーじ。右一二〇度。対空戦闘用意」

　防空指揮所から艦長菊池朝三大佐の悠然とした声が響いてきた。伝声管から抜け出てきたその命令に、〈大鳳〉航海長藏富一馬（くらとみかずま）中佐は了承の意志を示す。

「よーそろー！　右反転急げ！」

　主舵と副舵が向きを変えると基準排水量二万九三〇〇トンの巨体が、ゆっくりと、しかし確実に頭を振り始めた。

　頭上に押し寄せた敵機は馴染みのカーチスＳＢ２Ｃ〝ヘルダイバー〟だ。

　低空での安定性能に疑問符がつき、偉大なる凡作機との評価しか勝ち得なかったヘルダイバーだが、この頃は欠点の洗い出しも終わり、やっと安定して使える機体になっていた。

　四五〇キロ対艦爆弾を抱えたまま逆落としができるのは賞賛されるべきだ。よきにつけ悪しきにつけ、アメリカらしい軍用機であった。

南雲艦隊から飛来した烈風戦闘機隊も奮戦したが、完全阻止など不可能だった。ボートF4U〝コルセア〟との死闘に忙殺されていたのだ。ガル翼を持つ二〇〇〇馬力級の艦戦である。

機数と弾丸さえ充分なら烈風が優勢だが、いずれも敵機に水をあけられていた。翼に仕込んだ四挺の二〇ミリ機銃には、各二〇〇発の機銃弾が搭載可能だったが、昨日の英空母艦隊襲撃戦で大半を使い切っていたのだ。

それでも烈風隊は自己の責務を全うすべく死力を尽くした。機銃を撃ち尽くしたあと、体当たりで敵機に嚙みつく機さえ続出したのである。

海軍大将米内光政は、散りゆく味方戦闘機を凝視しつつ、慚愧（ざんき）の念に心を支配されていたのだった。

（無茶はよせと言ったろう。これでは南雲に会わせる顔がないではないか。お前たちは遣欧使節艦隊所属機ではないのだぞ。弾が切れれば、さっさと所属部隊に引き返せばよいものを……）

もちろん米内は心中（しんちゅう）では頭を下げていた。死にゆく若人に詫びる言葉など見つからず、独善的な思考に逃げていただけであった。

せめてもの慰めは戦場に落下傘の影が散見できたことだ。スマトラ島南部三〇キロの海面は暖かい。着水後も暫くは大丈夫だろう。空襲が終わったなら是が非でも回収せねばならん。そんな決意を固めていた米内の耳に、新たな敵襲の一報が突き刺さった。

「ヘルダイバー三機！　本艦直上！」

艦橋の窓からも脅威は確認できた。またしても例の急降下だ。翼に設けられた空気(エア)ブレーキの穴までもが確認できた。その直後、胴体内爆弾倉から黒胡麻がひとつ落ちてきた。それでも米内は凝視を止めない。命中しないと本能的に察知したからであった。

予想は的中した。連なって落ちてきた敵弾は〈大鳳〉の左舷二〇メートルの位置に落下し、派手な水柱を形成しただけであった。艦橋にまで焦げ臭い爆風が吹き込んできたが、損害は皆無である。

「敵機直上！　急降下がまた来るぞ！　絶対に生かして帰すな！」

砲術長宮本実夫(みやもとじつお)中佐が叫ぶ。怒号に反応するかのように、舷側に三基ずつ設置された六五口径九八式一〇センチ連装高角砲が火を放つ。

俗に長一〇センチと呼ばれる火砲だ。帝国海軍の全戦艦に搭載された八九式一二・七センチ高角砲よりも初速、破壊力ともに優れた対空砲である。実質的な空母直衛艦として知られる秋月級駆逐艦の主砲として採用された事実を知れば、その凄さがわかるだろうか。

ほぼ垂直に仰角を形成した長一〇センチが吠えまくる。碧空には黒煙がいくつも刻まれ、紅蓮の炎がアクセントをつけた。何機か撃墜したらしい。

どうも敵機は対艦戦闘に慣れていないようだ。襲来したのは三桁に迫る勢いだが、分散して来たので助かった。もし一斉に別方向から殴りかかられたら、危うかっただろう。

装甲空母〈大鳳〉は三三・三ノットという高速と、大艦らしからぬ身の軽さで、連続回避に成功し、逆に襲来した敵機四を墜としていたのである。

急に周囲が静寂に包まれた。敵機は来たときと同様、唐突に去っていった。菊池艦長の声が再び艦橋に響く。

「本艦は敵第二波を撃退せり。これも全員の献身の賜物である。だが、次なる空襲は近い。気を緩めぬようしっかり頼む。砲術は薬莢投棄と砲弾補給を急げ。内務班は補修作業に総力をあげよ。第一波の際に生じた不手際を繰り返さぬよう、各員は肝に銘じるのだ！」

艦長が言った不手際とは三〇分前の被弾を指していた。〈大鳳〉が受けた唯一の敵弾である。やはり急降下爆撃だったが、ヘルダイバーとは違う機種だ。高速かつ大型の見知らぬ艦爆だった。間違いなく新型機だろう。

回避に失敗した一撃は後部昇降機（エレベータ）の端に突き刺さった。〈大鳳〉のそれは甲板と同様に装甲化され、二五ミリのＤＳ甲鈑が二枚重ねで張られていたが、やはり無傷とはいかなかった。

衝撃でフレームがたわみ、昇降不能となってしまったのだ……。

日本海軍は空母先進国らしく、航空機用のエレベータにも一家言もっていた。艦内格納庫から甲板まで機体を上げるのに必要な仕掛けだ。ビルのそれとは違い、艦が傾斜している場合にも使用できなければ困るし、最高で五トンを超える軍用機が乗り降りすることを考えれば頑丈に造らねばならない。迅速な航空機運用を可能とするには、エレベータ自体の数も増やす必要がある。

よって〈赤城〉から〈瑞鶴〉まで真珠湾奇襲組の空母は各三基ずつのエレベータを設けていたが、構造上の弱点になるのも事実だった。

艦首や艦尾の昇降機ならば破損しても大丈夫だ。あまり知られていないが、艦尾が損傷しても、艦載機は艦首方面から逆着艦できるのだから。しかし、中央のエレベータが破損したなら、空母は息の根を止められたも同然になる。

日本海軍はミッドウェーという苦い経験から、航空母艦の生存性を第一に考えるようになっていた。それ以後に建造された母艦は二基のエレベータで忍んでいる。工期短縮という観点からみても、この処置は間違っていなかった。

また艦載機の大型化が年々進み、格納庫に搭載できる数が減少するという予測も、エレベータの削減に弾みをつける結果となった。

空母〈大鳳〉もその呪縛から逃れられなかった。ラテックス製の装甲飛行甲板はトップヘビーという悪しき結果を招きかねない。やはり重量物となるエレベータを三基備えるのは冒険がすぎた。設計陣はその稼働率を上げることで、実戦に対応させようと試みたのだった。

努力は実った。自重一〇〇トンを超える〈大鳳〉の電動式昇降機であるが、その機動は実になめらかだった。移動速度も毎分四〇メートル弱と、無装甲のタイプと比べても遜色なかった。

これは戦没した〈加賀（かが）〉の昇降機が異様なレベルに遅く、運用サイドから不平が出ていたという過去が反映された結果でもあった。

こうして〈大鳳〉は二基の昇降機をフル稼動させて実戦に挑んだ。着弾で後部のそれが運用不能になったのは残念だったが、まだ戦闘力は失われていない。技術陣の苦労は報われたわけである。

ただ、極めて残念なことに、彼らはもう一歩前に進む勇気を持てずにいた。舷側エレベータという便利な工夫を導入できなかったのだ。

アメリカ海軍は中型空母〈ワスプ〉でそのテストを済ませ、エセックス級で本格採用に踏み切った。

左舷の舷側に設けられたそれは、艦載機が離着艦を繰り返す最中でさえ運用できる優れものであった。エセックス級が、九〇機を超える搭載機を楽々と管理できていたのは、この舷側エレベータの力に因るところ大であった。

日本海軍もこの仕掛けには気づいていたらしいが、構造上のウィークポイントを海面に曝すという点が不興を買い、検討されることはなかった。塩害を避けるためと称し、格納庫を密閉したがる癖が抜けなかったのも、その一因であろう……。

米内はわずかに歪んだ昇降機を横目で睨んでいた。

応急作業は始まっている。補修用の木材を境目に詰め込み、平らな甲板を確保すればいいだけだ。本格的修理は内地に帰還してからとなろう。

彼らの頑張りには感服しつつも、米内はただ自分の無力さを感じるのみだった。それが無駄な努力に思えてならなかったからである。

飛行甲板を直したところで、着艦できる機体はもう上空にはいない。空中退避が間に合わなかった彗星が何機か格納庫にあったが、それを発進させる機会もあるかどうか……。

「旗艦〈足柄〉に明滅信号。野村吉三郎大将からです。本艦の損害状況を知らせと言っています！」

よかった。まずは御無事だったか。米内は〈大鳳〉同様、直撃弾一を受けた重巡を見据えた。遠方からでも〈足柄〉が傷ついているのは明瞭に把握できた。

特徴ある大小ふたつの煙突だが、後部のそれが根本から砕かれてしまい、マストもねじ曲がっていた。無線連絡不通に陥っていたのは、アンテナ類を全損したからに他なるまい。八九式一二・七センチ高角砲も半分は使用不能のようだ。

野村大将が座乗する妙高型三番艦こそ、遣欧使節艦隊の現在の旗艦だった。もっとも実質的に防空戦の指揮を執っているのは〈大鳳〉だ。バルセロナ講和会議代表である米内の大将旗もマストに翻っている。敵機が主攻撃目標としたのも、この装甲空母だった。

結局のところ艦隊で無傷なのは〈雪風〉だけだ。海軍屈指の強運艦は〈大鳳〉と〈足柄〉の間で威武を放っていた。

「本艦直撃弾一を受く。飛行甲板修繕中なり」

菊池艦長が明滅信号でそう通達するや、すぐに返事が来た。今度は簡潔なものであり、誰しもが判読できた。それは以下のとおりであった。

『敵は米軍機や否や？』

米内は、もともと高い血圧がさらに急上昇するのを感じていた。悪夢そのものに変貌した現実を見据えたくないという気持ちもわからぬではない。

しかしである。あの星条旗が見えなかったとでも言うのか？　ネイビーブルーの機体に描かれた星のマークがわからなかったとでも言うのか？

希望を追うあまり現実を無視するのは、愚者への一本道だ。米内大将は〈足柄〉を睨んだまま、鋭い声で告げたのだった。

「旗艦〈足柄〉に意見具申。本艦は残存する彗星全機を用い、強行索敵を実施せんとす。これより遣欧使節艦隊は総力をあげ、アメリカ機動部隊を追撃。これを捕捉撃滅すべし！」

その数分後——空母〈大鳳〉は連合艦隊旗艦〈信濃〉経由で横須賀の惨状を知り、

日米関係が最終的局面に移行した事実を認識したのだった……。

今回の防空戦、すなわちスンダ海峡沖航空戦（米側呼称スマトラ島沖海戦）は、わずか三隻の水上艦艇に一一二機もの艦載機が殴りかかり、さしたる戦果を得られなかったという奇妙な戦いであった。アメリカからすれば失態と言えるだろう。だが、酷似した前例ならばあった。それは三年前に勃発したミッドウェー海戦における珍事であった……。

3 CVB

「三桁の攻撃隊を出して、たった三隻の相手を仕留められなかったというのか！」

罵声に極めて近い調子で叫んだのは、スチュアート・S・マーリ大佐であった。CVB‐41〈ミッドウェー〉の艦長を任されている軍人だ。

「無理をして一〇〇機もの攻撃隊を差し向けたというのに、空母と重巡を小破しただけだと？　効率が悪すぎるではないか！」

たしかにマーリ艦長の言うとおりだった。第六一任務部隊には二隻の超大型空母

〈ミッドウェー〉および〈フランクリン・D・ルーズベルト〉が配備されている。両空母には艦戦、艦爆、艦攻が満載状態だった。その数、実に一一五機！　つまり二隻で二三〇機に及ぶ艦載機を活用しているわけである。

これは主力空母〈エセックス〉三隻分に迫る数であった。まだ格納庫には若干の余裕があるというのだから驚きだ。

今朝、発見した日本空母部隊へ襲いかかったのは約半数の一一二機。搭乗員たちは訓練も行き届いており、与えられた飛行機は新鋭機ばかり。また昨夜、大型日本空母を撃破したというニュースも手伝い、士気は上がっていた。のこのこと戦場に迷い込んできた三隻の艦隊など、鎧袖一触(がいしゅういっしょく)にできて当然だった。

（だが、結果がともなわないとは。嫌な予感がする。三年前のあれに酷似しているではないか……）

第六一任務艦隊を仕切るレイモンド・A・スプルーアンス大将は、地団駄を踏むマーリ艦長の傍らで、暗い予感に囚われていたのだった。

それは乗艦する空母と同一の名称を持つ戦場での悪しき体験であった……。

ミッドウェー。

第二次太平洋戦争のターニングポイントとなった大海戦が惹起した戦場だ。

スプルーアンス提督は、病床にあったハルゼーのピンチヒッターとして第一六任務部隊を陣頭指揮し、南雲中将率いる日本空母の痛打に成功したのだった。

僚艦〈ヨークタウン〉が被弾した直後、敵の追撃に乗り出したスプルーアンスは、空母〈エンタープライズ〉〈ホーネット〉から五八機のダグラスＳＢＤ〝ドーントレス〟を発進させた。

この急降下爆撃隊は日本艦隊を捕捉できなかったものの、海難者の救援に来たと思われる駆逐艦を発見し、これに集中攻撃を加えた。

簡単に捻り潰せると確信したスプルーアンスであったが、響いてくる報告は渋いものに終始した。駆逐艦はすばしこく逃げ回り、こちらの急降下爆撃をことごとく回避したのだ。命中弾ゼロ。信じがたい報告であった。

あべこべに四機を撃墜されるというオマケまでついた。陸軍のＢ17が高々度から水平爆撃を試みたが、これも戦果は得られなかった。

のちに相手は〈谷風(たにかぜ)〉と呼ばれる駆逐艦である事実が判明した。傑作と謳われる陽炎型の一隻で、アメリカ海軍も脅威と見なす相手ではあった。

しかし、言いわけにはならない。スプルーアンスはパーフェクト・ゲームを演じきれなかった自分を恥じると同時に、少数相手に大軍で殴りかかる戦術が万能ではないことを理解したのだった。

艦長の操艦技倆が優れていれば、空襲の魔手をかい潜れるものなのだ……。

「ボス。温存してある攻撃隊を全部出しましょう。幸いにも我が第六一任務部隊は発見されておりません。さらなる一手を繰り出すべきときだと判断します！」

マーリ艦長は強硬に主張した。

「無線情報を総合するかぎり、第一次空襲が不発に終わったのは敵戦闘機隊の奮戦があったためと思われます。どうやらジャップはゼロ・ファイターとは別の機体を投入してきたようですな。

しかし、数は少ない。手傷は負いましたが、空戦は我がほうが勝利を収めました。合衆国政府が聖戦の完遂を求めた以上、遠慮は不要。ここはアドバンテージを徹底活用し、ジャップを叩かねばなりません。戦争は最初が肝心です。五年前、パールハーバーを焼かれた我らは本格反抗に移るまで八ヶ月もの日々を浪費したではありませんか。緒戦であるいまこそ再攻撃を！　戦果拡張を！

ハルゼー提督のような中途半端な戦闘行動に終始してはならないのです。本職はそう信じます！」

マーリ艦長は語気も荒く、言い放った。世界最大級の航空母艦を操る者としての自負が滲み出た発言だ。まさしく大船に乗った気分なのだろう。

だが、スプルーアンスは状況に流される男ではなかった。彼は無表情を決め込み、首を横に振った。

「それは違う。緒戦だからこそ慎重にも慎重を期さねば。ハルゼー大将が一撃のみで日本本土空襲を打ち切って、すみやかに帰途についたのは、状況を理解しているからなのだ。提督は真の脅威がなんであるかを察知しているに違いない」

「真の敵？　ジャップ以外に敵などいませんが」

スプルーアンスは再び緩やかに首を振り、否定の意志を示すや、こう切り出したのだった。

「我らが次に攻撃を仕掛けるべき相手は日本ではない。さりとて英国でもないぞ。撃つべき敵はホワイトハウスなのだ。さらに言えば現状が見えぬ副大統領閣下こそ真の敵なのだ」

充分すぎる広さを持つ戦闘指揮所(CIC)にて不信感が充満していく。スプルーアンスはそれを打ち消すべく、鋭い声を発した。

「勘違いしないように。ワシントンを空爆する気などない。攻撃は必ずしも武器を必要とせぬが、それを諸君に教えてやるとしよう。我々実戦部隊は言われたとおりに動かねばならない。しかし、鉾先が間違った方向に向かぬよう知恵を絞ることも、また戦いなのだよ」

マーリ艦長が疑念の声を発した。

「それは文民統制（シビリアンコントロール）の崩壊に繋がるのでは？」

「現状は芳しくない。座視が合衆国の国益に直結する行為とも思えん。私は太平洋艦隊司令長官として、やるべきことをやるだけである。

ここが敵の勢力圏である事実を思い返せ。我々はクリスマス島の沖合一二〇キロの海域にいるのだ。日本軍が支配しているジャワ島に近いではないか。いつ空襲を受けてもおかしくない。

まずは命じよう。全速で南東へ向かうのだ。帰投する攻撃隊には邂逅ポイントを徹底させ、誘導機も出してやれ。敵の送り狼を狩るためにも有効だからな。同時に対空警戒網をより密にせよ」

艦長が渋面でそれに答える。

「御心配には及びません。防空態勢は万全です。第六一任務部隊にはアイオワ級の戦艦三隻をはじめ、重巡〈ポートランド〉〈インディアナポリス〉、軽巡〈サン・ディエゴ〉〈サン・ファン〉〈オークランド〉〈リノ〉〈フリント〉〈タクソン〉らが舳先を並べております。

外縁部の駆逐艦隊としてフレッチャー級が一九隻。それとは別にピケット・レーダー艦が六隻。すべて対空戦闘を第一に考慮された改造がなされており……」

「機銃や高角砲だけでは完璧とはいえない」

「もちろん上空直衛機も待機中です。〈フランクリン・D・ルーズベルト〉がコルセアを七〇機、本艦も新鋭戦闘機〝熊猫〟を四〇機も……」

数をひけらかす艦長の発言を、スプルーアンスはもういちど遮った。

「まだ問題があるぞ。我らの艦隊規模を、特に空母の数を知られてはまずいのだ。手の内は最後まで秘匿せねばならない。頭数が露呈すれば日本に判断材料を与えてしまう。対日戦争を始めた本当の理由を悟られてはならぬし、推理されてもいかん。状況は限りなく透明にしておかねば。

もっとも我々自身でさえ、真のターゲットを完璧に把握しているとは言い難いのだがね。そうした点で抜け目がないのはハルゼー大将だ。さすがは大物。現役復帰させただけのことはある。提督は自分の仕事を認識しているようだ……」

スプルーアンスは、知り得た限りの敵情報が記載されている戦況表示板を見据え、小さな溜息をついた。

「我らは奇襲の結果、ふたつの確証を得るに至った。それを元に作戦を練り直さねばならない。

ひとつ。日本空母の身持ちは意外に堅い。ミッドウェー海戦の際は数発の被弾で火だるまとなったが、あのような脆弱さは持ち合わせていないようだ。

敵はおそらく〈タイホウ〉。ヨーロッパから帰還してきたばかりのフネだ。私もバルセロナで乗艦する機会があったが、どこの国に見せても恥ずかしくない近代的空母だったよ。飛行甲板が装甲化されていたのが印象的だ。一〇〇〇ポンド（四五〇キロ）対艦爆弾が通用しないのであれば、対策を考えねば。

ふたつ。敵は新鋭機をデビューさせた。サイズでも性能でもゼロ・ファイターを超えるマシンだ。我がほうも戦果をあげたのはニューフェイスだったね」

マーリ艦長が我が意を得たりとばかりに述べた。

「イエス。昨夜シンガポールにて敵空母にロケット弾攻撃を仕掛けたのはダグラスBT2D〝ドーントレスⅡ〟です。艦爆と艦攻の性能を併せ持つ、新タイプの艦上攻撃機であります」

「よろしい。悲観材料だけではないというわけか。実戦テストを兼ねて載せていた機体はまずまずの結果を出せた。つまり新世代の海戦は新世代機でないと戦えないということだ……」

スプルーアンスは、エアロA642‐G8シリーズと呼ばれる四枚のプロペラを付けた艦爆を思い出していた。ずいぶんと機首側に設けられた水滴型キャノピーが特徴的な飛行機だ。

傑作艦爆ドーントレスの名前を継承したそれは、見るからに頑丈そうな低翼機であった。拡張性も高く、次世代主力機として増産が決定している。

戦後に〝スカイレーダー〟と改名され、三〇年以上にわたって世界各国の空軍で愛用される汎用マシンの初陣だったわけだが、この時点でそれを認識している人はいなかった。

ドーントレスⅡの活用法を模索するスプルーアンスに、マーリ艦長の不服そうな声が聞こえた。

「ボス。これは全員が感じている不安です。不躾ながらお尋ねさせていただきます。あなたはバルセロナ沖で座乗するカタリナ飛行艇が不時着水し、日本兵に助けられましたね。その際の恩は感じているはず。すなわち対日戦争を戦い抜くにあたり、貴方が適切かどうかを疑問視する声も……」

　太平洋艦隊司令長官はそれ以上の暴言を許す寛容性を持ち合わせていなかった。

「ミスター・マーリ。戦争とは本職の軍人同士の戦いだ。互いにプロである以上、全力を尽くさないのは相手を侮辱する行為に他ならない。私は敬意をもって日本人を斃（たお）す。ただそれだけだ」

「ではお聞かせ願いたい。我らは勝つためにどうすればよいのですか！」

「簡単だ。日本海軍に所属する全艦船を撃沈する。それで相手は降伏しよう」

　冗談だと受け取られたのか、ＣＩＣには笑い声が満ちた。スプルーアンスはそれが収まるのを待ってから続けた。

「ジョークではない。これが最善かつ安価に第三次太平洋戦争を終結させる施策なのだ。私はすでにハルゼー提督とアイディアを摺り合わせている。我々は艦隊決戦を模索すべきなのだ。日本海軍から継戦能力を奪うために」

　雰囲気は一変した。喧噪から静寂に、嘲笑から崇拝に。スプルーアンスはなおも朗々と話す。

「だからこそ、この場を離れる必要がある。こちらのテリトリーに日本艦隊を引き入れねば、完勝を得ることは難しい」

マーリ艦長が生唾を呑み込みながら尋ねた。

「それでは……何処で？」

「こちらが海域情報を熟知し、地上航空基地があり、大量の潜水艦が配置できる場所が望ましい。なるべくなら涼しい海がいいな。私は暑いのが苦手でね……」

そこで台詞を切ったスプルーアンスは、腕時計を睨んだあと、ドアへと向かったのだった。

「散歩の時間だ。あとは飛行甲板で話そう。手空きの者は来たまえ。こんな穴蔵に篭もっていたのでは、戦争が理解できなくなるぞ」

第八章　ブロークン・イングリッシュ

1　撤退作戦

　軍隊の価値というものは撤退戦において決まる。

　そう断言する歴史家は数多い。一歩間違えれば夜盗の群れに凋落してしまう状況において、どれだけ規律ある行動を保てるか？　このポイントに限定しただけでも、評価に値する組織か否かが判明する。

　最大の犠牲を覚悟せねばならない状況において、最小の犠牲で安全地帯まで撤収しなければならない。この難問を解決するには、経験という名の特効薬に頼るしかあるまい。

　大英帝国は開国以来、砂漠の真ん中から北極に肉薄する地域まで、ありとあらゆる戦場で闘ってきた。すなわちよい意味で撤退に慣れていた。

第一次大戦ではトルコのガリポリ、第二次欧州大戦ではフランスのダンケルクという体験から、彼らは学んでいたのだ。敗走に必要なものはふたつだけだと。

　確固たる海上戦力と、棄てる勇気である……。


　東の地平線が白々と明けてきた。

　ここはムアル。マレー半島南西部に位置する中規模の港町だ。場所的にはシンガポールとマラッカ市の中央にある。正確には、もと港町だと描写したほうが適切であろうか。湾港設備の多くは戦火で焼かれ、使用不能に追いやられていたのだから。

　その主となっている軍事勢力は、もはや桟橋やクレーンといった施設には魅力を感じていなかった。興味の対象としていたのは遠浅の砂浜であった。

　群れていたのはイギリス軍の敗残兵だ。その数、約一万六千。第四三師団〝ウェイクシス〟と第五〇師団〝ノーザンブリアン〟の生き残りである。

　シンガポール奪取が不発に終わり、モントゴメリーおよびパーシバルの両将軍も戦死してしまった。『カルタゴ作戦（オペレーション・カルタゴ）』が完全な失敗に終わった現在、もうマレー半島に居座る意味はない。

　彼らは各個に戦線を離脱すると、命からがらムアルまで辿り着いたという案配であった。セイロン島の作戦司令部と連絡がついたのは奇蹟に近かった。

一九四五年八月二一日早朝。彼らは順番を待つだけの存在に成り下がっていた。沖合から姿を見せた引き上げ船へと、渇望の視線を注ぎながら。

ムアルは東洋のダンケルクと化しつつあった。だが、待ち望んだ救いの手は遅く、そして突然にやって来たのである——。

＊

快晴か。なんて嫌な天気だ。わざとらしいまでの朝焼けを見つめながら、ジェームズ・F・ソマーヴィル大将は不機嫌な表情を浮かべるのだった。

英国東洋艦隊司令長官を務める彼は〝シンガポール支隊〟と呼ばれる機動部隊を指揮し、撤収作戦の全般指揮を執っていたのである。

対日戦争の行方は芳しくない。戦況は英海軍にとって不利であった。

キング・ジョージ五世級の戦艦四隻で構成されていた『ネオＺ部隊』は、日本海軍水上砲戦部隊の餌食となり、全艦がシンガポール沖に消えた。指揮官サー・バートラム・ラムゼイ大将も旗艦〈ハウ〉と一緒に冥府へと旅立ってしまった。

航空艦隊も無事ではない。旗艦〈ユニコーン〉ほかコロッサス級の軽空母五隻で形成されていた対地攻撃支援部隊は、敵陸攻の空爆を受け、再起不能の傷を負ったのだ。総責任者サー・アンドルー・カニンガム大将も、戦火の中で行方不明となっている。

もはや東洋で満足に戦闘行動が可能な艦隊は、ソマーヴィルのシンガポール支隊だけという有様であった。せめて天の恩恵が欲しかったが、敵機の目をごまかしてくれる雨は降らず、空にはちぎれ雲ひとつない。いかに日本の視線がアメリカに向けられているとはいえ、今日ばかりは空襲を覚悟せねばなるまい。

ソマーヴィルはブリッジから左舷を凝視した。空母〈インプラカブル〉の雄姿が確認できる。茜色に染められた艦影から、力強さとスマートさが滲み出ていた。

彼女はイラストリアス級空母の五番艦だ。日本海軍の〈大鳳〉より先に重装甲を施した艦として、海戦史に名を残す存在だった。〈インプラカブル〉はその第三期シリーズに属し、ネームシップと比較して細部はかなり異なっている。

特に強化されたのは搭載機数であった。側壁装甲を削り、格納庫を二段確保することで、八〇機もの艦載機を抱え込めるようになったのだ。イギリス空母では最大の数値である。

だが、この艦隊に随伴している空母は〈インプラカブル〉だけだ。しかも搭載機は艦戦シーフューリーが四一機に同シーファイアが三二機のみ。艦攻や艦爆の類はゼロである。要するに防空専用空母であった。

ソマーヴィルは手持ちのイラストリアス級六隻の全力投入を希望したが、無茶なトップダウンによって拒絶されていたのだ――。

横槍を入れてきたのは誰あろうチャーチル首相だった。強引に対日戦争を開始した策士である。

彼はセイロン島にまで老体を運んでいた。前線視察という名目だったが、野党からの責任追及をかわすため、ロンドンを脱出したというのが本音だった。

ソマーヴィルはコロンボで首相と面会し、脱出計画の指示を受けた。チャーチルは臆面もなくこう言ってのけた。

『マレー半島限定攻撃という初期目標は達成した。以後は速やかに転進を図るべし。貴官は直ちに〝ジェネレイター作戦〟を開始せよ。ミスター・ソマーヴィル。貴殿はダンケルク撤退において少なからぬ役割を果たしてくれたな。その貴重な経験を生かしてくれたまえ。ただし犠牲を最低限とするため、投入空母は一隻にとどめるものとする……』

手前勝手な言い分も、ここまで徹底すれば感動が生まれる。政治家という生命体の厚顔無恥さを再確認させられたソマーヴィルであった。

作戦名称はダンケルク撤退の〝ダイナモ作戦〟を少しばかり捻ったものだろう、発電を意味する単語であったが、今回は放電になりかねぬ危険性を秘めていた。

ソマーヴィルは首相を説いた。空母投入を渋ったあげく〈プリンス・オブ・ウェールズ〉〈レパルス〉の二隻を失った過去を忘れたのかと。

しかし、チャーチルは翻意を拒んだ。日本が制海権を握っているマラッカ海峡の奥深くに飛び込むのだ。ここで機動部隊を全損するわけにはいかないと。

危険性はソマーヴィルにもよく理解できていた。現在のところ、イギリスが優勢なのは潜水艦隊のみだ。地中海戦線より転戦した第一〇潜水艦隊(ファイティング・テンス)は、すでに油槽船数隻を屠っていたが、その程度で日本海軍の反撃を阻止するのは無理な話だ。

そして発見されると同時に空母は優先破壊標的となる。それに将旗を掲げるのは賢者の道とは思えない。だからソマーヴィルは軽巡〈ブラック・プリンス〉を旗艦にしていたのである……。

「機械化上陸艇（ＬＣＭ）、全艦発進します！」

艦長フレデリック・ネス大佐のきびきびとした声がブリッジに伝播していく。

ソマーヴィルも意識を現在に集中させた。横に投錨している高速連絡船〈プリンセス・ベアトリクス〉から、大型ＬＣＭが波打ち際へ疾走していくのが見えた。

それは一〇〇人乗りの上陸舟艇だ。もちろん撤退にも使用できる。命令どおり、重火器から小銃に至るまで棄てる勇気さえ持っていれば、二〇〇名強の人員を拾えるはずだった。

その発進元となっている〈プリンセス・ベアトリクス〉は、かつてドーバー海峡を往復していた連絡船である。最大速力二四ノットという俊足を買われ、英海軍に徴用されたのだ。細かな改造が施され、艦種も歩兵上陸艦（ＬＳＩ）に変更されている。シンガポール支隊にはこれと同等の連絡船が一〇隻も配備されていた。

両舷に並べられたＬＣＭは四隻。艦隊全体で四〇隻となる。つまり一回の撤収で八〇〇〇名強を救助可能だ。二回で全員を連れ戻せるだろう。

「しかし歩兵上陸艦（ＬＳＩ）の連中は手際がいいですなあ」

ネス艦長が感嘆しきった感じで言った。

「この作戦が実施されるという前提で、特訓を重ねてきたのでしょう。あとは敵機さえ来なければ大丈夫。引き上げ終了まであと六〇分の予定です」

そうだ。実際に手際はいい。いや、良すぎるのだ。後方で訓練を済ませていたに違いない。しかしだ。あらかじめ逃亡の練習を実施する軍隊があっていいのか？

ソマーヴィルは悪夢めいた感覚に囚われていたのだった。

（もしやチャーチルは最初から敗北を覚悟して対日戦争を開始したのでは？　それとも合衆国参戦という展開を事前に想定していたのか？　これで日本に勝ちはなくなったと考えてよい。我々も立ち回りしだいでは戦勝国として振る舞うのも夢ではあるまいがな……）

失笑しかけたソマーヴィルだった。他力本願も、ここに極まれりだ。彼は小さな声で尋ねた。

「予定されていた支援爆撃は確認できたのかね」

ソマーヴィルが口にしたのは牽制行動であった。ナンカウリ島を基地とするアヴロ・ランカスターＢ MkⅠ部隊が夜間から払暁にかけて出撃し、敵飛行場を空爆する手筈になっていたのだ。

日本空母がシンガポール軍港にいないことはわかっていた。連中は米太平洋艦隊という新たなる強敵に対処すべく、主力艦の大半を内地に戻そうとしている。

不可思議なことに、日本陸軍もまた積極的追撃は控えていた。マレーには第五四および第一八師団が陣を構えており、さらにタイ方面から増派される構えをみせていたのだが、動きは極めて鈍かった。

攻め手の主将は宮崎繁三郎中将だ。インパール作戦で奮戦した名将であることはイギリスにも伝わっていた。頭数では日本有利だったにもかかわらず、なぜか彼らは沈黙を保っている。ただ徐々に包囲網を狭めてきたのは不気味であった。まるでムアルに追いやられているかのようだ……。

つまり、こういうことだ。第三次太平洋戦争において、もはや英国は蚊帳の外に置かれていたのだ。ソマーヴィルはこの事実を客観的に理解していた。今回の撤退作戦が強行された裏には、軍事勢力として半ば無視されているという希望的観測があったことも否めない。

（……脱出が成功したならば、チャーチル卿はそれを宣伝に利用するのだろうな。ダンケルク再びか。悪くない響きではあろう。結局のところ、この作戦はポーズに近いのかも知れない。だが敗れたら？　我々が全滅したなら？　事態は最悪になるのではあるまいか？

いや、それも違う。この〝ジェネレイター作戦〟そのものが敗北を前提としてはいまいか?

いま我が艦隊がダメージを蒙れば、世論の誘導が可能となる。復讐に燃えている陸軍サイドも、鉾を収めるべく動くだろう。そうなれば対日講和というオプションが見えてくるではないか。チャーチル内閣は辞職せざるを得まいが、大英帝国の命脈は保たれる。もしやそのために我らは死なねばならんのか!)

自らがチェスの駒にすぎない現実を把握したソマーヴィル提督は、襲い来る相手に対抗すべく、手を打ったのである。

「ナンカウリ支隊と連絡を密にせよ。イラストリアス級空母に航空支援を要請するのだ。〈インプラカブル〉搭載の戦闘機は八〇機弱だ。これでは心許ないぞ!」

形式主義的手続き(レッド・テープ)を無視し、現場の判断だけで救援を要望したソマーヴィル提督であったが、その判断は遅きに失した。

それから五五分後——どうにか一〇隻の各歩兵上陸艦(LSI)に敗残兵の収容を終え、針路を巡らせようとした瞬間だった。

シンガポール支隊は突如として現実の脅威に曝されたのだ。

「シーフューリー第四戦闘機隊長ジョフリー・ペイジ中尉機より連絡!」

旗艦〈ブラック・プリンス〉に舞い込んだ一報にソマーヴィルは覚悟を決めた。敵機大集団だろう。提督は対空戦闘準備を命じつつ、続報を待った。

『艦隊南東六〇キロに敵爆撃機らしき機体を発見。超低空を飛行する小型機。機数一二。翼端に赤いミートボールを視認。日本機と断定。我が編隊はこれより攻撃に移る！』

敵機はレーダーを避けるために海面すれすれを来たわけか。ならば雷撃隊だろう。しかし数が少なすぎる。やはり我々は相手にされていないのか？

『迎撃第一波有効！　編隊全体で敵機三を撃破！』

流石だ。最新鋭艦戦であるホーカー〝シーフューリー〟は強い。ソマーヴィルは純粋にそう思った。

五翅プロペラをブリストル・セントーラスエンジンで強引に左回転させ、最大時速七七七キロを確保できるマシンだ。モノコック構造を採用したボディは軽量かつ頑丈であり、武装としてイスパノ二〇ミリ機銃を四挺装備している。レシプロ戦闘機としては最強の部類に入るだろう。

（しかし、あまりに脆すぎるな。日本攻撃機は護衛機なしの丸裸なのか？　これは楽勝かも知れないぞ……）

口元が緩みかけたソマーヴィルであったが、すぐ考えを改める必要性に駆られた。ペイジ中尉が悲鳴まじりの報告を寄こしてきたからである。

『敵機、加速開始！　目算で時速八〇〇キロ以上！　シーフューリーでも追いつけません！』

そんな馬鹿な。ソマーヴィルは我が耳を疑った。シーフューリーはホーカー社が開発した世界最速の艦戦なのだ。状態が許せば時速七八〇キロを超えることも可能である。それでも追いつけぬだと！

謎はすぐに解けた。続報が入ったのだ。

『敵機はＶ１号！　繰り返す。敵はＶ１号！　ロンドンを焼いた〝空飛ぶ魚雷（ダイヴァー）〟に酷似する機体！』

低い呻きがブリッジに響いた。それを咎める者はいない。全員が悪夢を思い出していたのだ。

一九四四年六月一四日。ヒトラー逝去の報復と言わんばかりに英都を襲ったドイツの無人飛行爆弾。それこそがＶ１号であった。発射数は二四四発だと記録に残されている。

初の大規模同時攻撃にイギリス空軍は満足な対策を講じることができず、敵弾の跳梁を許す結果となった。V1号は、弾頭に詰められた八四〇キロの炸薬にものを言わせ、ロンドンの二割を破壊し尽くしたのだった。

ドイツ二代目総統ロンメルが打診した〝全世界同時講和〟に対し、チャーチルが色よい返事を述べたのは、この衝撃が強すぎたためと言われている。イギリス人にとって、V1号のシルエットは消しがたいトラウマとなっていたのである。

ソマーヴィルは双眼鏡を覗いた。アイピースの中に奇怪な恰好の飛行物体がはっきりと見えた。朝日に照らされて銀色に輝くそれは、悪意の凝縮体に違いなかった。

遠目にも超小型機であることがわかる。短い主翼に短い水平尾翼。なによりも目立つのは垂直尾翼と一体化した巨大な推進機関だ。噂のパルスジェット・エンジンだろうか。

「しまった！　日本人はまた模倣の才能を発揮したようだぞ！」

それでも待ち構えていた防空隊のスーパーマリン〝シーファイア〟MkⅢは意地を見せた。名機スピットファイアを艦上戦闘機に改造したものであり、母艦上で使いやすい機体ではなかったが、稼働率は魅力だった。

急降下で間合いを縮めたシーファイアは敵機二を墜とした。だが、それが限界だ。小癪な日本版V1号は、防空網を突破し、海面を這うように突き進んでくる。

ターゲットは明白だった。空母〈インプラカブル〉だ。

「対空戦闘開始！　自由射撃を許可する！　空母を撃たせてはならん！」

ネス艦長が叫ぶ。待ってましたとばかりに〈ブラック・プリンス〉の主砲が雄叫びをあげた。両用砲MkⅠ。一三・三センチ五〇口径砲だ。ベローナ級軽巡に属する〈ブラック・プリンス〉は、これを連装四基八門備えていた。

前級のダイドー級に比較し、主砲は一基減っているが、これは二ポンド四連装ポンポン砲を増設するためであった。近接対空戦闘能力は逆に強化されている。

黒煙が碧空を汚した。幾つもの火花が天空を舞う。だが、敵機は速度だけを武器にして真一文字に突っ込んできた。その数は七機。至近弾で二機がコースをそれたものの、残り五機は全速で突入してきたではないか。

こちらの砲列を突破するためであろうか、敵機は不意に急上昇(ポップアップ)した。雷撃機としては絶対に許されない行動だ。ソマーヴィルは思わず叫んだ。

「こいつら……まさか自殺攻撃機か！」

違う。それは自殺機ではなかった。

少なくとも搭乗員に戦死を強要する兵器ではなかった。限りなくそれに近い代物ではあったが、生還の可能性はわずかながら残されていたのである。

一年間という停戦期間によって日本陸海軍の頭は充分に冷えた。特攻という無謀極まりない戦法を白紙化させた彼らは、より効率的な新兵器の開発に躍起になったのだ。結果として誕生したのがソマーヴィル艦隊を襲った有翼誘導弾であった。梅花（ばいか）である。空技廠が設計した特別攻撃機だ。

全長七〇〇センチ。全幅六六〇センチというマイクロ機だった。開発は陸海軍の共同で行われ、設計は東大航研が受け持ち、生産は川西航空機が担当した。特殊攻撃機〝桜花（おうか）〟との開発競争に勝利しただけのことはあり、基本性能は悪くない。

新開発に成功したパルスジェット・エンジン〝カ一〇型〟を装備し、最大時速は五六〇キロだ。艦載機の離艦促進にも用いられた四号一型ロケットを三基も尾部に装着し、突撃時には八〇〇キロを超える加速が得られた。弾頭には九〇〇キロもの炸薬が積み込まれている。二発も命中すれば巨艦とて危ない。

桜花が三七キロの航続距離しかないのに比べ、梅花は二八〇キロを飛行できる。製造コストは割高だが、それを差し引いても採用する価値のある機体だった。

もちろん急造品らしく、欠点もあった。パルスジェット機は構造上、自力発進が不可能なのだ。梅花は地上に発進母体を設け、そこからカタパルトにて射出される手筈になっていた。

最適な任務はやはり沿岸警備だ。本土が危機に瀕している日本にマッチした兵器である。敵の上陸部隊を叩くには最適だろう。

帝国海軍はこれを対艦爆弾として運用すべく動いていた。本当なら自律誘導システムを搭載したかったが、時間的に難しかった。結局は真に万能の兵器――人間に頼るしかなかったのである。

梅花は『有人機』であったが、『特攻機』ではない。パイロットは突撃コースに機を乗せると同時に、落下傘で脱出すべしと厳命されていた。

敵艦直上で脱出すれば捕虜になる可能性もあろうし、単座操縦席後方のエンジンに巻き込まれる危険もあろうが、それでも九死一生のほうが十死零生よりも遥かにマシな筈だ。

だが、あえて脱出命令に反し、自らの命を磨り潰してでも命中率向上に腐心したパイロットもまた存在したのである……。

昭和二〇年七月の時点で、梅花の発射カタパルト基地は、内地の要所湾港と沖縄および台湾、そしてスマトラ島に建設されていた。

別に不思議はない。南方資源地帯を死守するためにも、マラッカ海峡の制海権を手放すわけにはいかないからだ。

ソマーヴィル艦隊を襲った梅花はブカンバルを出撃してきた部隊だった。スマトラ島中央の高地に位置する秘密基地だ。ここならシンガポールからスマトラ島の南海まで広範囲をカバーできる。

もっとも試験配備に近かったため、機数は一二機のみだ。今回の攻撃は梅花隊の初陣であり、文字どおりの全力出撃だった……。


ソマーヴィルは迫る敵機から飛び出していく白い影を確認した。

パイロットが脱出したのだ。さきほど急上昇したのは、最終突入針路を維持する意味もあるが、同時にパラシュートが開く高度を確保するためでもあろう。

無人となった二機が軌道をそれた。しかし三機は〈インプラカブル〉へと強引に疾走を続けた。

激突直前に一機が空母自身の一一・四センチMkⅢ連装両用砲によって砕かれたが、最後の二機は遂に所定の目標へと体当たりを果たしたのだった。

呪わしき閃光が生じた。コンマ数秒の時間差を置き、さらにもう一発。視覚情報に遅れること数秒、やがて爆音が轟いてきた。

最初の機体は〈インプラカブル〉後部昇降機（リフト）の手前に着弾。七六ミリの防御甲鈑は辛うじて衝撃に耐えたが、消火不能なまでの火焔を撒き散らした。

二機目が致命傷であった。右舷艦首側面に突入した敵機は、艦内に頭をめり込ませた段階で起爆し、優美なエンクローズド・バウを粉々に吹き飛ばしたのだ。

実のところ〈インプラカブル〉の側壁装甲は三八ミリしかない。一号艦〈イラストリアス〉から四号艦〈インドミタブル〉までの四隻は、一一四ミリという数値を誇っていたというのに……。

被弾した〈インプラカブル〉は基準排水量二万三四五〇トン。イギリス空母では最大だ。だが、安易な大型化はトップヘビーという悪夢を招く。格納庫を二段にした関係上、削れる所は削らねばならなかった。もはや砲撃戦の時代でもあるまい。思い切って側壁を削ったが、それが凶と出たわけだった。

艦尾から大火災を生じ、無惨に艦首をねじ切られた艦が浮力を維持していられるわけもない。〈インプラカブル〉は明滅信号で総員退去の許可を求めて来た。了解の意志を伝えさせたソマーヴィルは、脳裏で素早く計算を始めたのだった

（パラシュートの数はふたつだけだ。つまり残る三機は有人のまま突入したわけか。組織的か個人的かまではわからないが、自殺攻撃を強行するとは、なんと恐ろしい連中だろう。大英帝国は喧嘩を売る相手を間違えたのかも知れない……）

急速に沈降のスピードを増していく〈インプラカブル〉を見据えつつ、ソマーヴィルは不思議な高揚感に包まれていた。

日本軍は客船めいた〈プリンセス・ベアトリクス〉を攻撃しようとしなかった。その一点だけは評価できる。もし救出したばかりの陸兵を大量に失っていたなら、ジェネレイター作戦は失敗の烙印を押されていただろう。

つまり俺はまだ負けていないのだ。彼は内心で静かに闘志を燃やした。

（畜生め。俺は絶対に生き残ってやるぞ！　日本人と戦う前に、あの肥満体総理と戦わねばならん。コロンボに到着しだい、ことの真相を聞き出してやる。それまで死んでたまるものか！）

ソマーヴィルは右手を握りしめたまま命じたのだった。

「ネス艦長。ひとつ頼まれて欲しい。回転翼機ドラゴンアッシュが部品で搬入されていたな。あれを組み立ててくれたまえ……」

2　コロンボ協定(プラン)

「そうか。〈インプラカブル〉も沈んでしまったか。あれはバルセロナ講和会議にも派遣された良いフネだったのに。惜しいことをした」

電話を切った首相は紫煙と一緒にそんな台詞を吐いた。この人物こそ落日の大英帝国を統(す)べる主であった。ウィンストン・チャーチルその人である。

「あの空母には一四〇〇名近い乗組員がいたはずだ。死傷者は四桁に上るかも知れない。これだけの被害を与えておいて、まだ自分の権利を主張するつもりなのかね。ミスター・ヤマシタ?」

本当に嫌な響きの名詞だ。英国人にとって許し難い日本人こと山下奉文(ヤマシタトモユキ)と同一のファミリー・ネームではないか。マレーから英印軍を駆逐した将軍と同様、この男もまた堂々たる態度で首相に相対していた。軍人と民間人の違いこそあれ、秘めた覚悟に差異はないらしい。

チャーチルは相対する日本人を見据えた。低いソファーにどっしりと腰を降ろす相手は、五七歳という実年齢を感じさせぬほどエネルギッシュに思えた。彼は不敵な笑みを浮かべ、朗々と語った。

「それとこれとは、問題がまったく別でしょうに。だいたい軍人は戦争で死ぬのが仕事ですわい。日英は交戦中ではありませんか。彼らは立派に務めを果たしただけです。それより私という一民間人を拉致し、インド南部の小島まで引っ立てて来るほうがよっぽど罪は重いでしょうなぁ」

通訳を交えての会話だったが、相手の気迫は存分に伝わってきた。

「そればかりではありませんぞ。ワシの《日本アラビアンナイト石油株式会社》にコマンド部隊を送り込み、ダンマム市の社屋を武力制圧しおった。これが独立国家サウジアラビアに対する侵略にあらずして、一体なんぞや！」

痛いところを的確に突く発言に、チャーチルは表情を凝固させたが、すぐに用意しておいた解答を口にしたのだった。

「国際法的には侵略ではない。派兵に関してはイヴン・サウド国王から許可は取りつけたからな」

「ふん。どうせ事後承諾でしょうが」

「違う。私はサウド国王から依頼を受けたのだ。断りもなく日本海軍に石油を供給した敵対勢力を、なんとか駆逐して欲しいと」

ジャパニーズ・ビジネスマンは苦笑してから、こう切り返してきたのだった。
「モノは言い様ですわ。現金という実弾を放り込めば、たいがいの相手は首を縦に振りますものな。イヴン・サウド氏は頭のええ御仁です。国家経営のためには経済発展が不可欠だと理解しておられる。目先の銭に気持ちがふらついたというところですかな」

彼の名は山下太郎だ。《日本アラビアンナイト石油株式会社》の代表取締役社長である。

この東洋人もまたイギリスの怨敵であった。山下はイギリス政府が五一％の株式を取得する国営企業《アングロ・イラニアン・オイル・カンパニー》の目をかすめ、サウジアラビアに備蓄していた原油を直接交渉で買い叩いたのだ。

日本人ばなれした野心家だ。国王イヴン・サウドにも取り入り、新規採掘権そのものの確保すら目論んでいたビジネスマンであった。バルセロナから帰国する遣欧使節艦隊をペルシャ湾に招き入れ、そのタンクに重油を注入したのは山下なのだ。

イギリスにとっては超危険人物である。だからこそチャーチルは東洋艦隊に命じ、山下の身柄確保と《日本アラビアンナイト石油株式会社》の解体を強行したわけだ。

ペルシャ湾に〈アキリーズ〉を派遣したのが八月一二日のことだった。

ラプラタ沖でドイツ・ポケット戦艦〈アドミラル・グラフ・シュペー〉を追撃したベテラン軽巡は、荒くれ者のコマンド部隊二〇〇名を乗せ、港町ダンマムに入港。三〇分で所定の目標を達成したのだった。

あっさり事が進んだのにはわけがあった。強引な資産凍結を宣言したコマンド兵に対し、山下太郎は一切の抵抗を試みなかったのだ。逮捕される際にも、彼はおとなしく付き従った。しかし、図々しいことに山下は徹頭徹尾、ある要求を繰り返したのだった。

英国首相チャーチル卿に会わせろと……。


「真実は常に勝者が作る。日本人の精神年齢は高くないと米副大統領マッカーサー氏が言っておられたが、貴公はそれがわからぬほど子供ではないのだろう」

相手は英語のヒヤリングはできるらしく、間髪を入れずに日本語で返してきた。

「勝者ですと？　どこに勝利者がいるのですか。日本に戦争をふっかけ、ズタボロにされた御仁が口にしてよい単語とも思えませんが」

「戦場では敗れた。だが、戦争に負けなければいいだけの話。修羅場を潜り抜けてきた大英帝国にとり、こんな状況はピンチのうちに入らぬのだよ」

チャーチルは葉巻を持つ指をわずかに揺らした。灰が膝を汚す。掌でそれを払うチャーチルに、山下はこんな台詞を寄こしたのだった。

「大した自信ですな。誇り高きジョンブルにとって、私のような日本人など、その灰と同然の存在なのでしょう」

「日本人も嫌いだが守銭奴はもっと嫌いだ。国家ではなく現金に忠誠を誓う連中は、有事の際に簡単に裏切るからな」

「しかしですぞ。その守銭奴に会ったということは、首相閣下にも事情がおありの御様子。まさかワシに詫びを入れるためではありますまいからなぁ」

チャーチルは不機嫌そうに舌打ちをし、テーブルを軽く叩いてから言った。

「ミスター・ヤマシタ。単刀直入に尋ねよう。貴公は日本陸海軍と独自のパイプを持っていると聞いた。内密に折衝を図りたいのだ。協力を要請する」

相手は暫くのあいだ沈黙していたが、やがて考え込んだ表情のまま、こう言ってのけたのだ。

「見返りしだいです。正当な商取引の一環としてなら、ワシも考えましょうぞ」

「自分の立場がわかっているのかね。助かりたければ協力したまえ。商売人は貴公だけではない。代わりなどいくらでもいるのだから」

「それは嘘だ。自慢ではないがワシほど日本軍閥に精通した部外者はおりますまい。それがわかっておられるから閣下もワシと話す決断を下されたのでしょうや」

まったく食えない男だ。チャーチルは苛立たしげに恐喝めいた発言を舌に乗せたのだった。

「軍隊とは、完全犯罪を成し遂げるには都合のいい組織でね。行方不明の日本人がひとり消えたところで誰も不審には思わぬだろうよ。貴公の骨を灰にしてインド洋に撒いてもいいのだぞ。この葉巻の灰と一緒にな」

相手は唐突に声を荒げた。日本語ではない。怪しい英語(ブロークンイングリッシュ)でだ。

「ワシに失うモノはなにひとつない！　殺すなら殺せばいい。万年先まで大英帝国を呪ってやる！」

怒気と殺気が一緒くたになった発言だった。少なくとも現状を解決する手段にはなりえない応酬だ。それを悟ったチャーチルは首を振って呟いた。

「紳士同士の会話ではなかったな。一国を預かる総理として発言を撤回しよう」

山下は簡単な英語しか話せないらしく、再び日本語に切り替えてから言った。

「なあに。英国首相を面と向かって罵倒する機会もあまりないでしょうからな」

軽い笑いを交えたあと、日本人は続けた。

「帝国陸海軍と水面下での交渉ですか。不可能ではないでしょうよ。先程の話ではイギリスは派遣軍を引き上げさせたそうですな。日本は対英戦争を望んでいませんから、逆侵攻の可能性は低いと考えてよいかと。双方の面子を保てる案があれば、休戦もできましょうな」

「勝手に先走ってもらっても困る。我々には我々の立場と国是がある。それが貴公の考えと一致するという保証はないぞ」

「混乱しかけたときは状況を単純にすべきでしょう。問題はシンプルです。現状を鑑みるに、英国単独で東南アジア全般の利権を守るのは不可能でしょうな」

核心を衝く意見にチャーチルは言うべき台詞を失った。悔しいが、それが事実だと悟ったからである。山下社長はさらに言葉を重ねていく。

「もちろん日本にも無理です。一国でそれを成し得る国家はもはや合衆国しかありません。彼らは利権の吸い上げに動くでしょうな。

アメリカから見ればチャンスです。中国が内戦状態にある以上、南方地帯の経済的支配力を独占することも可能かと。植民地経済圏は間もなく崩壊するでしょう。下手をすれば首相閣下は英国の崩壊（ブロークン・イングリッシュ）を目撃する運命を課せられますぞ」

攻守は入れ替わった。それは脅迫であった。

国際政治とはダイナミズムをもって動く。昨日の敵が今日の友に変貌することも珍しくはない。だからこそ興味は尽きず、それでいて恐ろしいのだ。

チャーチルは臆面もなく尋ねた。ではどうすればいいと思うかと。

「緊張状態および軍事的調和の維持。それしかないでしょうなあ。詰まらぬ答えで相済みませんが」

「それは平時の考えだね。いまは戦時である。バランスが大きく崩れた現在、その均衡を取り戻すのは容易ではないだろう」

「いや。可能なはずです。安価とはいいませんが、所持するだけでステータスになる新兵器があるじゃありませんか。噂の新型爆弾です。あれをどの国も持つようになれば、偽りの平和が現出することだけは確実かと。現にナチスドイツが保有宣言をしただけで、世界からたちまち戦火は消えたじゃないですか。イギリスも開発には全力を傾けておられるのでしょう。

ただ言っておきますぞ。あれは一回でも使用したら終わりです。比喩的な意味ではなく、世界そのものがジ・エンドとなります。報復という感情が人間にある限り、原子爆弾とは使用しないという一点にのみ意味を見出す兵器なのです」

一気にまくし立てたあと、山下は神妙な面構えのまま、こう呟いたのだった。

「愚考致しますに、首相閣下は日英講和を持ちかける気なのでしょう？　もし本気ならば、ワシも微力を尽くさせていただきますが」

思うがままに話す山下に対し、チャーチル卿は頷くのみだった。図星だったからである。

「聞こうか。見返りはなにを望む？」

「ワシの《日本アラビアンナイト石油株式会社》にダンマム一帯の採掘権を下さい。それから《アングロ・イラニアン・オイル・カンパニー》の株式五％を額面の八掛けで売って欲しい」

首相は小さく笑った。嫌々ながらではあるが認識せざるをえなかった。日本人の政治感覚は二流かも知れないが、経済感覚は超一流の奴もいるようだと。

「貴公は稀代の山師ガンベルキヤンの若い頃に似ているよ。大胆かつ強欲。それでいて情勢分析能力は鋭い。ミスター・ファイブパーセントという渾名を襲名したらどうだ」

「これは光栄の至りですな。ワシにとって赤線協定のカールステ・サルキス・ガルベルキヤンは憧れの対象なのです。なにしろ伝説のオイルマンですからな」

それは石油業界における名物男だった。一個人の分際で中東の分割地図を引き、その後のアラブの運命を決定づけた人物である。チャーチル首相も好敵手として才覚を認める人物であった。

若き日のチャーチルはこう断言していた。石油とは今後一〇〇年にわたって国家の運命を握る超重要戦略物資になると。だからこそ彼は石油会社の国営化に奔走したのだ。《アングロ・イラニアン・オイル・カンパニー》は努力の結晶であった。山下は、その株を額面割れで売れと言っているわけである。

これは英国資本会社に日本の金が流れ込むことを意味していた。たかが五%とはいえ、相手の意向を無視できぬようになるだろう。苦々しい相手ながらも、手腕を認めぬわけにはいかない。チャーチルはそう判断した。

首相は徹底した現実主義者だった。理想ばかりを追ってすべてを無にするより、少しでも実益を確保したほうがよい。今回もまたその思考に身を委ねる決意を下したのである。彼は言った。言い分（リクエスト）を前向きに検討すると。

「なら一筆書いて戴きましょうかな。信用しないわけではありませんが、あなたがいつまで総理大臣を務めておられるかわかりませんから。次の首相に知らぬ存ぜぬを決め込まれたのでは、私が困ります。お国お得意の二枚舌外交に踊らされるのはたまりません」

「抜け目ない男だな。サインで祖国が救われるのなら幾らでも書いてやる」

「結構ですな。一国家と一個人では戦力に差がありすぎる。智慧を使わぬと生きて行けませんわい」

気に入らないが、面白味のある人物だということはわかった。これから先、利用するかされるかわからないが、取引相手とせねばならぬ奴だ。蓄積した経験のすべてを投じ、戦わねばならん。

ウィンストン・チャーチルは決意した。まだだ。幕は下りたが、カーテンコールが残っているぞと。

自分が妙な若さを取り戻していることに気づいたときだ。議場となったホテルの一室にノックの音が響いた。秘書官が書状を携え、入室してきた。文書を一読したチャーチルは、惜しげもなくそれを山下へと手渡して言った。

「君の政府に内容を知らせてやりたまえ。なんならこちらで暗号を組んでやってもいいぞ。日本海軍が愛用するD暗号なら完璧に読解しているからな」

それは真珠湾（パールハーバー）に潜入させている英国諜報員からの情報だった。今朝未明、入渠中であった大型空母群の全艦が抜錨し、外海へ出撃していったというのだ。みるみるうちに山下の表情が紅潮していく――。

「太平洋艦隊が再起動を始めたようですな。首相閣下、ひとつワシの名前で横須賀軍港宛に電文を打ってくだされ。株式保有率を五％から三％にオマケしますから」

「いいとも。貸しひとつだ。ヤンキーに一人勝ちさせるわけにもいかん。連中が一敗地に塗れてくれれば、大英帝国のミスも目立たなくなる。こちらが弱いのではなく、日本が強すぎたという現実を伝えれば、納得する国民も出てこよう」

チャーチル卿は確信していた。私は悪役（ヒール）となる運命なのだ。ならば、その役所を演じきってみせようではないかと。

グレート・ブリテンが戦勝国たりうるには、敵を変える必要があるのだと……。

附章　二つの太平洋戦争

1　第一次太平洋戦争

《……軍隊とは戦争をしないための特殊装置である。語弊を恐れずに結論を述べるならば、そういうことになるだろう。世界は理想郷(ユートピア)に非ず。口で言ってわからぬ輩が存在する以上、身を守る術は所有しておかねばならない。

侵攻によって得られる「金銭や快楽」以上の「不利益と出血」を強いるための手段を持ち、敵対勢力に対してそれを強くアピールすれば、安易な開戦は阻止できるだろう。

兵力の均衡。それは人類が発見した数少ない戦争防止方策のひとつなのだから。

だが、刃物と同様、軍隊が危険な側面を持ち合わせていることもまた事実。特にその機動において、偶発的戦闘が勃発してしまうことがままある。自称平和主義者の言い分にも、少しは整合性があるわけだ。

ここに紹介する実例もまたその範疇に入るものであった。一九〇八年（明治四一年）一〇月一八日。東京湾で勃発した大事件だ。

日米初の直接対決。第一次太平洋戦争である……。

当時、合衆国大統領セオドア・ルーズベルトは自国海軍を世界に知らしめねばと考えていた。日露戦争に勝利し、増長を続ける日本への威圧も必要だ。

それには砲艦外交という手段が効果的である。彼は海軍による世界周遊を企てたのだった。世に言う大白色艦隊（グレート・ホワイト・フリート）である。

新旧戦艦を一六隻も結集させた強力な艦隊だった。迷彩効果を捨てる白で全艦を化粧したのは、アメリカの自信を表現しているのだろう。

一九〇七年一二月一六日に東海岸サンプトン・ローズを出発した大白色艦隊は、南米からアメリカ西海岸、ハワイ、オセアニア、フィリピンなどを経由して日本へと向かった。

東京湾入港予定は一九〇八年一〇月一六日であったが、それは四八時間の遅延を生じた。日本本土へ向けて北上中に大型台風と遭遇し、足並みが乱れたのだ。

ここに相互不信の芽が生じた。アメリカは当然知っているはずの台風情報を日本が故意に隠蔽したと考え、一方の日本は予告なしに遅刻したアメリカ艦隊に苛立ちを募らせていた。二日後。東京へ大白色艦隊が来訪したとき、日本海軍は戦艦一〇隻に装甲巡洋艦二一隻を含む大勢力で陣を張っていたのだ。

日本は、アメリカの動きに刺激されながらも過度な反応は慎むよう、市民と軍に教育を授けていた。むしろ朝野をあげて歓迎し、相互不和の可能性を潰そうと必死になっていた。そんななか、大白色艦隊は戦闘態勢を整えて進軍してきたのである。火種が弾ける要因は十二分に存在した。

そして当日夜。本当に火種は暴発したのだった。

季節外れであるが、一〇月一八日はアメリカ艦隊歓迎の花火大会が催される計画であった。打ち上げ用の一尺玉も大量に準備され、日没を待つばかりとなっていた。

そんな折、悲惨な事故が起こった。大玉集積場にて不審火が発生し、周囲一帯が派手に爆発炎上したのである。奇しくもそれは御台場であった。黒船来寇のあと、江戸幕府が韮山代官江川太郎左衛門に命じて建造させた大筒発射基地であった。

そこが焼けたのだ。もう疑う理由はひとつしかなかった。やはりアメリカ人は帝都に対する艦砲射撃を企んでいるのだ。連合艦隊は下手人を打ち据えるべく、軍事行動を開始したのだった。

大白色艦隊司令長官のチャールズ・S・スペリー海軍少将は、日本開国を促したペリー提督の後継者に自らが追いやられていると直感した。

緊張の糸はぷつりと切れた。彼もまた即時戦闘開始を命令したのだった——。

どちらが先に主砲を放ったかは不明である。目撃証言ではほとんど同時とあるが、真実は闇の中だ。

ただ、その後に惹起した戦闘では日本海軍が圧倒的強さをみせた。アメリカ大白色艦隊は、培ってきたプライドと自慢の戦艦四隻を、同時に東京湾の奥底に沈めることに相成った。

彼らは確かに新鋭艦を揃えてはいた。完成したばかりのコネチカット級戦艦五隻を筆頭に、一六隻もの巨艦を並べていたのである。いずれの艦も三三センチもしくは三〇・五センチ連装主砲を二基ずつ備えた有力なフネだ。

戦艦比では一六対一〇。単純に見れば米軍有利である。だが、日露戦争と同様、帝国海軍は装甲巡洋艦に戦艦と同様の役割を担わせていた。彼らは東京湾という地の利を生かし、大白色艦隊を翻弄したのだった。

またアメリカ艦の砲術精度もいまひとつだった。全体を通じてみても、日本海軍が受けた被害は、戦艦〈朝日〉が被弾転覆し〈敷島〉が大破炎上した程度である。発射速度は素早く、手数こそ多かったが、命中弾は意外にも少なかった。

これは練度不足が原因である。大白色艦隊は出航してからこのかた、満足な砲撃訓練は一度も実施しておらず、砲員の多くは素人同然の技倆しか持ち合わせていなかった。

かたや帝国海軍であるが、四年前にパーフェクト・ゲームを成し遂げた日本海海戦の余勢がまだ残っていた。

戦力も揃っていた。最新鋭装甲巡洋艦である〈筑波〉〈生駒〉が二〇・五ノットという高速を生かして暴れ回り、戦艦〈香取〉〈鹿島〉の姉妹が三〇・五センチ砲の洗礼を放った。

意外にも活躍したのはロシアより戦利品として入手した戦艦〈肥前〉であった。彼女は旧名を〈レトウィザン〉といった。もともとロシアが米国クランプ造船所に発注して建造させた軍艦であった。旅順港で沈没していた彼女を日本海軍が引き上げ、整備したのちに艦隊へと編入していたわけである。

改装を終えたばかりの〈肥前〉だが、その砲撃は正確かつ強力だった。やや旧型である戦艦〈イリノイ〉〈アラバマ〉の二隻を炎上させたのは、〈肥前〉のアームストロング七・六センチ砲が放った火弾であった。

つまりはアメリカ産の日本艦がアメリカ戦艦を痛撃したわけだ。

彼我距離七〇〇〇メートルの砲撃戦は約二〇分に渡って継続された。やがてスペリー少将は戦況が不利だと悟り、統制を保ったまま脱出を命じた。帝国海軍は艦隊の足並みが乱れており、積極的追撃に移ることはできなかった。アメリカ戦艦隊の生き残りは千葉県木更津港に逃げ込んだのだった。

事件はここに至り、ようやく政治介入の段階に移行した。互いが偶発戦闘であることを認めたあと、日米両国政府は不毛な戦闘にピリオドを打つべく、動き始めたのである。

政治的混乱はあった。セオドア・ルーズベルトは永遠に政界を引退すると明言し、日本でも第二次桂太郎内閣が総辞職に追い込まれた。

結局のところ、損傷した米戦艦の修理費用を日本側がもち、横須賀海軍工廠にて手厚い処置を施すことを条件に、二国間に和解が成立した。争乱は終焉を迎えたのである。しかしながら、第三者の視線からみれば、どう贔屓目に考えてもアメリカの敗北であった。

大白色艦隊は〈イリノイ〉〈アラバマ〉〈ミズーリ〉〈ルイジアナ〉が沈み、他の艦も大なり小なり損傷しているのだ。恨みが残る闘いであるのは確かだった。

無傷で生き残った米戦艦は二隻のみ。BB-22〈ミネソタ〉とBB-21〈カンサス〉である。

この両艦には、のちに太平洋の覇権を賭けて復讐戦を挑む若き少尉候補生が乗り込んでいた。〈ミネソタ〉にはレイモンド・スプルーアンスが。そして〈カンサス〉にはウィリアム・ハルゼーが……。

アメリカ合衆国海軍はこの事件を教訓とし、以後は仮想敵国を日本のみに絞った。雪辱を誓った彼らは東京湾における砲撃戦をこう表記した。

『第一次太平洋戦争』と……。

そして歴史は繰り返した。

日米は第二次そして第三次と益なき激突を続け、その後も太平洋を沸騰させ続けたのであった――》

サンクス新聞社出版局　第三次世界大戦ブックス

『スプルーアンス　東京への長い道』より

2　第二次太平洋戦争

《……戦争とは勝利せねば意味がない。誠にもって勝てば官軍という言葉は正しい。敗北者とは常に発言権を奪われてしまうのだから。

運命の一九〇八年一〇月一八日を境に、アメリカ市民(シチズン)にとって大日本帝国という国名は、忌々しさを感じさせる代名詞となっていた。

彼らは敗れたのだ。黄色人種と戦い、完膚無きまでに叩き潰されたのだ。

第一次太平洋戦争は限りなく偶発戦闘に近かったが、敗北という記録だけはしっかり残った。小癪な東洋人に対し、アメリカ人が復讐の念を募らせていったのは、至極もっともな話だった。

それから三二年が経過したのちも合衆国から憎悪の念が消えることはなかった。長年に亘って練り上げられてきた対日侵攻計画――俗に言う〝オレンジ・プラン〟に従い、彼らは開戦準備を着々と整えていたのである。

国力の差は歴然としている。まともに勝負すれば栄冠は約束されていた。問題は如何にして日本に先制攻撃をさせるかであった。

西部劇の時代から、先に拳銃を抜いたほうが悪役と相場が決まっている。撃たれたほうは正当防衛が成立するのだ。戦後の中国市場を睨んでの大陸進出干渉に、石油の禁輸措置。これらはボディブローとなり、日本を徐々に追いつめていった。

そして一九四一年一二月七日。

遂に待ち望んだときがやって来た。日本海軍は愚かにも、合衆国へと武力攻撃を敢行したのだ。

しかしながら、開戦の状況はアメリカが考えていたそれとは乖離していた。日本もまた本気で殴りかかってきたのだ。合衆国はちょいと火種をつけてやるつもりが、結果は大爆発と相成ったのである。

日本軍はハワイ真珠湾(パールハーバー)を火の海とし、シンガポールを占領し、フィリピンをも制圧した。開戦から一〇〇日はまさしく日本の天下であった。

彼らの勢いを押し止めたのはミッドウェーと呼ばれる孤島だった。レイモンド・A・スプルーアンス提督率いる機動艦隊は、日本空母四隻を沈め、戦局を好転させるきっかけを形作ったのだ……。

結局のところ、第二次太平洋戦争は全世界的な即時停戦という荒技で停戦に追い込まれた。

しかし、ドローゲームでは国民は納得しない。煮え切らぬまま終結した闘いが、再び再燃することは自然の流れであった。太平洋は広大であるが、戦場として指定される場所は自ずから決まってくる。歴史はここでも同一の流れを欲したのだ。

バトルフィールド・ミッドウェー。

両軍はそこに集う運命にあった。

アメリカ海軍は過去の栄光の再現を求め、日本海軍は復讐の成就を望んで……》

サンクス新聞社出版局　第三次世界大戦ブックス

『ハルゼー　裏切りの砲声』より

（下巻につづく）

コスミック文庫

戦略超空母「信濃」上
米艦隊本土空襲

【著 者】
吉田親司

【発行者】
杉原葉子

【発 行】
株式会社コスミック出版
〒154-0002 東京都世田谷区下馬 6-15-4
代表 TEL.03(5432)7081
営業 TEL.03(5432)7084
FAX.03(5432)7088
編集 TEL.03(5432)7086
FAX.03(5432)7090

【ホームページ】
http://www.cosmicpub.com/

【振替口座】
00110-8-611382

【印刷／製本】
中央精版印刷株式会社

乱丁・落丁本は、小社へ直接お送り下さい。郵送料小社負担にてお取り替え致します。定価はカバーに表示してあります。

ISBN978-4-7747-6272-2 C0193